我要對另一個世界的你說再見

You’ve Reached Sam

達斯汀．邵（Dustin Thao）◎著
陳思華◎譯

高寶書版集團

我獻給我的父母、奶奶和戴蒙德。

序幕

閉上眼睛，回憶便在腦海中播放，帶我回到最初與他相遇的時刻。

幾片落葉在他走進書店時滾了進來。他穿著一件牛仔外套，將袖子挽起，露出下方的白色毛衣。從我兩個禮拜前在這裡打工開始，這已經是他第三次上門光顧了。他叫山姆・尾林，英語課跟我同班。我邊顧店邊盯著窗外看，心想他還會不會再來。不知道為什麼，我們一直沒有說過話。他會進來逛逛，而我總是忙著幫客人結帳和補貨。我不知道他是想找某樣商品、喜歡逛書店，還是來看我的。

正當我從書架上抽出一本書，想著他知不知道我的名字時，瞥見一雙棕色眼眸透過縫隙從另一邊看向我。我們視線相接好一會兒，然後他笑了笑，似乎準備向我攀談，我卻在他開口前把書塞回原位。我抓起一旁的塑膠籃，匆匆躲進後方的房間。我在幹嘛呀？為什麼不對他報以微笑？我暗罵自己錯失機會，隨後鼓起勇氣，準備回到店裡向他自我介紹；但當我從後方房間出來時，他已經走了。

我發現櫃檯上多了一個之前沒有的東西，一朵紙摺的櫻花。我把櫻花拿在手裡翻到背面，感嘆其精細的手法。

這是山姆放的嗎？

如果我現在出去，可能還能追上他。但當我衝出門外的時候，街道頓時消失。我踏進第三街轉角那家嘈雜的咖啡廳裡，那已經是兩星期後的事了。

木地板上冒出幾張圓桌，一群群高中生坐在一起拍照，喝陶杯裝的飲料。我穿了件稍微大號的灰色毛衣，一頭柔順的棕髮別到耳後。我還沒看到山姆就聽見他的聲音了。他正在櫃檯幫客人點餐，一綹黑髮垂到額前。或許是因為圍圍裙的關係，站在收銀機後方的他看起來比平時高。我走到店另一邊的座位，把東西放下來。我慢吞吞地攤開筆記本，鼓起勇氣，準備走向他，就算只是為了點杯飲料。但我一抬頭，他就站在旁邊，端著一個冒著熱氣的杯子。

「**嗅**——」他突然出現害我嚇一跳。「這不是我的。」

「我知道，妳上次點了這個。」山姆說，仍舊把杯子放到桌上。「蜂蜜薰衣草拿鐵，對嗎？」

我盯著那杯咖啡，看了眼忙得不可開交的櫃檯，接著把視線移回他身上。「我要去那裡付錢嗎？」

他笑了起來。「不用。我的意思是，這是本店招待，不付錢沒關係。」

「噢。」

一陣沉默蔓延開來。**說話呀，茱莉！**

「我可以幫妳做別的。」他主動說。

「不用，這樣就好——我是說……**謝謝**。」

「不客氣。」山姆笑著說，他把手插進圍裙口袋。「妳叫茱莉，對不對？」他指著自己的名牌。「我是山姆。」

「對，我們英語課同班。」

「對啊，妳讀書報告寫了嗎？」

「還沒。」

「哎，」他嘆氣道：「我也還沒。」

他靜靜地站在桌旁，身上散發出些微肉桂的味道。我們兩人都不知道該說什麼，我看了看四周。「你在休息嗎？」

山姆回頭看了下櫃檯，摸著下巴說：「今天店長不在，所以算是吧。」他露出得意的笑容。

「你這麼忙，休息一下也沒什麼。」

「這是我今天第五次休息，但誰還在乎那個啊！」

我們都笑了起來，讓我感到放鬆不少。

「我可以坐這裡嗎？」

「可以呀……」我把東西挪開，讓他在我身旁的位子坐下。

「妳從哪搬來的？」山姆問。

「西雅圖。」

「聽說那裡常常下雨。」

「對呀。」

當我們坐在一起時，我面帶微笑，第一次跟他聊天。我們聊學校、彼此上的課和自己的事——他有一個弟弟，喜歡看音樂紀錄片，會彈吉他。偶爾他的目光會掃視四周，彷彿他也很緊張。但幾個小時過去，我們便宛如老友般談笑風生。窗外太陽已開始西下，陽光透過玻璃灑在他身上，使他的皮膚幾乎變成了金色，讓人很難不注意到。一直到山姆的一群朋友走進店裡喊他，我和他雙雙抬起頭，這才意識到我們聊了多久。

一個有一頭金色長髮的女孩摟住山姆的肩膀，從身後環抱他。她瞟了我一眼。「她是誰呀？」

「她是茱莉，才剛搬過來。」

「噢——哪裡？」

「西雅圖。」我答道。

她直直地盯著我。

「這是我朋友泰勒。」山姆說，拍了拍她仍摟著他的手臂。「我們等下要去看電影，再一小時我就下班了，妳也一起來吧。」

「我們要看心理驚悚片。」泰勒補充道：「妳可能不會喜歡。」

我們互看了一會兒，我看不出來她是否不懷好意。

我放在桌上的手機震了起來，我瞄了眼時間，彷彿像做了場白日夢。「我就不去了，我該回家了。」

我一離開座位，泰勒便在我的位置坐下，不知道他們是不是在交往。我揮手道別後，在離開前走向櫃檯。趁著山姆不注意時，我從背包裡掏出一朵紙摺的花，放在收銀機旁。我整個星期都在看可摺出跟在書店發現的櫻花一模一樣的摺紙教學，但我手太笨，跟不上太難的步驟。百合花比較好摺。

我拉上背包拉鍊，匆匆走出咖啡廳，突然場景一變，我出現在我家門廊前，盯著外面草坪，草葉上仍沾著清晨的露水。山姆把車停下來，車窗是開著的。昨晚他傳了訊息給我：

嘿，我是山姆，我考到駕照了！

明天想不想坐車去學校？

我可以順便載妳一程。

我坐進副駕駛座，關上車門，一股好聞的柑橘和皮革味撲鼻而來。他擦了古龍水嗎？在我扣上安全帶時，山姆把牛仔外套脫掉。一條USB傳輸線連著音響和他放在杯架裡的手機。車上放著一首歌，但我聽不出來是哪首。

「妳想換歌的話可以換，」山姆說：「這裡——插上妳的手機。」

我頓時手足無措，緊緊抓著手機。我還不想讓他知道我都聽什麼歌。萬一他不喜歡呢？

「聽這個就好了。」

「噢，妳也喜歡電台司令（Radiohead）？」

「應該沒人不喜歡吧？」我說。車子安靜地開過鄰里街坊，在我努力尋找話題時，偶爾會跟他對到眼。我看向後座，車頂的把手掛著一件西裝外套。「這是你的車嗎？」

「不是，我爸的車。」山姆壓低聲音說：「他禮拜四休息，所以我只有這天早上可以開。但我在存錢買自己的車，這也是我在咖啡廳打工的原因啦。」

「我也在存錢。」

「要幹嘛？」

我想了想。「上大學吧。或者租房子，離開這裡後要用。」

「妳要搬去哪？妳才剛搬來耶。」

我不知道該怎麼說。

山姆點點頭。「要**保密**嘛……」

他的話令我不覺莞爾。「以後再告訴你吧。」

「這還差不多。」山姆說，他看向我。「下週四怎麼樣？」

我忍住笑意，看著車子轉進學校停車場。雖然路程不遠，但星期四還是成為我一週裡最喜歡的一天。

回憶再次發生變化。當我穿過金銀兩色氣球做成的拱門時，體育館的地板上光影閃爍，耳邊傳來震耳欲聾的音樂聲。今晚學校舉辦舞會，而我在這裡一個人都不認識。我穿著媽幫我挑的新禮服，腰部繫著一條藍黑色緞帶；接著挽起一頭長髮，照鏡子時，幾乎快認不出自己。儘管我想待在家裡，爸媽卻希望我出門交朋友，我不想讓他們失望。我貼著冰冷的水泥牆站了一個小時，看著人們在舞池裡跳舞、歡笑。我不時檢查手機，假裝在等人，螢幕上卻只顯示一個鎖住的空白畫面。也許我根本就不該來。

我沒走是因為山姆說他今晚可能會來。幾小時前我私訊他，但他一直沒回我——或許他沒看手機？當開始放慢歌時，人群逐漸散開，我離開牆邊擠過人群，進到舞池找他。找他花了我一點時間，但當我看見他時，我的心沉了下去。他就在舞池裡，摟著泰勒的腰慢舞。一股沉重的感覺襲上心頭——*我到底為什麼要來？*我應該待在家的，根本不該傳訊息給他。我靜悄悄地轉身，快步走向體育館大門。

當夜幕從我周圍蔓延開來，喧囂的音樂聲減弱時，我才鬆了口氣。幾盞路燈照亮了停車場，看似可媲美舞池。今晚外面霧濛濛的，我得在開始下雨前回家。我想過傳訊息給媽媽，請她來載我，但時間還太早，我不想讓她問我發生什麼事了。或許我可以走路回家，偷偷溜進房間。我的腳跟已經開始痛了，但我不管它。當我沿著停車場往外走時，身後體育館的門打開來，一個聲音接著傳出來，我馬上就認出是誰的聲音。

「**茱莉——**」

我轉過身看見山姆，一身黑西裝看起來比平時嚴肅許多。

「妳要去哪？」他問。

「回家。」

「在下雨耶？」

我不知道該說什麼，感覺自己像個白癡，於是我強顏歡笑地說：「只是有點霧而已，你不會忘了我是西雅圖人吧？」

「我可以載妳回家。」

「不用啦，我可以走路。」我的臉頰一陣發燙。

「妳確定嗎？」

「對，放心啦。」我想離開這裡，但山姆不為所動。

我又說：「你女朋友大概在等你了。」

「什麼？」他有些結巴。「泰勒不是我女朋友，我們只是朋友。」

我有很多話想說，但我糾結的心令我說不出話來。我不該有這種感覺，我和山姆又沒有在交往。

「妳幹嘛那麼早走？」

我想起他在五光十色的燈光下，手摟著泰勒的腰，但我不可能向他坦白這些。「我對學校舞會沒興趣。」

山姆點點頭，雙手插進口袋。「我懂，學校舞會有時候滿瞎的。」

「真的會有人玩得開心嗎？」

「也許妳只是沒有跟對人來。」

他的話讓我心跳漏了半拍。就算在體育館外面，還是可以聽見透過牆壁傳來的音樂聲，逐漸形成另一首慢歌。

山姆站在門口，用皮鞋鞋跟來回磨著地面。「妳不想……跳舞嗎？」

「不知道……我不擅長跳舞。我也不喜歡被別人盯著看。」

山姆環顧四周。半晌，他笑了笑，朝我伸出一隻手。「現在沒人啊……」

「**山姆——**」我說。

他的唇角勾起熟悉的弧度。「就跳一首。」

山姆往前牽起我的手，把我拉向他，我不禁屏住呼吸。我從未想過我的第一支舞會是像這樣，我們兩個人在學校停車場搖晃身軀。他的臉因為霧有點潤澤，而我把臉頰靠在他胸口，聞著他身上熟悉的香甜氣味。當我用手摟住他的肩時，他注意到某個東西。

「這是什麼？」

一朵紙摺的櫻花，用絲帶繫在我的手腕上。

我的臉頰再次發燙。「我沒有準備裝飾花，所以自己做了一個。」

「這是我給妳的。」

「我知道。」

山姆露出笑容。「其實我本來想邀請妳今晚跟我一起參加舞會，但我怕妳會拒絕。」

「為什麼怕我會拒絕？」

「因為妳後來沒有傳訊息給我，我們在書店見面那天之後。」

我看了他一眼，回想那天的事。「但你沒有給我你的電話號碼呀。」

山姆低下頭，暗自笑了一會兒。「有什麼好笑的？」我說，有些惱怒。他拉著我的手，把那朵紙櫻花從我手腕上拉下來，拆開色紙。我出聲抗議，但在櫻花被拆開成一張紙時噤了聲。紙上寫著山姆的名字和手機號碼。

「我沒想過要拆開……」我說。

「是我的錯。」

我們都笑了起來，然後我的嘴角垂了下去。

「怎麼了？」山姆問。

「花毀了。」

那張紙因為霧氣而潮濕，變得皺巴巴的。

「沒關係，」山姆說：「我可以再幫妳做一個，妳要多少我都可以做給妳。」

我手環住他，繼續在停車場裡慢舞，聽著穿過體育館牆壁傳來的音樂聲，霧氣如雲絲般圍繞在我們四周，慢慢飄散淡入晴朗的夜空，至此回憶再次轉變。

當我跑到四處散落爸爸東西的草坪上時，幾件衣服從二樓窗戶飛了出來。爸媽已經朝彼此大吼大叫一個小時，我再也待不下去了。雖然我知道事情終究會變成這種情況，但我從未想過這天會來得這麼快。**我還能去哪？**我請山姆來接我，但他還沒出現。鄰居似乎都在從自家窗戶偷看我，我不能呆呆地等他來。我沿著街道往前跑，將一切甩至後頭。

我漫無目的地一直跑，週遭景色開始變得陌生。一直到跑到小鎮邊緣，農場草地往山上延伸，我才發現自己忘了帶手機。一對車頭燈照亮空曠的馬路，等我閃開後，一輛車慢慢地停到我面前，我才認出是山姆。

「妳還好嗎？」他在我坐進副駕駛座時，問道：「我去了妳家，但妳不在那。」

如果我記得帶手機，就會把所在位置發給他。「你怎麼知道我在這裡？」

「我不知道……只是沿途邊開邊找。」

我們坐在車上好一會兒，引擎聲隆隆作響。

「要我載妳回家嗎？」山姆最後問。

「不要。」

「那妳要去哪？」

「別的地方。」

山姆開始開車，我們在鎮上繞了繞，開到忘了時間。隨著路面變暗，店家的燈一間一間熄滅。由於沒地方可去，山姆把車轉進一家二十四小時營業的小超市，然後熄火。他沒有問我發生什麼事，讓我逕自把頭靠在車窗上，閉上眼睛休息一會兒。在我迷迷糊糊昏睡前，我只依稀記得那家小超市的燈招牌，還有山姆在我睡著後，把他的牛仔外套蓋在我身上。

我在草地上醒來時天色方明，我撐起身體環顧四周，陽光曬得我的臉暖烘烘的。樹上繫滿紙摺的花，上百朵紙花用細線綁著，像是楊柳般隨風飄動。我剛站起來，便注意到一條用花瓣鋪成的小徑，通往遠處吉他聲的方向。我跟著吉他聲，穿過如簾幕般傾瀉而下的紙花，突然想起自己身在何方。這裡是我們在湖畔的秘密基地。以前我們常常約在這裡碰面。我一穿過樹林，瞥見波光粼粼的湖面時，就發現他在前方等我。

「茱莉——」山姆把吉他放下來，喊了我的名字。「我不確定妳會不會來……」

「我也不確定你還在不在。」我說。

他牽起我的手。「我會一直等妳來，茱兒。」

我毫不懷疑，至少現在不會。

我們坐在湖邊，盯著水面看，浮雲緩慢飄過粉紅色的天空。有時候我會希望太陽永遠不要下山，這樣我們就可以一直待在這裡，跟對方在一起，稀鬆平常地聊天，講些只有我們才了解的哏，假裝一切都很平和。我看向山姆，欣賞他的臉龐、迷人的笑容、瀏海蓋住前額和曬成小麥色的肌膚。但願我能留住這一刻，緊緊抓在手裡。但我不能。即使在夢中，似乎也無法停住時間。上方的雲層越積越厚，地表下方傳來詭異的震動。山姆肯定注意到了，因為他站起身來。

我抓住他的手。「**不要走。**」

山姆看著我。「茱莉……如果我能留在妳身邊，我絕不會離開。」

「但你**還是**走了。」

「我知道……對不起。」

「你從未跟我說再見……」

「那是因為我沒想過會有這麼一天……」

我們身後突然吹來一陣風，彷彿要將他帶離我身邊。在樹林背面，太陽開始下沉，水面出現倒影。事情不應該就這樣結束，這只是個開端，我們的故事才剛開始。我的心跳得很厲害，用力抓著山姆的手，不讓他離開。

「**這不公平**，山姆——」我說，但我感覺喉頭一陣哽咽，淚水滾落臉頰。

山姆最後吻了我一下。「我知道這非我們所願，茱莉，但至少我們曾經在一起，對不對？我想讓妳知道……如果可以從頭來過，我還是會選擇和妳在一起。」

倘若結局會如此痛苦，我不知道這一切是否值得。當我腦海浮現出這個念頭時，我的手頓時鬆開。「對不起，山姆……」我說，退後一步。「但我不知道我做不做得到……」

山姆盯著我，彷彿在等我收回我說的話。但已經沒有時間了。山姆開始從我眼前消失，消散在漫天的櫻花花瓣中。我站在原地，看著那陣風將花瓣捲入空中。在他完全消失前，我伸手抓了一朵花瓣緊緊壓在胸口。那朵花瓣卻在不知不覺間從我指縫滑落，飄往天際後消失無蹤，正如他其餘的部分一樣。

第一章

現在

三月七日晚上十一點〇九分。你不用來接我，我可以自己走路回家。

我的確是自己走路回家。從公車站到我家一共五英里，還拖著一個一邊輪子壞掉、塞得滿滿的行李箱。山姆一直聯繫我，十二封未讀訊息、七通未接來電加一個語音訊息，但我全部無視，持續往前走。現在再看這些通知，我真希望當時不要那麼生氣；我希望我有接電話，那麼或許就能改變一切。

清晨陽光透過窗簾灑進來時，我正蜷曲在床上，又一遍聽著山姆的留言。

「茉莉——妳在聽嗎？」背景傳來些許笑聲，還有柴火劈哩啪啦的聲音。「真的很對不起！我完全忘了，但我現在要走了！好嗎？等我！大概只要一個小時，我知道，對不起，不要生氣啦，打給我，好嗎？」

如果他聽我的話留下來；如果他一開始就沒有忘記要來接我；如果就這一次，他不要管我生不生氣，不要想著要彌補過錯，大家就不會怪我害他出事——我就不會那麼自責了。

在重播幾遍留言後，我刪掉所有訊息，然後爬下床，把抽屜裡的東西全倒出來，找出任何屬於山姆或會讓我想起他的東西。我翻出我們兩人的合照、生日卡片、電影票根、紙花、一些傻氣的禮物，像是去年秋天他在市集夾到的蜥蜴玩偶，還有這些年他自己燒錄的混和光碟（現在還有哪個人在燒光碟？），全部塞進紙箱中。

現在我越來越沒辦法面對這些會讓我想起他的東西。有人說隨著時光流逝，開始新生活就會變得容易許多，但我連拿他的照片手都會抖。我會很想他，一直一直想他。**我不能留下這些東西，山姆，因為這樣會讓我以為你還在，你會回來，我還能再見到你。**

我把東西收好後，仔細看了下房間。我從未想過我的房間裡放了多少他的東西，現在感覺好空，像是空氣出現了缺口，彷彿失去了什麼。我深呼吸了一下，便抓起箱子離開房間。這是這禮拜我第一次在中午前起床。我剛走出門外，發現有東西忘了拿，便放下箱子，折回房間去拿。山姆的牛仔外套就掛在我的衣櫃裡，羊毛領設計，袖子上則是他自己車縫的補丁（全是樂團標誌和他去過的國家國旗）。這件衣服放在我這裡很久了，我自己也很常穿，都忘了這是他的。

我從衣架上取下外套，丹寧的布料摸起來很冷，有點濕濕的，彷彿上次穿出去淋的雨還沒乾。那天，我和山姆在四處都是積水的路上奔跑，天空布滿閃電。在我們看完狂吼的樹（Streaming Trees）樂團演唱會回家途中，下起了傾盆大雨。我拿著這件外套遮在頭上，山姆則緊緊抱著他那把簽名吉他，死都不讓吉他淋濕。我們在外面站了三個小時，只為了等主唱馬克．藍尼根（Mark Lanegan）出來攔計程車。

「還好我們有等！」山姆喊道。

「但我們渾身都濕了！」

「別讓這點小雨壞了今晚的興致！」

「你說這是小雨？」

在我扔掉的東西中，這件外套最能讓我想起他。他每天都穿。或許是我胡思亂想，但我總感覺這件外套還留有他的氣味。我再也沒辦法遵守諾言，把外套還給他。我把外套緊緊抱在懷裡。我有想過留下這件外套，為什麼一定要全部扔掉？我可以把這件外套塞到衣櫃後面，藏在我的外套下方。不管外套是誰的，把一件還很耐穿的衣服扔掉似乎很浪費。

但後來我瞄了鏡子一眼，又看了看自己。我沒有梳頭髮，臉色比平時還白。身上還穿著昨天的T恤，胸前抱著山姆的外套，彷彿這是屬於他的一部分。我丟臉地移開視線。我不能留下這件外套，他所有東西都要扔掉，不然我永遠無法開始新的生活。我關上衣櫃門，在改變心意前，匆匆離開房間。

我下樓朝廚房看去，發現媽倚在水槽旁往窗外看。現在是週日早上，所以她在家工作。最後一階樓梯在我腳下嘎吱作響。

「茱莉——是妳嗎？」媽頭也沒回地問道。

「是我，別擔心。」我本想抱著箱子偷偷溜出門，我不想跟她解釋裡面放了什麼。「妳在看什麼？」

「戴夫又在搞鬼了。」她低語道，從百葉窗的縫隙偷看。「我看到他在他家外面裝了一台新監視器。」

「噢？」

「跟我想的一樣。」

戴夫是六個星期前搬來的新鄰居。不知道為什麼，媽認為他是被派來監視我們的。自從幾年前，她收到一封政府的信後，就開始出現妄想症狀。她不願意告訴我信的內容。「不知道對妳比較好。」她在我問她時對我說。

我猜那封信跟她上一份教職涉嫌在課堂上煽動群眾有關。她的學生在學校到處破壞牆上的時鐘。他們在抗議什麼？時間概念。為了公平起見，她表示她的學生「沒有搞懂」她想表達的意思，但那所大學認為她的教學方式過於激進，決定開除她。她相信學校將她的事上報政府。「海明威也遇到一樣的事。」她向我解釋：「但沒人相信他。那故事滿有趣的，妳可以上網查查看。」

「我聽說上禮拜有人闖進他家車庫，」我說，為了讓她放心。「可能是這樣，他才會裝監視器。」

「真會打算盤。」媽說：「我們在這裡住了至少三年了吧？連花園地精都沒人要偷。」

我調整了下感覺有點變重的箱子。「媽——我們沒有花園地精。」我說。**謝天謝地。**「我們家也沒有古董車。」

「妳到底站哪一邊？」

「我們這邊。」我向她保證。「跟我說妳想怎麼幹掉他吧。」

媽放開百葉窗的葉片，嘆了一口氣。「我知道……我又妄想作祟了。」她深呼吸一下，照她的瑜珈老師教她的方式吐氣，然後看向我。「算了，很開心妳起床了。」她說，瞄了眼冰箱上方的時鐘。「我等下要出門，如果妳餓的話，我可以幫妳做早餐。吃蛋可以嗎？」她走到瓦斯爐前。

電熱水壺發出哨聲，水槽旁放著一袋咖啡和一根茶匙。

「不用——我不餓。」

「妳確定?」媽堅持道，手停在一個乾淨的平底鍋上。「我可以做別的，我想想……」

今天她似乎比平常還趕。我瞄了眼流理台，看見一疊未算分的報告。媽教書的大學最近剛期中考。她是哲學系的助理教授，那所大學是在那次事件後唯一幾所願意面試她的學校。多虧她的一個前同事在那教了很久的書，幫了她一把。一個搞不好，兩人都可能失去工作。

「其實我正準備出門。」我的視線一直盯著時鐘，試圖營造很急的樣子。我再不走，她可能會問我更多問題。

「出門?」媽問，關掉電熱水壺，用抹布擦了擦手。

「去散步。」

「噢……好，我是說，那很好。」上禮拜媽一直幫我把三餐送到房間來，每天上來看我好幾次，所以聽見她擔心的口吻我並不驚訝。

「而且我跟朋友約好了。」

「太好了。」媽點點頭。「妳需要呼吸新鮮空氣，喝喝咖啡，多見見朋友。對了，妳跟書店的李老闆談過了嗎?」

「還沒。」其實到目前為止，我還沒跟任何人說過話。

「可以的話，妳應該跟他報個平安，至少讓他知道妳沒事。他留了幾條訊息給妳。」

「我知道——」

「還有學校老師。」

我從牆上掛鉤拿下我的背包。「放心，媽，明天我會聯絡他們。」

「所以妳要去學校？」

「我不得不去呀，」我說：「如果再繼續曠課，就不能畢業了。」更別提我所有作業都沒做，還不斷累積中。我真的得趕緊讓生活回到正軌，振作起來，因為我又能怎麼辦？不管發生什麼事，世界依然維持運作。

「茱莉，妳不用擔心那麼多，」媽說：「他們會理解妳需要休息久一點，不然——」她豎起一根手指。「——讓我打一下電話。」她轉了一圈，環顧四周。「那東西在哪……」

她的手機就放在中島台上，當媽走過去拿時，我擋住她的路。

「媽，聽著，我**沒事**。」

「但茱莉——」

「**拜託。**」

「妳確定嗎？」

「我很確定，好嗎？妳不用打電話啦。」我不想讓她擔心我，我可以自己處理這件事。

「那好吧。」媽嘆了口氣。「就聽妳的。」她雙手捧著我的臉，拇指摩娑我的臉頰，試著擠出笑容。她銀白的髮絲在光線中閃閃發光，有時候我會忘記她以前也是一頭金髮。就在我們看著彼此時，媽低頭一看。「這箱子裡放了什麼？」

我本來希望她不會注意。「沒什麼啦，我在整理房間。」

她問都沒問，就掀起蓋在上面的外套，往裡面看。她一下就知道我想做什麼。「**噢**，茱莉——妳確定要這樣嗎？」

「這真的沒什麼……」

「妳不用所有東西都扔掉呀。」她說，翻了翻箱子。「我的意思是，妳可以把一些收起來——」

「**不要**。」我堅定地說：「這些我都不要了。」

媽把外套放回去，退後一步。「好吧，我不會阻止妳扔。」

「我要出門了，再見。」

我從車庫離開，把裝滿山姆東西的箱子放在信箱和回收箱旁。紙箱撞到地上發出哐啷一聲，像是零錢和碎片砸在一起的聲音。他的外套袖子疲軟地從箱緣垂下來，彷彿一隻無形的手。我拍了拍身上的T恤，開始晨間散步，往市區的方向走。這是我幾天來第一次沐浴在和煦的陽光下。

我沿著街區走到一半，一陣微風捲起幾片樹葉朝我滾來，我在人行道上停下腳步，猛地冒出一個詭異的念頭。如果我現在轉頭，會不會看見山姆拿著自己的外套，低頭看著其他東西？我想像他的表情，甚至想像他會說什麼話，然後過馬路，繼續往前走，一次也沒有回頭。

我朝著市區前進，感覺氣溫有點涼。埃倫斯堡位於喀斯開山脈以東，偶爾會有從山區吹來的陣風。這座城鎮不大，到處聳立著歷史悠久的紅磚建築，以及開闊的平原。這是一個平凡無奇的小鎮。三年前，媽接受中央華盛頓大學的聘請，我便跟著爸媽從西雅圖搬到這裡來，但在她拿到全職教職後，就只有我們兩人留下來。爸毫不留戀地回到西雅圖繼續他原來的工作。我從來沒有怪他離開這個地方，他不屬於這裡。有時候我感覺自己也不屬於這裡。媽形容埃倫斯堡是座古老的小鎮，在這個人人都想往都市發展的時代，仍在自我探索。雖然我一直等不及離開這個地方，但我不得不承認它的確有其迷人之處。

一進到市區，我雙臂抱胸，留意起過去幾個星期春天帶來的變化。整排的路燈下放著插滿鮮花的花籃，白色的遮陽篷沿著主要街道延伸，舉辦每週一次的農夫市集。我穿過馬路避開人潮，希望不要碰見任何熟人。埃倫斯堡的市容通常很美，尤其在氣候溫暖的月份。再次走在這條路上，卻讓我想起他。**山姆會來等我下班，我們會在路邊攤買炸鷹嘴豆餅、去電影院選「週日五元祭」的電影來看，然後一起在鎮上閒逛。**當我感覺他站在街角等我時，我的心跳頓時加快，我回頭去看，卻只有一個女人在講電話。我經過她時，她甚至沒有注意到我。

我和我的朋友美嘉．尾林約在鎮上另一頭的餐館喝咖啡。附近有很多咖啡廳，但昨晚我傳訊息給美嘉，表示我不想遇到任何熟人。她回我她也一樣。進到餐館後，我找了個窗邊的座位，附近坐了對老夫妻一起看一份菜單。我在女侍者過來時點了一杯咖啡，不加奶，也不加糖。通常我點咖啡時會加牛奶，但現在我在練習喝黑咖啡。我看過一篇網路文章說黑咖啡的尾韻很像紅酒。

我才喝了幾口，上方的迎客門鈴便響了起來。美嘉走了進來，尋找我的身影。她穿了件我從未看她穿過的黑色洋裝，外面罩了件黑色開襟衫。發生這樣的事，她的氣色比我想像的好。也許她才剛參加完某個儀式，媽跟我說她有在山姆的葬禮上致詞。美嘉是山姆的堂妹，這也是我們會認識的原因。我剛搬來的時候，山姆介紹我們認識。

美嘉一看見我，便走過來坐進紅色的雅座裡。我看著她把手機放在桌上，把背包扔到桌下。方才的女侍者又走了過來，放下杯子，拉高水壺倒咖啡。

「請給我糖和牛奶，」美嘉說：「謝謝。」

「好。」女侍者答道。

美嘉舉起一隻手。「你們有豆漿嗎？」

「豆漿？沒有。」

「噢。」美嘉皺了皺眉。「那給我牛奶就好。」女侍者一離開，美嘉便看向我。「妳沒回我訊息，我不確定今天是不是還要見面。」

「抱歉，我最近沒心情看手機。」對此我真的沒什麼好說的，我習慣把手機關靜音，但這整個禮拜，我特別不想跟人接觸。

「我明白。」她說，稍稍蹙起眉頭。「我還想妳可能會沒聯絡就不來，妳也知道，我不喜歡被放鴿子。」

「所以今天我才早到呀。」

我們都露出笑容，我喝了口咖啡。

美嘉把手放到我手上。「我好想妳。」她輕聲說，捏了捏我的手。

「我也想妳。」雖然我一直告訴自己我想一個人安靜待著，但看見熟人的面孔——再次見到美嘉——讓我感到安心不少。

女侍者過來放下一小壺牛奶，從圍裙掏出幾個糖包扔到桌上後，又轉身離開。美嘉撕開三包糖加進她的杯裡，端起牛奶壺朝我的方向抬了下。「要加嗎？」她說。

我搖搖頭。

「妳想加豆漿？」

「不是……我在練習喝黑咖啡。」

「嗯哼，厲害。」她說著點點頭。「不愧是西雅圖人。」

當她說到**西雅圖**一詞時，她的手機亮了一下，螢幕中間出現一個通知。桌上的手機頓時震動起來。美嘉瞄了眼螢幕，隨後看向我。「我把手機收起來好了。」她把手機收進包包，拿起菜單。「妳想吃東西嗎？」

「其實我不餓。」

「噢，好吧。」

美嘉放下菜單，雙手交握放在桌上，我又喝了一口咖啡。餐館另一頭的點唱機閃著藍光和橘光，但沒有放音樂。我們之間的空氣幾乎陷入寂靜，直到美嘉終於問了那個問題。

「妳想談談嗎？」

「不太想。」

「妳確定？我以為妳跟我見面是因為有話跟我說。」

「我不想待在家。」

她點點頭。「那很好，但這段時間妳怎麼過的？」

「還可以吧。」

美嘉沉默下來。她看著我，彷彿希望我多說一點。

「那妳呢？」我反問她。「最近還好嗎？」

美嘉的視線在陷入思緒時落到桌面上。「我不知道，辦儀式很難，這附近沒有真正的廟，所以我們只能盡力而為，有很多傳統習俗我根本不知道。」

「難以想像……」我說。山姆和美嘉在某方面跟他們的文化一直保有連結，這是我所欠缺的。我爸媽都是來自北歐某地方的人，我卻不怎麼關心自己的出身。

我們再次沉默下來，美嘉悶不吭聲地攪拌自己的咖啡。然後她身體僵了一下，彷彿想起了某件事「我們為他守靈。」她頭也不抬地說：「就在事故發生的隔天。那晚我守在他的靈前，因為我想再看他一眼……」

一想到在山姆出事後再**看他一眼**，我的胸口就一陣緊窒……我不能再想下去了。我又喝了一口咖啡，眨了眨眼，努力把那個畫面掩蓋掉，卻怎麼也揮散不去。真希望她沒有跟我提起這件事。

「我知道，很少有人想看見他那種模樣。」美嘉說，仍然迴避我的視線。「我也差點辦不到。但我知道這是我最後可以看到他的機會，所以我去了。」

我沒有接話，只是喝著咖啡。

「但葬禮來了很多人，」她接著說：「座位根本不夠坐。還有一些我根本不認識的學校同學，很多人都送了花籃。」

「很好呀。」

「有人問我妳怎麼沒來，」美嘉說：「我說妳人不舒服，妳比較想單獨來送他。」

「其實妳不需要跟他們解釋。」我說。

「我知道，但有些人一直問。」

「誰？」

「不管是誰。」美嘉說，迴避我的問題。

我把最後一口咖啡灌下肚，咖啡早已冷卻，更加深其苦味。

美嘉看向我。「妳去看他了嗎？」

我慢吞吞地回答。「沒……還沒。」

「妳想去看他嗎？」她問，再次握住我的手。「我們可以現在去，兩個人一起。」

我把手縮回來。「現——現在不行……」

「為什麼？」

「我有事。」我含糊地說。

「什麼事？」

我不知道該說什麼。**我為什麼要向她解釋？**

美嘉傾身倚著桌子，放低音量。「茱莉，我知道這對妳很難，我也一樣，但妳不能一直逃避。妳應該去向他告別，特別是現在。」然後她幾乎用氣聲說：「拜託妳，那是山姆——」

在說到他的名字時，她的聲音略為哽咽。我聽出藏在她聲音裡的哭腔。看見她這個樣子讓我難受，說不出話來。不敢相信她會用這個方式逼我。我無法思考，我要保持冷靜。

我緊緊抓著面前的空杯。「我說了，我不想談這件事。」我又說了一遍。

「拜託，茱莉，」美嘉斥責我。「山姆會希望妳去向他告別，妳整整一個星期都沒去看他，他下葬時妳也不在。」

「我知道，我也知道其他人一定有話要說。」我回嘴道。

「誰管其他人怎麼說，」美嘉脫口而出，半站起身。「**山姆**怎麼說才最重要。」

「山姆**死**了。」

此話一出，我們兩人都安靜下來。

美嘉盯著我好長一段時間。她注視我的眼睛，希望從中找到些許內疚或懊悔，但我只是說：「他死了，美嘉，我有沒有向他告別不會改變任何事。」

我們看著對方有好一會兒吧，最後美嘉移開視線。從她的沉默看來，我知道她對我的話感到震驚和失望。這時候我才發現附近的座位也安靜下來，負責我們這桌的女侍者一言不發地經過。

半晌，等到餐館再次恢復嘈雜後，我斟酌地開口。

「這不是我的錯啊，我叫他不要來，但他不聽。我有跟他說留在那裡。所以你們不能一直要我道歉，把事情全怪在我頭上──」

「我沒有怪妳的意思。」美嘉說。

「我知道妳沒有，但其他人大概都是這麼想。」

「沒有，不是所有人都這麼想，茱莉。而且很抱歉，但這件事重點不在妳──而是山姆，我說的是妳沒有出席他的葬禮。妳是他最親密的人，也最了解他，甚至沒有出席他的葬禮哀悼他。妳很清楚山姆值得更好的對待，那才是大家想看到的。但妳沒有出現，一個都沒有來。」

「妳說對了，或許我更了解他。」我說：「或許我覺得他不相信這些東西，說什麼儀式、守靈和學校的人都來了──拜託，山姆根本不在乎，他全都很討厭，他大概很高興我沒有參加！」

「我知道妳不信這些。」美嘉說。

「別假裝妳很了解我。」我說，口氣比我想的還衝，我差點就開口道歉了，但我沒有。

還好在事態一觸即發前，那名女侍者又走過來看看我們有沒有什麼需要。美嘉看著我，看看女侍者，然後又把視線移回我身上。

「我該走了。」她突然說，開始收拾東西。美嘉從位子上起來時，女侍者往旁邊讓開，她放了些錢在桌上，轉身準備離開。「差點忘了，」她說：「前幾天我在學校幫妳拿了作業，不知道妳什麼時候回去上課。」她拉開包包拉鍊。「畢冊也來了。我們是最後領的，所以我也幫妳拿了，喏——」她把所有東西放在桌上。

「噢——謝謝。」

「走了。」

我沒跟她說再見，只是目送美嘉走出門外，伴隨一連串門鈴聲後，又一次剩我一個人。女侍者表示可幫我加滿咖啡，但我搖了搖頭。我突然再也待不下去了，這個嘈雜、擁擠、充斥著甜味的餐館讓我感到焦躁，我得離開這個地方。

接下來，我整個下午都無所事事，在街上到處閒晃。我試著不去想美嘉，不去想我應該怎麼回她，反正都來不及了。我穿梭在鎮上，感受咖啡因對我的影響。至少現在氣溫已不像早晨般冷冽，路旁店家的櫥窗在午後陽光的照射下閃閃發光，我直直走了過去。鎮上有一家古董店，以前我和山姆常常進去逛，幻想未來該怎麼布置我們的公寓。我停在櫥窗前，布滿灰塵的櫥窗後方是一排長長的擱架，擺著畫作和雕像。地上則堆著好幾捲波斯地毯、舊家具和其他的商品。讓我不由得回憶起從前……

山姆遞給我一個禮物。「我買了東西給妳。」

「幹嘛送我？」

「畢業禮物。」

「但我們還沒——」

「茱莉，快打開吧！」

我拆開包裝，裡面是一個翅膀造型的銀色書擋，向外伸展開來。

「這不是一對的嗎？」我問：「另一半呢？另一半不見了。」

「我只付得起一半。」山姆解釋道：「但我剛領薪水，我們可以回去把另一半買下來。」

當我們回到這家古董店時，另一半書擋已經賣掉了。

「誰會只買一半書擋啊？」山姆問負責收銀的女店員。

我轉向他說：「你呀。」

這件事後來變成只有我們才懂的哏，但已經不重要了，我把書擋跟他其他東西裝在一起扔掉了。

這座小鎮到處充斥我們兩人的回憶。以前，每當我下班後，總會發現他待在唱片行。現在，紅色的店門用椅子頂住，幾個人在擱架間走來走去找舊唱片，有人在幫電吉他換弦，卻看不到山姆坐在櫃檯上，替一旁喇叭調整音量的身影。他甚至不是唱片行的店員，他就是認識每一個人。我在有人注意到我，提起我不願談論的話題前，匆匆離開。

我不知道自己還能忍受待在埃倫斯堡多久，我已經厭倦了老是想起那些回憶。我對自己說，我就快畢業了。只剩兩個多月，我就能擺脫這個地方。雖然我還沒決定要去哪裡，但只要不用再回到這個地方，去哪都無所謂。

＊

我不記得自己是怎麼來到湖邊的。這裡離鎮上不算近，事實上，根本沒有路通往這座湖泊，途中也沒有任何標示，也就是說，要找到這個地方只能靠自己的力量。在今天一連串我想避開的地點中，我最不想來的就是這裡。

當我把隨身物品扔到長椅上，朝向湖坐下時，幾片葉子從樹上落下來。我和山姆以前常常在天氣變暖的時候，約在這裡見面。這裡算是我們小小的世外桃源，還無法搬離這座小鎮前的祕密基地。偶爾山姆會下水游泳，我則拿著筆記本坐在這裡，嘗試寫些東西。我只要閉上眼睛，就能聽見他踢水的聲音，看到他瘦削的肩胛骨在湖面移動。但當我張開雙眼，看見光影閃動、平靜無波的湖面時，就會發現我只有一個人。

不要再想山姆了，想點別的。

通常寫作有助於我清空思緒。雖然我有帶筆記本，但在無法專心的時候，要怎麼寫作？或許坐久了就會有靈感也不一定。我用筆尖點著空白的紙面，等待靈感來襲。在學校沒時間盡情創作，所以我會利用閒暇時間練筆，反正上課根本沒機會寫自己想寫的。我明白要先通曉規則才會懂得創新，但寫作應當要能帶來快樂，對吧？我覺得學校的老師都忘了這一點，有時候我也會忘記。希望上了大學，能擁有不同的體驗。

我應該很快就會收到來自大學的回信。我的第一志願是里德學院，那是媽的母校，你可能以為那對我申請大學會有幫助，但媽警告我：「我的大學成績不算特別好，所以別提到我。」她說，「等妳大一點，我再告訴妳發生什麼事。不過，波特蘭是個不錯的城市，妳會喜歡那裡的。」

里德學院離這裡只有四小時的車程，所以我們不會離彼此太遠。有一次我瀏覽他們的課程目錄，開了很多創意寫作的課，授課的教授全是來自世界各地的名作家。我覺得我在那裡可以發揮自我創意，找到自己擅長的領域。也許最後創意論文我會交出一本書稿，但我想太遠了。我發現我需要先交一篇學術論文，所以即使我真的被里德學院錄取了，可能也搶不到課程名額。我先前寫了一些可翻閱的文章，但我怕寫得不夠好。我應該重寫一篇能吸引他們目光的好作品。但上個禮拜我實在寫不出東西來，不管我多麼努力，就是無法不想山姆。他沒能見證我打開錄取通知的那一刻，也不會知道我有沒有進去那所大學。

一個小時過去，翻開的那頁仍是一片空白。或許我該看看書，至少這樣可以找尋靈感。畢冊就放在一旁，我本想把它留在餐館裡，但那名女侍者追了出來，幾乎要把畢冊砸到我頭上，藍灰兩色搭配的封面設計看起來很寒酸。我稍微翻了翻，社團和運動的照片佔了很大篇幅，但我全略過不看。接下來是學級風雲人物、班級耍寶王和最佳死黨，我也不在乎是誰奪冠。我們班有好幾個人四處拉票，我是覺得有點尷尬啦。然後是畢業生的大頭照，但我依然不想看。我跳過所有照片直接翻到最後面給人簽名留言的空白頁，發現倒數第二頁有人已經寫了字。我猜美嘉一定是在給我畢冊前，找時間簽名了。後來我仔細研究字跡才發現不是她寫的。那是別人的字。我一下就認出來是誰，但怎麼可能。

我知道，那是山姆的字。但他是怎麼拿到我的畢冊？又是什麼時候留下這些文字？我想不明白。我不該讀他的文字，至少不要在我這麼想忘記他的時候。但我實在忍不住，雙手顫抖。他的聲音在我的腦海裡響起。

嘿。

只是想搶先一步，我想當第一個留言的人。希望這樣可以證明我有多麼愛妳。我還是不敢相信，三年怎麼過得這麼快？感覺昨天我還在公車上坐在妳身後的位置，努力鼓起勇氣向妳搭訕。想到我們曾經不認識彼此就覺得不可思議。在「山姆和茱莉」相遇以前，還是「茱莉和山姆」？給妳決定吧。

我知道妳已經等不及要離開這個地方了，但我會想念這裡。我明白，妳是擁有大夢想的人，這座小鎮對妳而言太小了，這裡的每個人都心知肚明。但我很開心妳的人生曾短暫落腳埃倫斯堡，因為這樣，我們才能相遇。妳知道嗎？或許這一切都是命中注定。茱莉，我感覺遇見妳之後，我的生命才開始轉動。就這座小鎮而言，妳是最美好的邂逅，對我亦是如此。我意識到只要我們在一起，去哪裡都無所謂。

老實說，我曾經害怕離開家鄉。現在我已等不及往前邁進，跟妳一起創造嶄新的回憶。但別忘了我們在這裡共同擁有的過去。

特別是當妳功成名就之際，無論發生何事，答應我，不要忘了我，好嗎？

無論如何，我都愛妳，茱莉，直到永遠。

妳的摯愛
山姆

摯愛……

我闔上畢冊，盯著水面，讓這個詞在我心中紮根。

一群鴨子出現在湖的另一頭，我看著牠們划過湖面，泛起小小漣漪，聽著身後微風撫過枝葉發出的聲響，讓山姆的話重重地壓在我心底。

距山姆過世已經一個星期了，我為了開始新的生活，一直很努力地消除他在我生活中的痕跡，彷彿要抹去不好的記憶。在我們經歷了一切後，我把他所有東西扔掉，缺席他的葬禮，甚至不曾向他告別。而山姆只希望在他死後，我們能夠不要忘記彼此，然而現在我卻這麼努力地想忘記他。

天空飄來幾朵雲，我不禁打了個冷顫。當我坐在長椅上一動也不動，望著湖面出現長長的陰影時，早上的涼意再次襲來，我突然陷入一股深深的愧疚中。我甚至不知道自己在這裡坐了多久，我只記得自己拔腿狂奔，往鎮上衝去。

當我穿過農夫市集的時候，攤販們正在打烊——一路上我撞翻農產品和成堆的麵包，引起人們回頭。我不管會不會碰見熟人，只是沿著附近街道往家狂奔。從太陽方位和堵塞的交通看來，現在應該傍晚了。跟著路線開的垃圾車大概幾小時前就來過了，但收垃圾的時間表常常更改，也常延遲，裝著山姆東西的紙箱可能還放在路邊。

我一拐過轉角，我家便映入眼簾，我看向路旁，發現箱子已經不在了。全部東西——山姆的物品都不見了。當這股沉重的感覺朝我襲來時，我差點站不住腳，就好像水吸入胸腔，而我忘了怎麼呼吸。

我跑進屋裡檢查廚房，流理台上是空的。我看了看客廳，希望媽有把一些山姆的東西撿回來，防止我做錯決定，但我什麼也沒看到。

我掏出手機，媽現在在她的辦公室，但還是設法在電話鈴響四聲內接起來。

「媽——妳在哪？」

「怎麼了？茱莉，出什麼事了？」

這時候我才意識到我有多麼喘，但我似乎冷靜不下來。

「早上那箱山姆的東西，我丟在外面的那箱，妳有拿進來嗎？」

「茱莉，妳在說什麼呀？我當然沒拿。」

「所以妳不知道東西在哪？」我絕望地問。

「抱歉，我不知道。」她說：「妳還好嗎？妳聲音怎麼了？」

「我沒事，我只是……我得掛了——」

不等她回答，我便掛上電話。我的心一沉，來不及了。山姆留下來的東西全沒了。

我頓時想起我不願參加每個為他舉辦的追憶儀式——紀念那些被我拋棄的回憶。我甚至沒有去他的墓前悼念，我似乎沒辦法冷靜。我在空蕩蕩的屋裡走來走去，因為這些突如其來的情緒，被我壓抑的情感，此時就像冰水般朝我湧來，讓我的手不住顫抖。美嘉說對了，如果山姆知道我是這麼對他的，他會怎麼想？

仔細回想過去幾天發生的事後，我才明白一個事實。一直以來藏在我心裡的憤怒只是為了掩蓋我的罪惡感。

那天晚上不是山姆丟下我，而是我拋棄了他。意識到這點的瞬間，我便衝出了門。

我剛回家的時候，外面已經變天，而現在當我穿過馬路時，整個街區都已籠罩在陰影下方。埃倫斯堡在華盛頓中部不算最小的城鎮，但有一條主要道路貫穿其中，如果一直沿著這條路往下走，就能欣賞到小鎮的全貌。離大學還有幾條街的位置，有一條沒有路標的小路，直直切過小鎮北部。我沿著小路往山區走，天上雲層越積越厚，我感覺空中飄起了雨絲。

從住宅區到墓園要大約一個小時，但這條小路可節省將近三分之一的時間。而且我從我家出來就一直用跑的，所以很快就抵達目的地。

外面下著毛毛雨，但已逐漸化為薄霧，阻礙我的視線。一路跑來讓我的衣服濕了大半，我仍不顧一切地朝墓園入口邁進。

山姆就埋在這裡，我必須見他最後一面，向他告別，跟他坦承我很抱歉沒有早點來，還有我是個多麼糟糕的人。我得讓山姆知道我沒有忘記他。

一個畫面像是電影膠片般在我腦海播放，我看見他坐在自已的墓碑上，穿著他的牛仔外套，等了我整整一週。在我思考該對他說什麼，該怎麼向他解釋我為什麼過那麼久才來時，腦中浮現不下十次的對話。但當我離大門只剩兩呎路時，我停下腳步。

懸在大門上方的路燈嘎吱作響，因為濺到雨水，所以沒有亮。

我在這裡幹嘛？這座墓地是綿延超過四百畝的山丘。我抬起頭，看見無數個墓碑往前延伸好幾哩。我不知道要花多少時間才能找到他，也不知道該從何找起。我雙腳定在冰冷潮濕的水泥地上，我不能進去。我做不到。山姆不在這裡。這裡只找得到那塊屬於他的永眠地，但我不希望這是我對他的最後印象，我不想要這種回憶。我不希望他餘生永遠埋在這座山上。

我在大門外後退幾步，不知道我為什麼要來這裡。我犯了個大錯，山姆不在這裡，我不希望他在這裡。

我下意識轉身離開，差點在重新奔跑時滑跤。

墓園的圍牆消失在我身後，傍晚的薄霧成了磅礡大雨。這次我甚至不知道要去哪，只想跑得越遠越好。雨水在我跑進樹林時傾瀉而下。我不斷跑著，直到鎮上房子和街道的景色早已消失。

大雨使泥土變軟，形成一個個水坑。當我奔跑時，我想像自己進入另一個空間，一切仍然照舊的世界，並希望我能穿越時空，這樣我就能回到過去改變一切。但無論我怎麼努力，似乎都無法**驅使**時空，破解這個讓我痛苦得撕心裂肺的概念。

我的腳忽地絆到某個東西，摔到地上。我渾身疼痛，變得麻木，而後一點感覺也沒有。我努力想把身體撐起來，但似乎動彈不得。於是我放棄了，就這樣在大雨中，趴在鋪著碎石和樹葉的地上。

我好想山姆。我好想他的聲音，想念無論什麼時候打給他，他都會接起電話。我甚至不知道這裡是哪裡，我還可以跟誰說話。現在的我慘得可以，明天絕對會後悔讓自己落到這步田地。但我現在感到深深的絕望與孤獨，我拿出手機後開機。螢幕的光有些刺眼，我忘了早上我把東西全刪了——所有的照片、訊息和應用程式，所以現在螢幕上一片空白。我打開通訊錄，想著可以打給誰，但我實在沒什麼選擇。當我發現找不到山姆的名字時，才想起我也刪了他的電話。我不確定自己是否還記得他的號碼，我甚至不知道自己在做什麼就撥通他的電話，希望透過他的語音信箱再聽一次他的聲音。或許我可以留言給他，告訴他我很抱歉。

電話的回鈴音使我嚇了一跳，在空曠的樹林裡響起這種聲音很詭異。我閉上眼睛，身體冷得直發抖。電話響了很久，逐漸地淹沒我的思緒，我開始覺得它會一直永無止境地響下去，直到聲音戛然而止。

有人接起了電話。

電話那頭沉默了半晌，然後一個聲音透過線路傳了過來。

「茉莉……」

雨滴打在我耳廓上，我漸漸聽見自己心臟撞擊地面的聲響。我臉稍微仰向天空，繼續聽著。

「……是妳嗎？」

這個聲音，微弱而刺耳，就像從貝殼中聽見沙沙的海浪聲。我認得它，這個聲音我聽了無數遍，就跟自己的聲音一樣熟悉。這個聲音……但不可能啊。

山姆……

第二章

「聽得見嗎……」他說：「茱莉？」

海浪聲逐漸褪去，他的聲音越來越清晰。

「妳在嗎？」

我眨了眨眼，讓落在眼窩的雨水流下來。一定是我不小心按到語音留言，但我以為今天早上全都刪掉了。

「妳如果聽見了——就說句話，讓我知道是妳……」

我不記得有這樣的對話，所以肯定不是語音留言。或許是我撞到頭也說不定，開始出現幻覺。我的視線一片模糊，所以我閉上眼睛不想看到樹在轉動。雖然我不確定他的聲音是出自電話還是我的腦袋，但我還是回答了。

「山姆？」

樹林裡陷入一陣靜默，有一瞬間，我以為他走了。他根本就不存在。但然後我聽見一聲不屬於我的呼吸聲。

「嘿……」他鬆了口氣說：「我還以為電話不通了……」

我眼睛睜開一條縫，看見被擠成長條的世界。寒冷使我思緒變得麻木，分不清楚東西南北，或天空在哪個方向。我下意識思考，卻什麼也想不出來。

「山姆？」我又說了一遍。

「妳聽得見嗎？我不確定電話會不會通。」

「發生什麼事了？」

「我不知道妳會不會打給我。」他說，彷彿一切稀鬆平常，正如昨天一樣聊著天。「我好想妳，我超想妳的。」

我沒辦法思考，不知道發生什麼事了。

「妳想我嗎？」

我聽著他熟悉的嗓音，感覺雨打在皮膚上，身體陷入土裡，突然感到一陣頭暈目眩，試圖弄清楚現在的狀況。儘管這一切看似詭異，我仍忍不住問道：「真的……是你嗎，山姆？」

「是我。」他說，笑了一下。「我還以為再也聽不到妳的聲音，我以為妳可能忘記我了。」

「我怎麼會跟你說話？」

「妳打給我。」他的聲音平靜如水。「而我接了起來，就跟平常一樣。」

平常。

「我不明白……這怎麼可能？」

電話那頭安靜下來，雨水宛如汗珠般從我皮膚滑落，山姆半晌後才回答。

「老實說，茱莉，我也不明白。」他承認道：「我不明白我是怎麼辦到的，妳只要知道跟妳說話的真的是我，好嗎？」

「好……」我勉強回道。

我決定順其自然，讓他的聲音為我遮風擋雨，儘管這不可能是真的。我感覺自己有些走神，身體越陷越深，彷彿救命繩索般牢牢抓住山姆的聲音，即使我不知道他的聲音從何而來。我希望跟我說話的人是他，但這不可能，這個想法狠狠地提醒著我。「**我在做夢……**」

「妳不是在做夢。」山姆說，聲音在樹林間縈繞迴盪。「我向妳保證。」

「那我們是怎麼通話的？」

「就跟平常一樣，講電話，就像這樣。」

「但山姆……我還是不——」我說。

「我知道。」他接著說：「雖然這次情況不太一樣，但我保證很快給妳更好的解釋。現在，我們何不享受這個時刻？我是說用電話聊天，再次聽到彼此的聲音。我們聊點別的，妳想聊什麼都可以，就跟以前一樣。」

以前。我再次閉上眼睛，試圖回到以前。回到失去他前，這一切尚未發生前，在所有事情都毀於一旦前。但當我睜開眼睛時，我仍然在這片樹林中，山姆仍然只有電話那頭的聲音。

「妳還在嗎？」他問。他的聲音是如此清晰，我轉過頭，期待看見他的身影。

但這裡只有我一個人，我突然想到一個問題。「你在哪？」

「某個地方。」他含糊地說。

「**哪裡？**」我又問了一遍，調整電話的角度，仔細聽著電話那頭的背景音，但雨聲掩蓋了一切。

「我很難解釋，因為我也不是很清楚自己在哪。對不起，我不是什麼都知道，但這些都不重要，好嗎？我來了，我們再次有了連結，妳不知道我有多想妳……」

我也想你，我好想你，山姆。但我說不出口，一部分的我仍認為自己在做夢，我掉到兔子洞，進入另一個相似的世界。又或者我頭撞得比我想的還嚴重。不管如何，我怕一旦我們的對話結束，我會再次失去他，永遠沒有答案。

雨仍在繼續，但已減弱為毛毛雨。

「那是什麼聲音？」山姆問，邊注意聽。「是雨聲嗎？茱莉，妳在哪？」

我環顧四周，突然忘了自己是怎麼跑到這裡的。「外面。」

「妳在外面幹嘛？」

「我忘了……」

「離家近嗎？」

「不……我──我不確定我在哪。」現在我真的什麼都不知道。

「妳迷路了嗎？」

我想了一下，這個問題有很多種回答方式，但我只是閉上眼睛，屏蔽周遭世界，專注聆聽山姆的聲音，盡可能留在這一刻。

「妳不該在外面淋雨，茱莉……去找個安全地方躲雨，好嗎？」山姆說：「等妳到了，再打給我。」

我的心漏跳一拍，睜開眼睛。

「**等等！**」我激動喊道，聲音有些嘶啞。「不要掛電話！」

我還沒準備好再次失去他。

「放心，我哪兒都不去。」他說：「找個安全的地方再打給我。妳一打來，我就會接，我保證。」

他並未守住先前的承諾，所以我想拒絕，卻開不了口。我希望這通電話永遠不要掛斷，但山姆不斷重複同一句話，直到我開始相信。

「妳一打來……我就接電話。」

我不能一直待在這個地方，我渾身濕透，雙手已經開始失去知覺。我得離開樹林，找個溫暖一點的地方，不然等到太陽完全下山後，就找不到回去的路了。

我不記得電話是怎麼掛斷的，也不記得之後發生了什麼事。這部分的記憶在我腦海就像掉頁的書一樣模糊不清。我只記得我一直走，直到走出樹林，回到主要道路上。

*

回到鎮上的時候，已經是夜晚了，我匆匆沿著濕漉漉的人行道走著，利用商店的遮雨棚躲雨。今早我跟美嘉碰面的餐館已經打烊，但街上的咖啡廳還亮著燈。那是一路上唯一還開著的店。我穿越馬路走進店裡。即使這個時間，店裡仍有一半的座位被大學生佔據，在摩洛哥燈的燈光下融為一體。高腳椅的椅背掛著雨衣，筆記電腦螢幕發出的光照亮一張張面無表情的面孔。我沒有點餐，逕自走向後方的座位。我一坐下來，便把椅子轉向裡面，面向窗戶。這間咖啡廳沒有擺放任何鏡子，所以當我看見玻璃上映著我慘白的臉時嚇了一跳。

吹熄桌上的香氛蠟燭後，玻璃上的倒影也跟著消失。我用手將濡濕的髮絲往後撥，我的衣服滴著水，在硬木地板上留下水漬。或許我該在外面擰乾一點再進來，還好這個角落夠暗，沒人注意到我。

我深吸幾口氣讓自己冷靜下來，環顧店裡。座位靠近我的女人正在看書，我不想讓她聽見我講電話的內容，所以我等了一會兒。她沒有同伴，穿了全身黑，不知道是不是咖啡廳的員工。也許她利用休息時間看書也說不定。她慢慢地喝著茶，讓我很著急。直到她起身離開，我才鬆了口氣。我掏出手機，現在快九點了，時間怎麼這麼晚？在我早上出門後，這是我第一次注意時間。我的手機完全沒有收到任何訊息或未接來電，大概是沒有人發現我不在吧。

我把手機放到桌上，又拿起來，反覆重複這個動作，都記不清有多少幾遍了。咖啡和柴香纏繞在我的鼻腔中。現在我離開了樹林，頭腦也變得清楚許多，想到再打給山姆就覺得荒謬。剛剛發生的事很可能只是我在幻想，至少我是這麼想的。難道我瘋了嗎？

我一定是瘋了，因為我抓起手機，再度撥打他的號碼。

電話撥通了。聽見第一聲嘟聲後，我屏住呼吸，但他幾乎是立刻接起電話。

「嘿……我一直等妳打來。」

聽見他的聲音讓我如釋重負，我手摀住嘴巴，阻止自己尖叫出聲。我不知道該感到困惑或鬆口氣，還是兩者皆是。

「山姆——」我脫口而出他的名字。

「我不確定妳會再打來，」他說：「還以為妳忘了。」

「我沒忘，只是不知道要去哪。」

「妳現在在哪？」

我轉過頭，不假思索地抬頭看向門上方小窗的彩色玻璃，在咖啡廳金色和藍色燈籠光的襯托下，可看見顛倒排列的馬賽克字母。

「日與月。」

「我以前打工的咖啡廳？」他問。我都忘了。我已經有好久沒來這家咖啡廳了。山姆沉默了下來，我感覺他正透過電話聽著這邊嘈雜的背景聲。突然間，我也開始注意周遭的聲音——木凳刮過地板、湯匙敲在瓷盤的叮噹聲，以及人們低沉的交談聲。「那裡是我第一次跟妳搭訕的地方，妳坐在後面的位子，記得嗎？」

我的思緒飛回那一天。黑色的圍裙、冒著蒸氣的熱拿鐵和櫃檯上那朵紙摺的百合花。我還沒點餐，山姆便端著我的飲料過來，然後我們聊了好幾個小時。那已經是差不多三年前的事了。我現在坐的就是那時候的位子，對不對？在後面，靠窗的地方。我完全沒發現。

「我還記得妳以前都會點蜂蜜薰衣草拿鐵，但妳現在不喝那個了。妳改喝黑咖啡，至少還在練習啦。」他說，笑了笑。

感覺就像昨天一樣歷歷在目，但我現在不想回憶過去。「山姆……」我試圖把他拉回現實。

「記得那次妳說要喝濃縮咖啡來寫論文，我跟妳說太晚了不要喝嗎？」他繼續說，用近乎懷念的口吻。「妳還是堅持要喝，所以我做給妳喝，結果那天晚上妳根本睡不著，妳對我好生氣……」

「我不是生氣，只是有點暴躁。」

「還記得我們去看演唱會那晚嗎，我帶吉他去簽名那次？後來我們也去咖啡廳，對不對？我們點了一盤半月餅乾……上面灑糖粉的那個？妳說看起來根本不像月亮，記得嗎？」

我當然記得。這段記憶清楚地在我腦海中浮現，使我心裡一陣悸動。我穿著他的牛仔外套，今天早上丟掉的那件。我們全身淋得溼答答的，就像我現在一樣。我的心怦怦地直跳，他為什麼要重提這些事？這些回憶。我覺得我再也聽不下去了。「你為什麼要這樣？」我問。

「什麼意思？」

「讓我想起這些事……」

「這樣不好嗎？」

「山姆——」我說。

話說到一半，某個人的肩膀映入眼簾，他穿著一件黑色袖子的衣服，拉開我身後的椅子坐下。與此同時，咖啡廳的門被推開，一對情侶走了進來，收起一把折傘。這裡人越來越多，我轉回去面向窗戶，壓低聲音。「我希望你告訴我發生什麼事了，」我說：「我怎麼知道這是真的？」

「因為這就是真的，**我是真的**，茱莉。妳只要相信我。」

「你怎麼會期待我相信你？我感覺自己瘋了。」

「妳沒有瘋，好嗎？」

「那我怎麼會跟你說話？」

「妳打給我，茱莉。而我接起電話，跟平常一樣。」

他的解釋跟先前一樣，但這並不能消除我的疑慮。

「我沒想過你會接起來，我沒想過會再聽到你的聲音。」

「妳很失望嗎？」他問。

他的問題讓我感到驚訝，我不知道該怎麼回答才好。「我不是這個意思，我只是……我——」我不知道該怎麼說，我的思緒太亂，支離破碎，讓我難以集中注意力。有人把湯匙掉在地上，發出清脆的聲響，我聽見別桌傳來笑聲。這裡越來越吵，更多的人湧進店裡，感覺咖啡廳的空間在縮小，我快被壓垮了。

「茱莉……」山姆的聲音把我拉回現實，這是唯一能讓我穩住心神的東西。「我知道現在一切都很不合理，我們兩個又能跟彼此說話。抱歉我沒辦法解釋所有的事，我希望我能解釋，設法證明這是真的。妳只要相信我，好嗎？」

「我不知道我還能相信什麼。」

店裡越來越嘈雜。然後我聽見有人朝我走來的腳步聲，牛仔褲和金髮從眼角一晃而過。走過來的那兩人端著熱飲，在我對面的座位坐了下來。我試著趁他們沒注意時偷瞄。我一認出他們的聲音，心便涼了半截。

泰勒坐了下來，連恩把他們的飲料放到桌上。他們是山姆的朋友，已經交往快一年了。他死的那晚就是跟他們一起辦營火夜。我把臉轉向窗戶，稍微低下頭，利用我濡濕的頭髮遮住側臉。要說學校裡我最可能碰到的人，那就是他們。我很確定他們有發現我沒出席葬禮，我敢說他們絕對很有話說。

山姆從小跟他們一起長大，在我搬來以前，他們有一個小團體，時常一起出去玩。當我和山姆開始交往後，這個小團體便逐漸瓦解。我猜這件事跟泰勒脫不了關係。當我問山姆他們為什麼不喜歡我時，他說這裡的人對於城市的小孩很反感，大概是因為我們的家庭存在著「政治」分歧。泰勒的爸爸開的是耗油量大的卡車，爸則開較環保的車。以前他載我上學的時候，學校的同學常常會露出不屑的神情。爸不喜歡這裡，迫不及待想離開這個地方。

也許他們沒有注意到我，我怕到不敢回頭看。在我想著要等他們離開或是躲進廁所時，一道刺眼的光朝我的臉閃了下。我抬起頭，看見泰勒正把對著我的相機放下來。當她意識到自己忘記關閃光燈時，瞪大了雙眼。連恩喝著他的咖啡，假裝什麼事也沒發生。他們沒有道歉或對我說話，我渾身顫抖不已。

我現在沒辦法面對他們，我做不到。

「茱莉，怎麼了？」

山姆的聲音響起，我才想起我還在跟他通電話。

一輛車駛過，車頭燈照向咖啡廳的窗戶，聚光燈似的打在我身上。我得離開這裡，我突然站起來，差點把椅子撞倒。泰勒和連恩不發一語，但我感覺他們的視線隨著我在座位間移動，撞到許多顧客的外套和肩膀，朝門口走去並拉開門。

雨終於停了。人們從四面八方朝我湧來，我鑽進某個人的雨傘下，把手機壓在胸前，匆匆地沿著人行道往前。我一彎過轉角，便再次拔腿狂奔。直到咖啡廳裡的嘈雜聲和燈光都消失在我身後，路上不再有車駛過為止。

我靠在一根路燈柱上，幾乎照不到街區的這一側。當我喘口氣時，上方的燈泡不停閃爍。我想起山姆還在電話那頭，趕緊把手機放回耳邊。

「茱莉——發生什麼事了？妳要去哪？」

我的頭嗡嗡作響，不知道該怎麼回答，於是我氣喘吁吁地說：「我不知道我是怎麼了——」過去我從未像現在這樣，即使山姆死了，我仍堅持下來。

「茱莉……妳在哭嗎？」

一直到山姆這麼問，我才意識到自己哭了。而我止不住淚水，我到底是怎麼了？我在這裡幹嘛？一切都毫無意義。

山姆放軟了語氣。「對不起，我真的以為我接了電話，妳會好過一點。都是我的錯，但願我能彌補一切。」

我深吸一口氣，說道：「拜託告訴我發生什麼事，山姆，告訴我你為什麼要接電話。」

他沉默了許久才回答我的問題。他說：「我想給彼此一個道別的機會。」

我幾乎在癱倒在地。我強忍著淚水，感覺喉頭一陣哽咽，幾乎說不出話來。「但我不想跟你道別啊。」我勉強擠出這句話來。

「那就不要。妳不用說，好嗎？妳不需要現在就跟我道別。」

我抹著眼淚，不斷喘著氣。

「聽我說，」過了一會兒，山姆說：「不然我給妳看一個東西，我覺得會讓妳開心一點，好不好？」在我問他什麼東西前，他補充道：「相信我。」

相信他。我覺得山姆沒有意識到光繼續跟他講電話這點就可代表我有多相信他了。我不知道我還能說什麼，所以我什麼也沒說。我沉默地站在路燈的光線下，一邊聽著山姆的聲音，一邊告訴自己沒事的，但我已不再確定什麼是真，什麼是假。

＊

我收回先前對那座湖的評論，**這裡**才是今晚我最不想來的地方。

山姆家的車道沒有停任何車，屋裡沒有一點燈光，他的家人肯定是去鎮外的親戚家住了。我不知道我來這裡幹嘛，山姆要我來拿某樣他打算給我的東西。「相信我。」他不斷重複這句話。信箱下方黏著一把備用鑰匙，正如他所說的。我找到鑰匙並打開前門，希望屋裡沒人。

屋裡黑漆漆的，什麼也看不見。鮮花和焚香的味道令我不知所措。我踩過他弟弟的鞋，摸黑尋找燈的開關。一盞燈亮起來後，我環顧四周，客廳裡擺滿了鮮花，已經開始枯萎了。壁爐上掛著一個美麗的菊花圈。這些肯定都是為了悼念山姆。

山姆的聲音從電話裡傳來。「有人在家嗎？」他問我。

「應該沒有，屋裡很安靜。」

「真怪，大家都去哪了？」

「但有很多給你的花束。」我告訴他。「滿屋子都是。」

「花？」山姆重覆道，聲音帶有一絲驚訝。「好怪……妳也有送嗎？」

「我？」

即使知道不會有我送的花籃，連張卡片也不會有，我仍四處看了看。一股內疚油然而生，我再度覺得自己很糟糕。我只能說：「沒看到耶。」

「我媽可能把妳的花放到別處了。」山姆說。

「大概吧……」

我不想再待在這裡，於是我脫掉鞋子前往二樓。一個人待在這棟屋子裡感覺很怪，我輕輕地走過他弟弟詹姆斯的房間，就算他現在不在家，也許是出於習慣。山姆的房間位於走廊末端，房門貼滿了樂團標誌和NASA的貼紙。門把摸起來很冷，我深呼吸了一下，然後轉開門把。

還沒開燈，我就知道房裡的擺設不一樣了。窗簾被拉開來，窗外灑進的月光已夠讓我看清房間裡的紙箱。一部分的書架已經被整理過，看樣子山姆的爸媽早就開始收拾他的遺物，只留下被單和他身上的氣味。我又吸了一口氣。我從未想過我還會回到這裡。

「妳還在嗎？」山姆的聲音把我拉回現實。「抱歉如果我房間很亂。」每次我要進他房間時，他都會說這句話。

「你要我找什麼？」

「應該就在我桌上，」山姆說：「我已經包好準備送給妳了。」

我視線掃過他的書桌，看了看電腦後面、文件夾下方和抽屜裡，什麼也沒有。

「妳確定嗎？再找一次中間的抽屜看看。」

「裡面沒東西，山姆。」我告訴他，環顧整個房間。「一定是收到箱子裡了。」

「什麼箱子？」

我不是很想告訴他。「你房間裡有一些紙箱，我想你爸媽在整理你的東西。」

「他們為什麼要這麼做？」

我頓了下等他自己想通。

「噢……對喔。我一下忘記了。」

「你要我找的話，我可以找找看。」我說。

山姆沒有在聽我說話。「他們怎麼這麼快就開始整理了……」他更像在自言自語。「我走了很久嗎？」

「雖然我不能幫你爸媽說話……但有時候，你很難面對這些東西。」我試圖解釋。

「可能吧……」

為了看清楚一點，我打開檯燈。一半的紙箱裡裝著山姆的衣服、書籍、光碟、收藏的唱片和捲起來的海報——多得是我以為再也不會看到的東西。我突然想起今天早上被我扔掉的東西，現在就在我眼前，山姆的電台司令T恤；我們去西雅圖玩時，他買的西雅圖水手隊的帽子，但他根本不看棒球。這些東西聞起來仍有他的氣味。有一瞬間，我甚至忘了要找什麼。

「找到了嗎？」山姆又問了一遍。

我打開另一個紙箱，裡面滿滿都是錄音設備。這六個月來，山姆肯定一直在存錢買這個麥克風。他一直在說要錄製自己的音樂，我跟他說我會幫他寫歌詞。山姆想成為一個音樂人，他希望有一天他的歌能在電台播放。他想讓他的音樂舉世聞名，現在再也沒機會了。

我終於找到他要送我的禮物，外面包著雜誌頁，裡面塞滿了衛生紙。東西比我想的還重。

「這是什麼？」

「打開看看，茱兒。」

我拆了開來，把包裝紙扔到地毯上。我花了幾秒鐘才認出那是什麼。

「等等……」我把它拿在手中翻來翻去，試圖想清楚目前的狀況。這是一個翅膀造型的書擋，跟我今天早上扔掉的一模一樣，但怎麼可能。「山姆……你從哪裡拿到這個的？」

「古董店啊，這是另一半書擋。」

我仔細看了下，他說得對——這個書擋跟我擺在房間裡的那個不同，這是我們找很久找不到的另一半。「但我以為在我們回去前就被別人買走了。」

「我買的。」

「什麼意思？」

「這是驚喜。」山姆笑了下說：「我又回去把另一半書擋買下來，讓妳以為被別人買走了。這樣當妳把兩個書擋拼成一副時，就會更有意義。將一對翅膀合而為一，不覺得很浪漫嗎？」

只不過另一半書擋已經不在我這兒了，被我扔掉了，現在這兩半書擋永遠湊不成一副。不敢相信我竟然毀了他精心設計的禮物，都被我搞砸了。

「我還以為妳的反應會更大，」山姆說，注意到我的沉默。「我做錯了什麼嗎？」

「沒有，不是你，只是——」我吞了口口水，「另一半書擋已經不在我這兒了，山姆。」

「妳弄丟了？」

我緊緊抓著他的書擋。「不是……我扔掉了。」

「什麼意思？」

「我把所有東西都扔了。」我告訴他。「你所有東西。我再也受不了每天看著那些東西，我想忘了你，對不起，山姆。」

他沉默了下來。我知道他覺得很受傷，所以我對他說：「我有想把東西找回來，但已經太遲了。所有東西都不見了，我知道我很糟糕，對不起——」

「妳不糟糕。」山姆說：「別說這種話，我沒有生妳的氣，好嗎？」

我眼眶再次盈滿淚水。「但我毀了你的禮物……」

「沒這回事，妳還是可以留著它，就跟以前一樣。」

以前。這話是什麼意思？已經回不到從前了。「但你其他東西也丟了，我再也拿不回來……」

山姆想了一會兒。「那妳要不要從我房間拿走一些東西？什麼都可以。」

我早就有這個念頭，但我不敢問。「可以嗎？」

「當然，什麼都可以。」他說：「我希望妳留著。」

我沒掛斷電話，再次查看箱子。感覺很不可思議，我現在做的事跟今天早上完全相反。我拿了那件電台司令的T恤和一些其他東西——一個吉他彈片、幾條橡皮手鍊、他去東京買的那頂帽子。然後我走向衣櫃，把衣櫃打開。裡面還掛著幾件衣服，但我一下就找到了——那件大號的格紋襯衫，以前山姆幾乎天天穿，無論什麼季節。我猜就算是他爸媽也無法扔掉這件衣服。

我從衣架上把衣服取下來，然後穿上。有一瞬間，我感覺他雙手環抱著我，但這都只是我的幻想。我用他的袖子抹了抹淚水。半晌，我走去他的床躺下，手機貼在臉龐的感覺很溫暖。

今天是漫長的一天，這一週尤其漫長，一直到我躺在這個感覺跟我自己房間一樣讓人安心的床上，我才意識到我有多麼累。山姆跟我說我想在他房間待多久都沒關係，甚至不用開口。我沒有掛電話，豎耳傾聽，**感覺**他在電話那頭陪著我。過了一會兒，山姆突然說了一句：「對不起。」

「幹嘛說對不起？」我問他。

「關於這一切。」

一開始，我還是想不通他為什麼要道歉，但後來我懂了。至少我是這麼覺得的。

「我也是。」我輕聲說。

山姆整晚都在電話裡陪我，我們說著話，直到我睡著為止。就跟以前一樣。

第三章

過去

四周暗到什麼都看不見，一隻手從我面前伸過，拉了下拉繩，打開我們之間的檯燈。我們躺在山姆房間的地毯上，枕頭像牆壁般堆在周圍，繫在天花板燈具的白色床單垂了下來。我們正躲在他和他弟弟詹姆斯搭建的堡壘裡。為了看清楚我的臉，山姆伸手撥開我的髮絲。他穿著他最愛的那件寶藍色背心，露出肩膀，襯托出他整個夏天曬出的小麥肌膚。他小聲說：「如果妳很無聊，我們可以做點別的。」

詹姆斯拿著手電筒從床單開口探進頭來。「我聽到了。」

山姆低下頭，抱怨道：「我們在這裡已經兩個小時了。」

「你答應今晚陪我玩的，」詹姆斯說，他才剛滿八歲。「我以為你們玩得很開心。」

「我們很開心呀。」我向他保證，用手肘推了山姆一下。「山姆，**放輕鬆**。」

「對，山姆，放輕鬆。」詹姆斯學我說。

「好吧，再一個小時。」

我緊張地仰頭看著承受床單重量的吸頂燈，環顧整個堡壘，看起來隨時會塌掉。「這樣真的安全嗎？」

「放心。」山姆笑了笑說：「我們常這樣玩，對不對，詹姆斯？」

「在荒地，沒人是安全的。」詹姆斯用嚴肅地口吻說。

「沒錯。」山姆順著他的話說，他看向我。「我們應該擔心外面的危險，最好抱在一起，確保彼此的安全。」他玩味地低語道，湊過來吻了我的臉一下。

詹姆斯皺起臉。「噁，別在**堡壘**裡親！」

「我只親臉耶！」

我大笑出聲，然後安靜下來。「你有聽見嗎？」我豎耳傾聽。「下雨了。」

「是酸雨。」詹姆斯糾正我。

我看向山姆，嘆了口氣。「我得冒雨走路回家。」

「妳可以留下來過夜啊。」他勾起唇角說。

「**山姆。**」

詹姆斯用手電筒照向我們的臉。「媽說如果茱莉留到半夜就要告訴她。」

「你要告密嗎？」山姆露出受傷的表情。「你是我弟弟耶？」

「她說會給我十塊錢。」

「所以你接受賄賂嘍？」山姆說：「我給你十五塊怎麼樣？」

「媽說如果你加碼，她就給我任何對等的獎勵，外加火箭隊的票。」

我和山姆面面相覷，他聳了聳肩。「她太強了。」

「專心一點。」詹姆斯說，從堡壘入口往外看，檢視任何入侵者的跡象。「我們要弄清楚外星人對他們綁架的人動了什麼手腳。」

「我以為我們在末日躲避喪屍。」山姆說。

「……那是外星人造成的，笨。」詹姆斯說，翻了個白眼。他重新調整手臂的位置，像光劍一樣握著手電筒。「我們得趕緊取得解毒劑的原料，不能再失去更多夥伴了。」我們後面躺著塞在枕套裡的熊先生。我們不得不在病毒感染其餘的倖存者前，做出艱難的決定處置他。

「哦，你是說——這個解藥嗎？」山姆拿出一個看起來像是他在擦的古龍水的玻璃瓶。

詹姆斯慢慢垂下光劍，壓低了聲音道：「你一直帶著解藥……在我們的人被感染的時候？」

「一直放在我的口袋裡。」

「你這個叛徒。」

「差遠了，」山姆說：「我是外星人。」

詹姆斯瞇起雙眼。「我就知道。」

當詹姆斯撲向山姆時，我大驚失聲，整個堡壘隨著他的動作倒塌。床單掉到我身上，蓋住我的臉，又隨著我周圍背景的變化向上升，成了片片雪花。

我坐在山姆的車上，車門敞開。我們把車停在里德學院校門口的正對面，地上鋪著樹葉和薄薄一層雪。山姆打開車門下車，走到副駕駛座旁。他蹲下身看著我，伸出一隻手。

「走吧，茱莉，我們去看看。」他說：「我們都大老遠來了。」

「我說了不用，已經開始下雪了，我們回去吧。」

「這還算不上下雪。」山姆說。

「我們回去吧，山姆。」我又說了一遍，把臉轉向擋風玻璃，打定主意要走。

「我以為妳想參觀一下學校？我們不就是為了這個才開**四**小時的車來這裡的嗎？」

「我只是想感受一下這裡的**氣氛**，現在我已經感受到了。」

「就只坐在車上？」他一隻手放在車頂，低頭看我。「我不懂，之前討論的時候妳那麼興奮，現在卻一下就要走了。」

「沒什麼，我想在商店關門前去鎮上逛逛。走吧。」我說。

「**茱莉**……」山姆說，他的眼神告訴我他太了解我了。「告訴我怎麼了？」

我雙臂抱胸，嘆了口氣。「我不知道，萬一我討厭這裡呢？外面看起來跟照片不太一樣，我已經沒興趣了。」

「但妳還沒進去啊？」

「萬一更糟呢？」我指向附近空地上的紅磚建築，外觀跟穀倉很像。「你看，這裡簡直就是埃倫斯堡的翻版。」

「妳應該給妳的夢想學校一個機會，茱兒。」山姆說，直起身體，環視一下來往的人潮。「妳想不想至少跟這裡的學生談談看？問問他們這所大學如何，關於學校生活之類的？」

「不想。」我說：「萬一他們都是些勢利的富家子弟，一直問我爸媽是做什麼的怎麼辦？」

「所以我們才來這裡看看啊。」

我深呼吸了一下。「我不知道，山姆……這座城市給我一種——怎麼說？」我想了一下。「自命不凡的感覺。」

「我以為妳喜歡自命不凡耶。」山姆說。

我瞪了他一眼。

「開玩笑啦。」他笑了笑，「所以現在看來妳一點也不喜歡波特蘭啊。」

「或許是我高估這裡了。」

山姆嘆了口氣，然後再次蹲下與我雙眼齊視。他放軟了語氣。「妳怕離開妳媽，對不對？」他說。

「我不想丟下她一個人。」我說：「我爸已經走了，或許我該休息個一、兩年，在書店打工。李先生說可以升我當協理。」

「妳媽會希望妳那麼做嗎？」山姆問。

我沒有回答。

「這是**妳**想要的嗎？」

我仍然保持沉默。

「她會照顧好自己的，茱兒。」山姆說：「好嗎？這世上沒有比妳媽還獨立的人了。妳媽是教時間畸變課耶，她實際上在其他維度做皮拉提斯。」

「我知道。」我說。

山姆牽起我的手，與我十指緊握。「波特蘭會很棒的。」他向我保證。「我們會租一間不錯的公寓……好好裝潢一下……我會找一家咖啡廳讓我彈吉他，妳可以在那裡寫作……就像我們計畫的一樣。」

「大概吧。」

「我們去看看這間學校怎樣吧。」他說。

「**真的**不用了。」我說：「我在車上就看好了，真的。」

「好吧。」他嘆了口氣。「那我只好把車開進去。」他掏出鑰匙站起來。

「什麼？**山姆**——」

他絕對幹得出來，我在他繞過車前抓住他。「好啦——我下車。」

山姆微微一笑，牽著我的雙手帶我下車，四周忽然霧氣繚繞。我跟著山姆走進霧裡，彷彿進入一道煙牆中，燈光在我四周閃爍，耳邊傳來陣陣音樂，直到越來越響，我才意識到我到了別的地方。

當煙霧逐漸散去時，山姆正牽著我的手進到某個人家擁擠的地下室。他們的爸媽出城去了。這是我第一次參加高中生派對，我一個人也不認識。一張桌球桌上擺滿紅色和藍色的杯子，人們沒有真的在跳舞，只是隨著音樂搖擺身體。有些人在室內帶起了墨鏡，看來我來晚了。

「妳想喝東西嗎？」山姆的聲音夾雜在音樂聲傳來。

「好呀——有什麼？」

山姆看向靠牆的吧檯。「妳想喝啤酒嗎？」他問。

「好。」其實我說謊了，我不打算喝任何飲料，只是想拿個東西在手上。我想起媽曾告訴我她以前常用的手段。「把酒倒掉，換成紅莓汁。」我腦裡響起她的聲音。

山姆帶著我穿過人群走向後面的一張紅色沙發，一個穿著白色毛衣的女孩翹腳坐在上頭。

「她是我堂妹美嘉，」山姆介紹我們認識。「她叫茱莉，剛搬來不久。」

美嘉起身握了握我的手。「很高興認識妳。」她說：「妳從哪搬來的？」

他肯定先喝了點酒。

「那妳目前覺得埃倫斯堡怎麼樣？」他問。我看得出來

「真的嗎？」我問，不知該作何反應。

「喔，看得出來。」

「西雅圖。」

「我還不知道。」我說：「這裡沒什麼休閒娛樂。」

山姆點點頭。「是啊，妳可能很習慣看燈光秀、全像投影和玩3D遊戲機之類的。」

「她來自西雅圖，不是未來。」美嘉說。

「我們是有那些東西啦。」我說。

山姆看向美嘉。「看吧。」

有人撞到我，差點撞倒我的飲料，於是我站旁邊一點。

「這是高年級派對，」山姆向我解釋。「我問了史賓賽妳能不能來，這裡是他家，這是他哥哥辦的派對。」

我想不出回答什麼，只能說：「酷。」

我們沈默了一下後，山姆試圖開話題。

「那妳有什麼興趣？」

「呃，我喜歡寫作。」我說。

「寫書嗎？」

「大概吧，我現在還沒寫出一本書，但總有一天會的。」

「妳最愛看的書是什麼?」他問。

「我喜歡《被埋葬的記憶》。」

「我也是。」山姆說。

「他騙人,他根本沒看過那本書。」美嘉說。

山姆瞪了她一眼。

美嘉用口型說:「我讓你們自己聊。」隨即消失在人群中。

「好吧——或許我還沒看過,」山姆承認道:「但我知道那個作家,他是日本人,對不對?」

「對,石黑一雄。」

「我就知道。」山姆點點頭,「他的書我媽全都有買,就放在我家客廳。」震耳欲聾的音樂慢慢變得柔和,由電吉他彈奏的藍調伴隨著藍儂式的唱腔。「這是馬克.藍尼根的歌,妳知道他嗎?」

「當然。」我說謊。

「他其實是這裡的人,在埃倫斯堡出生,有一次我爸在加油站巧遇他本人。」

「真好。」另一個謊。

「是啊,妳看,這裡也是會發生很棒的事。埃倫斯堡是個好地方,妳絕對會喜歡這裡。」他自信滿滿地說:「我去過西雅圖,那裡爛透了。還好妳搬走了。」

「我喜歡西雅圖。」我說。

「噢……是喔,我是有聽過一些地方很不錯啦。」他勉強笑了笑。

「這歌很好聽。」我說。

「這首歌是〈陌生的宗教〉（Strange Religion）。」山姆說，隨著旋律點頭。「我的愛歌之一。」

我們隨著歌曲輕點頭，不時地尷尬的眼神交接，地下室裡其他人則兩兩抱在一起慢舞。當山姆差點絆倒時，我抓住他的手臂。

「你應該坐一下。」我說，扶他到沙發上。山姆後腦杓靠牆，我看不出來他是否睡著了。剛才他似乎還很清醒。

「你很少喝酒，對不對？」我問。

「對。」山姆說。

「我也是。」我說。

「妳今天能來我真的很開心，」他說：「我不知道妳會不會來。」

「我來了呀。」我說，從他手中拿走杯子放到桌上。

「我們偶爾可以一起出去，像是放學後。」

「好啊。」

「妳喝……咖啡嗎？」

「我不喝，但我在練習喝。」我說。

「妳今天能來我真的很開心。」

「你剛說過了。」

突然間，音樂戛然而止。有人開了燈又關掉。上方樓梯口傳來某人大吼的聲音。

「**大夥兒**——警察來了！大家快從後門出去！」

「山姆，醒醒，我們得走了——」

「嗄——」當我把他的手環住我的脖子，把他從沙發上拉起來時，他打了個呵欠。人們驚慌失措地衝往後院，我跌跌撞撞地跟上去。當我終於穿過門，進入一片漆黑的空間時，山姆的重量自我肩上消失。四周景色再次產生變化，我發現自己身在別處。

微風輕拂過我的肌膚，當我在黑暗中往上看時，我看見我來到了屋外。我眨了眨眼，一個棒球場出現在月光下。中間有一座望遠鏡，朝向天空。山姆正椅著望遠鏡調整一些東西。

「這樣不行。」他說。

「怎麼了？」我問。

他抬頭看我，眼裡閃過一絲失望。「今天霧太濃了，什麼都看不到，我還以為可以，我想給妳一個驚喜。」他說。

我瞇起眼看向天空。「什麼驚喜？星星嗎？」

「不是，我想讓妳看土星環，因為妳上課時寫的那個故事。妳說妳想親眼看看土星環，這樣就可以形容得更好。」他再次傾身檢查鏡頭。「可惡。」

「不敢相信你大費周章就為了這個。」

「我寫郵件給大學天文系跟他們借望遠鏡，」他跟我說：「他們只願意讓我借今天晚上。」

「山姆……」我輕聲說，摸著他的背。他抬起頭。在這之前，我們還沒接吻過，我永遠忘不了當我捧著他的臉，把他拉向我印上我的唇時，他驚訝的表情，以及從望遠鏡的金屬感到些微靜電的感覺。

「謝謝你為我做的一切。」我低語道。

「但妳根本什麼都沒看到。」

「我的想像力很好的。」

我們都笑了起來，山姆摟著我，把我拉近，在陰雲密布的天空和月光的點綴下，給了我一個更長的吻。

我記得他最後說：「我會找時間再帶妳來，我保證。」

他食言了。

第四章

現在

當學校鐘聲在空曠的走廊迴盪時，我才姍姍來遲。今天早上我錯過了公車，讓我不得不在上課時間進到教室，引起更多人注意。我想過翹掉第一節課，完全避開這種情況，但我已經缺席整整一週了，而且我人都到了學校。還是算了吧，反正我遲早要面對其他人。至少昨天我記得設鬧鐘，但我從未想過我會在山姆的床上醒來，必須匆匆趕回家。

山姆。

我仍試圖弄清楚昨晚發生的事。**樹林裡的那通電話、再次聽見他的聲音**，全都是真的，對不對？不然我怎麼會在他的房間醒來？我反覆告訴自己，我只要再在這個地方待七小時，就可以打給他了。我一整天都在想這件事，只有這樣，我才能打起精神度過沒有他的校園時光。

我深吸了一口氣後，走進第一堂課的教室。教室裡頓時鴉雀無聲，所有人的頭都慢慢轉向我。懷特老師停止寫黑板的手，張開留著落腮鬍的嘴巴，彷彿要說些什麼似的。但他轉開視線，繼續上課，允許我回到我的座位坐好。我走在桌椅間的走道，沒人與我目光相接。當我瞥見靠窗的兩個空位時，心跳幾乎停止。那是我和山姆以前的固定坐位，但我沒有駐足太久，因為我感覺其他人在看我。我深呼吸了一下，走過去把我的東西放下。我沒有看其他人，只是直視前方，看著時鐘指針滴答滴答地走。

下課後，大家都無視我的存在。沒有人問我好不好或者看向我。我不知道自己到底期待回來學校會發生什麼事，我很難不在意。也許他們都注意到我沒有出席葬禮，也許他們覺得我很冷血，是在男朋友死後毫不心痛的人。接下來的時間一直是這樣，每當我經過走廊時，人們會瞬間安靜下來，在我背後竊竊私語。但我挺直下巴，假裝自己什麼都沒聽到。我突然想起泰勒偷拍我的事，不知道她傳給了誰。大概是她那個小團體，那天晚上也參加了營火夜的那群人。我很確定看見我那個樣子會讓他們感到痛快。還好我跟她和連恩不同班，我一整天都在極力避免碰到他們兩個。我甚至走另一邊的樓梯，為了不要經過他們的置物櫃。

到了中午，我不知道該去哪裡吃午餐，我慢慢夾了些食物放到餐盤上，到處張望尋找美嘉。我整個早上都沒看到她，或許她還沒準備好回來上課。自從我們昨天在餐館見面後，她一直沒有聯絡我。要是她知道昨晚發生什麼事就好了。**我打給山姆，而他接起了電話。**但我還不能把這件事告訴她，山姆會希望我跟她說嗎？我應該問問他的意見再做決定。如果我們通電話的事是真的話，我可不想冒險行事。

自助餐廳裡很多椅子都被拉開，卻沒位子可坐。我有想過去外面吃，但我感覺大家都在看我。我不想讓他們覺得我怕一個人吃飯，我不想成為那種躲進廁所隔間吃飯的女生。

我在餐廳後方找沒有人坐的桌子，然後一個東西吸引了我的目光。一張椅子背後，一個玫瑰型的珠寶掛在白色絲綢背包上閃閃發光。那是我朋友由希的背包。滑順的黑髮從背後垂下披在她的背包上，又長又漂亮。她跟另外兩名交換學生靠窗而坐——來自越南的瑞秋和泰國的阿傑我走過去，放下我的餐盤。

「這裡有人坐嗎？」

他們從餐盤抬起頭來，看著我，眨了眨眼。阿傑比同桌的人還高出一個頭，他摘下耳機，用手梳過前額的黑色碎髮。他穿著一件去西雅圖玩時買的藍色棒球條紋衫。

「不——當然沒有。」瑞秋說。她今天綁了個馬尾，把她的背包拿起來，為我騰出位子。「坐呀。」

「謝謝。」我說。

當我在她和阿傑中間坐下時，彼此尷尬地笑了笑。我和坐在對面的由希點頭打了招呼，默默地吃飯。通常他們三個人都很會找話題，但沉重的氣氛讓我們保持靜默。

阿傑默不作聲地把一盒切片芒果推到我前面，表達對我的安慰。我對他露出微笑，夾了一片。阿傑接著把一包自製餅乾塞給我，還有幾個他知道我愛吃的奇巧抹茶巧克力。那也是他最愛的口味，我試圖婉拒他的好意，但他堅持分我吃。「那我們一人一半怎麼樣。」他說。他一直都這麼貼心。

瑞秋朝我笑了笑。「我們很想妳，茱莉。」她說：「我們一直都在想妳，很開心今天能跟妳一起吃午餐。」

「我們也很想山姆，」阿傑悲傷地說：「真的很遺憾……發生那種事。」

大家再次沉默下來。由希的目光在我和阿傑身上游移，彷彿在觀察我聽到山姆名字時的反應，以確定是不是可以提到他。他們說到他的語氣確實讓我感覺怪怪的，彷彿昨晚我不曾與他通電話似的。

「山姆是個很好的朋友。」由希補充道，點了點頭，勉強擠出一個笑容。「對我們都很好，我們一輩子都會記得他。」

「一輩子。」瑞秋說。

聽到他們這麼說讓我感覺充滿暖意，尤其是由希。她認識山姆的時間比其他人久，她第一年當交換學生的時候，就寄宿在山姆家。山姆是她來到埃倫斯堡認識的第一個朋友，帶她遊覽這座小鎮。他媽媽希望這樣可以使他的日語進步。葬禮後隔天，她把一些湯和茶送來我家，就算她的訊息我一個都沒回。

阿傑和瑞秋幾個月前才搬來這裡，這是他們在華盛頓生活的第一年。我們學校還有其他國家的交換學生。來自歐洲的學生受到熱烈的歡迎，所有社團都希望他們能夠參加。由希、阿傑和瑞秋卻難以融入這裡。儘管他們的英語能力不成問題，卻被當成異類，沒有人願意像對待法國和德國的交換學生一樣，主動跟他們說話，所以他們非常依賴彼此。可惡的是，當其他人看見他們總是聚在一起時，竟然指責他們不跟學校其他人交流。在山姆告訴我這件事前，我一直未曾注意過。山姆說他的朋友會用**那些**亞洲人稱呼他們。後來當山姆表示：「我也是亞洲人。」的時候，他的一個朋友說：「是沒錯啦，但你……**不一樣**。」因為山姆在這裡出生長大，說英語沒有腔調。山姆從未回嘴，只是有一天突然抓起包包，走去跟由希同一桌，我也跟他一起過去。他不在，讓飯吃起來備感空虛，彷彿**失去了什麼**。我知道其他人也有同樣的感覺。

阿傑又遞給我一個奇巧巧克力，並湊向我。「妳需要幫忙儘管說，」他輕聲說：「我們都會陪在妳身旁。」

除了謝謝，我不知道還能說什麼。我用叉子戳著我的沙拉，大家繼續安靜地吃著飯。過了許久，我突然對他們說：「如果山姆知道你們對他的看法，一定會很開心的。」我打從心底相信這件事，也打算晚點把這件事告訴他。

*

放學後，我匆匆走向置物櫃收拾東西，避免碰見任何人。我只想回家，躲進房間後立刻打給山姆。我們約定好了。當我站在那裡時，我感覺到有人來到我身後。我的肩膀隨即被拍了一下。

「茱莉？」

我轉過頭，撞上一雙墨綠色的眼睛。是奧利佛，山姆的死黨，他站得離我很近。他穿著他那件藍色字母棒球外套，用單肩揹著背包。

「妳真的回來了……」

「有什麼事嗎？」

「我來妳打個招呼。」

「噢，嗨。」我很快地說。把頭轉回置物櫃，抓起另一本書，希望他能讀懂我的意思。

奧利佛沒有離開。「妳最近還好嗎？」

「很好。」

「噢……」他等著我說下去，但我什麼也沒說，或許他期望聽見不同的回答。但我現在沒心情談那件事，尤其是跟他。但他接著說：「已經過了整整一星期了，對不對？」

「大概吧。」

「妳確定妳真的沒事？」奧利佛又問了一遍。

「我說我很好。」

我不是故意口氣這麼嗆的，但即使他跟山姆是很好的朋友，我和奧利佛一直處不來。我們之間的氣氛總是很緊繃，我一直不明白為什麼。感覺就像我們兩個一直為了山姆爭風吃醋。我曾經試圖了解奧利佛。每次我們跟山姆在一起的時候，我記得有幾次我試著跟他聊天，但他總是愛理不理的，或是乾脆假裝沒聽到。他會邀山姆出去玩，但跟我說他的車沒位置了，或者沒有多餘的票。所以我不想理他情有可原，特別是現在山姆不在了。我不需要給他好臉色看，我又不欠他。

而且那天晚上奧利佛也在現場，或許他就是想跟我談那件事。我現在不想跟他起衝突。我關上置物櫃。「我要走了。」

「但我想跟妳聊聊。」他有些緊張地說。

「我現在真的沒時間，抱歉。」我不再多說，轉身離開。

「等一下——就一分鐘？」

我仍繼續往前走。

「**拜託。**」奧利佛從後面喊道。他尖銳而受傷的嗓音使我頓了下，停下腳步。「拜託……」他又說了一遍，幾乎透露出絕望。「我已經沒有其他人可說了。」

我緩緩轉過身。我們站在原地，看著對方，人們不斷經過我們身旁。現在我看著他，我看得出他哀傷的表情。他也失去了山姆，但他不像我一樣仍跟山姆有連結。我走向奧利佛，縮短我們之間的距離，輕聲說：「是山姆的事嗎？」

奧利佛點了點頭。「大家都不懂。」他說，朝我走近。「為什麼是他發生這種事。」

我把手放在他的肩上，感覺他的身體有多麼緊繃，像是在壓抑某種情緒。我們兩人都沒有再開口，因為不需要。這就像第一次我們理解彼此。

「我知道……」我說。

「我真的很開心妳回來了。」奧利佛說：「妳不在，我也覺得怪怪的。」然後他突然伸手摟住我，緊緊抱住我，外套上的皮革柔軟地貼著我臉頰。通常我會迴避這種強烈的情感，但在這個情況下，我默許他抱著我。我們都失去所愛的人。片刻後，奧利佛把我放開，重新調整他的背包。「我可以傳訊息給妳嗎？就聊聊天？」

「當然可以。」

奧利佛笑了笑。「謝謝，明天見。」

我看著他沿著走廊離開，幾乎像是我們初次見面。現在就說我和奧利佛以後會成為朋友還很早，但至少，情況將有所不同。

*

回到家，我就發現媽的車停在車道上。當我進屋時，她正在廚房洗碗。我一關上門，便聽見水龍頭關緊的聲音，媽的聲音跟著傳來。

「茱莉？」她從廚房叫道，我還沒回答，她就一臉鬆了口氣的樣子衝進客廳。「妳一整天去哪了？」

我脫掉外套。「我在學校，我以為昨天跟妳說過了。」

「那妳怎麼不回我訊息？」她問。

「什麼訊息？」

「昨晚我有傳訊息給妳，我還打給妳。」

「打給我？」我不記得醒來時有看到任何來電通知。昨晚我只有跟山姆通電話，我重新檢查手機。「妳確定嗎？我手機沒有妳的來電紀錄啊。」

我把手機給她讓她自己看。

「我很確定。」她說，一邊瀏覽我手機裡的來電紀錄。「真奇怪，我真的有傳訊息給妳呀，這是妳的手機嗎？還是我的。」

「可能是系統出錯了吧。」

「可能吧……」媽思索道，把手機還給我。「不管他們有多聰明發明這些東西，總是會出錯。」她長長嘆了口氣。

「對不起，讓妳擔心了。」

「沒關係。」媽說：「妳沒事就好。」她接過我的外套，掛到牆上的掛鉤上。「還好今天早上我有發現妳的背包不見，所以我想是妳可能去學校了。妳昨晚多晚才回家？」

「噢——」我垂下視線，她沒發現我整晚沒回家。「沒有很晚啦……」我說。

「其實妳可以叫我載妳去學校。」

「我不討厭走路上學啦。」我朝樓梯走去。

「等一下。」媽叫住我。「學校怎麼樣？還好嗎？」

我停在第一階樓梯上。「很……好啊。」我沒有回頭。

「妳不想跟我聊聊嗎？」

「現在不想，我有點累了。」

媽點了點頭。「好吧，妳知道我一直都在，茱莉。」我在她說話時，邊往上走。「但我們應該盡快把妳的手機送修！我的也是，我一直在想這件事，我懷疑有人想駭進我們的手機，我們可能已經被**竊聽**了。話說回來——這年頭不都這樣嗎……他們可能錄下了我們所有的對話，小心點！」

「我會啦！」

我關上房門，環顧四周，每個東西的位置正如我離開前那樣。早上我在去學校前，先從山姆家趕回來換衣服和拿東西，所以我才會遲到。我本來沒打算在他家過夜，但我累壞了，山姆也跟我說可以睡在他房間。從我睡著後，我就沒跟他說過話。我坐在床沿，掏出手機，我們說好放學後我一回到家就打給他。還記得我要他答應我絕對會接電話，不然我睡不著。我盯著空白的手機螢幕，雖然我的理智一直告訴我昨晚只是在做夢，但我抬起頭，看見他的格紋襯衫就掛在我的椅背上，書桌上擺著他昨晚給我的另一半書擋。他的電台司令T恤則摺好塞在中間那格抽屜。剛才我檢查了下，確保衣服還在。

我稍微查看手機，不知道為什麼，山姆的號碼並未出現在來電紀錄裡。今天早上醒來時，我就注意到了，就好像沒有證據證明我們通過電話。這件事不可能只是我的幻想吧？不然我怎麼會知道備用鑰匙在信箱底下？我猜要確認就只有一個方法。我深吸了一口氣，撥通山姆的號碼。電話的嘟嘟聲搞得我很緊張，但只響了兩次，他就接起來。

「茱莉……」

我胸口的大石落了下來，再次鬆口氣。「山姆。」

「妳聽見我的聲音還是鬆了口氣。」他笑了下說。他溫暖的嗓音將我帶回最初，就好像……回到**從前**。

「這能怪我嗎？」我小聲說，彷彿隔牆有耳。「我沒想到你會接。」

「但我答應妳我會接的，不是嗎？」

我吸了口氣，仔細聆聽他的聲音。「我知道……所以我才打給你，但你也知道這件事有多不可思議，對不對？你應該不在了……」

「什麼意思？」他問。

我胸口倏地一緊，我聽不出來他是不是在開玩笑。他肯定知道一週前那個晚上發生了什麼事吧？**營火之夜、未接電話和急駛而來的車頭燈**。我們是絕不可能再次透過電話說話。我幾乎不敢問這件事，但我必須弄清楚。我的喉嚨像是哽住般，難以開口。「**你死了**，**山姆**……你知道吧？」

他沉默了半晌才回答。

山姆吁出一口氣。「我知道……我還在接受這個事實。」

我感到一陣寒意襲來，有部分的我希望聽見別的答案，能讓他回到我身邊。「所以這一切都是我在幻想嗎？」

「妳沒有在幻想，茱莉，我向妳保證，好嗎？」

又一個承諾，沒有任何解釋。我緊緊抓著手機，努力穩定心緒。「我還是不明白怎麼會有這種事，我們怎麼可能再跟彼此說話？」

山姆又沉默下來。我把手機換到另一隻耳朵，等待他的回答。「老實說，茱莉，我真的不知道。」他說：「我只知道妳打給我，我接了起來，我們便再次有了連結。」

「事情不可能這麼簡單——」我說。

「**為什麼不可能？**」山姆反問道：「我知道現在看來很沒道理，但也許我們不需要問這些不知道答案的問題，讓事情變得複雜。我們只要盡情享受這個機會，在機會還未消失前。」

我盯著牆面發呆，思考他說的話。**另一次機會，再次有了連結。**或許他說得對，也許這是宇宙送給我們的禮物，或出了點差錯，遠超出我們的理解範圍。我回想起昨晚發生的另一件事。「我離開咖啡廳後，你說了一些話。你說你想給我們一個道別的機會，你說那就是你接起電話的原因。你剛說的是這個意思嗎？」

山姆不慌不忙地向我解釋。「我認為到了某個時候，我們都需要道別，但妳現在不用擔心這件事，好嗎？」

「那⋯⋯在那之前，我還可以打給你嗎？」

「當然嘍，隨時可以。」

「你保證會接起來？」

「一如既往。」

一如既往。

我閉上眼睛，思索他的話。我的思緒沒過多久便回到**從前**，在一切尚未改變，我們的計畫仍在進行中；在山姆還沒死，我一伸手就能觸碰到；以及所有東西都被奪走之前。我感覺電話的另一頭，山姆也跟我一樣回憶從前。我一睜開眼睛，便發現自己再次回到房裡，獨自一人。當我想著山姆和這個第二次機會時，我突然想到一個問題。我知道我之前問過了，但他從未告訴我答案。「你現在在哪，山姆？」

「某個地方。」他含糊地說。

「**哪裡？**」

「我沒辦法告訴妳，至少現在不行。」

不知道為什麼，我感覺不該逼他回答。「是我去過的地方嗎？」

「應該不是……」

我努力聽著電話那頭的背景音，但什麼也沒聽到。

「那你能至少告訴我附近有什麼嗎？」

他過了會兒才說：「一望無際的天空。」

我看向窗戶。窗簾已經拉起一半，所以我走過去掀開窗簾。窗戶沒有上鎖，所以我推開窗。當我越過屋頂往外眺望時，微風吹了進來。我望向遠處的山丘，一直朝向天際。感覺到山姆在聽我的動靜，我問他：「我們看的是同一片天空嗎？」

「也許吧，我不是很確定。」

「你應該只能告訴我這些吧。」

「至少目前是這樣，對不起。」

「沒關係。」我安慰他。「我很高興你接起電話。」

「我很高興妳打給我，」他說：「還以為我永遠沒辦法再聽到妳的聲音。」

淚珠滾落我的臉頰。「我以為我失去你了，我好想你。」

「我也想妳，我一直都在想妳。」

我沒有繼續追問他，起碼現在不會。不管現在是什麼狀況，我都會接受，接納這個與失去的摯愛重新連結的可能性，無論有多麼不可思議。我們繼續講著電話，好像做白日夢般，我不斷問他什麼是真的，什麼不是，不知道這些事還重不重要。我們聊著無關緊要的事，感覺就像回到過去的時光。我告訴他由希和其他人午餐時分說的話，和今天在學校發生的事，像是我跟奧利佛的對話。一切都彷彿是我的想像，有些事卻難以解釋。雖然告訴自己一切都是假的會比較輕鬆，但後來我看到不該出現在我房間裡的東西——**T恤、手鍊和另一半書擋**。倘若他沒告訴我備用鑰匙放在哪，我要怎麼拿到這些東西？

我的腦中充滿疑問，但我暫時將其拋到一邊，享受這個詭異而美好的兔子洞。我不在乎這一切是否可能，山姆回來了，我不想放手。

第五章

我在李先生的書店打工快三年了，這裡是一座遺跡，擺滿了許多皮面裝禎的書籍、稀有的外國書和收藏品。儘管現在越來越多人會上網買東西，這家書至今已經過兩個世代，仍屹立不搖，是鎮上僅存的書店。我剛搬來的第一週偶然發現這家書店，店外沒有招牌，也沒有店名，唯一的特徵就是櫥窗內擺成螺旋塔的書，很多客人都是出於好奇才進來。

老實說，當初來應徵的時候，我不確定這份工作會持續多久。每次上班途中拐過轉角時，我都很怕發現店裡的燈是關的，門上「已打烊」的掛牌也沒有翻過來。我很驚訝在沒什麼生意上門的情況下，李先生仍沒有辭退我們。我對他的好心感激不盡。

當我進去時，水晶風鈴敲在玻璃門上叮噹作響。現在是我回去上學的隔天，我決定放學後順道來看看。經過一個禮拜不與外界接觸後，是時候回到正軌。當我踏進門內時，感覺就像進入一道傳送們。綁著線的燈泡以不同的高度懸掛在半空中，不時閃爍。從外面看書店感覺很小，但十六排幾乎碰到天花板的手繪長書架，讓整體視覺有放大的效果。

整間店看起來似乎沒有人，比平時還安靜，然後我聽見一個箱子被拆開，接著是撕膠帶的聲音，然後幾本書砸到地面上，一個人的聲音隨之傳來。

「**噢，天啊。**」

我想過崔斯坦今天會來上班，循聲走過去，發現他正蹲在奇幻區的書架後方，一邊小聲嘟囔著，一邊撿起掉到地上的書。我蹲下來幫他。

「要幫忙嗎？」

「嗄？靠——」

崔斯坦頭轉得太快，撞到了書架梯。

「我的天——你沒事吧？」

「我沒事。」崔斯坦發出呻吟，強忍痛楚對我微笑，他眨了眨眼認出我來。「茉莉？妳什麼時候來的？」

「剛剛。」我幫他檢查額頭說：「你的額頭應該處理一下。」

崔斯坦擺擺手。「不用啦，真的沒事。」他重複道，訕訕地笑了笑。「我常常這樣。」

「我有點擔心耶。」

「沒事啦！不過是一個包而已。」

我們把書疊好後，我扶崔斯坦站起來。他直起身子，手在他那頭棕色捲髮梳了幾下，但鬈曲的髮絲立即彈回原處。那是他緊張時的動作。

「抱歉嚇到你了。」我說。

「妳沒有嚇到我啦，」他說，拍了拍衣袖。「我只是有點訝異而已，不知道妳今天會來。」

「我想說今天來看一看，我知道我離開有點久了。」我環顧書店尋找變化，但就跟我離開前一模一樣。我轉向崔斯坦。「我突然離開對不起喔，我聽說你自願接我的班，我還沒跟你說謝謝呢。」

「噢，不用謝我啦，我很開心能幫忙。」

除了李先生，這裡的工讀生只有我和崔斯坦。如果我們其中一個人生病了，另一人就要負責替班和打烊。我們彼此依賴，特別是在期末時必須協調考試時間。我整整一週都沒跟他聯絡，讓我覺得很對不起他。崔斯坦是高一，所以我們沒有同班的課。我們第一次交談，是在應徵這個工作，一起坐下跟李先生面試的時候。李先生說我們對書的了解讓他印象深刻，因為我們看最多書的類別，特別錄取我們。他注意到我看很多青少年和文學小說，崔斯坦則對科幻和奇幻小說有所涉略。後來我們才知道當時應徵的人只有我們倆。

「我還是覺得很不好意思。」我說。

「不要這樣想啦，」崔斯坦說，搖了搖頭。「妳應該盡量休息久一點的，我喜歡待在這裡，所以不要覺得不好意思。」

風鈴響了起來，讓我們知道有客人進來了。崔斯坦回頭看，用手梳了下頭髮。他小心翼翼地低語道：「那妳還好嗎？我一直想連絡妳，但我不知道會不會太快，很遺憾山姆發生這種事，妳現在一定很難過……」

我盯著地板，不知道該說什麼。自從山姆接起電話後，感覺我的世界再次翻轉，我再也不知道該怎麼回答這些問題。到底該怎麼在悲傷和希望間取得平衡，又不引起別人誤會呢？而且不會洩露秘密？「我只是順其自然……」

崔斯坦點頭。「我明白……」

風鈴再次響起，我利用這個短暫的空檔轉移話題，手撫過書架。「對了，店裡最近還好嗎？」

「很好啊。」崔斯坦諒解地說：「妳應該看看這個。」他拉著我的手臂，把我拉到書店另一區。一個女人帶著她的兒子在前面櫥窗逛二手書。崔斯坦朝他們露出笑容。「有什麼事請叫我。」他說。

我們來到放科幻書的區塊，這裡是他最喜歡的角落。

「妳看——整套的《太空忍者》（Space Ninja）收藏版。」崔斯坦說，讓我欣賞他最近在整理的書架。「全世界只有五十套。」

「噢，哇。」

崔斯坦小心地翻開一本書。「書裡附有 NexPod Galaxy 全部的雷射全像地圖，不覺得很酷嗎？」他又翻了一頁。「這是超級船長鐵爪的圖片——也是雷射印刷。稍微把書傾斜，爪子就會動。」

「真漂亮。」我摸了摸閃亮的雷射紙。「但看起來很貴。」

「這已經賣出去了。」

「噢——那書為什麼還在？」

「我還沒寄出去，」他解釋道：「有人在網路上買了這套書。」

「我們有網站了？」

「上禮拜開始的。」崔斯坦說：「我們現在架設了網路商店，擴大了的顧客群。」

「那很棒耶，李先生也同意嗎？」

「當然嘍，他還要我創建書店的 Facebook 粉絲團，還有，我們也申請 Twitter 了。」

「現在還有人在用那個嗎？」

「妳會大吃一驚。」

崔斯坦把書擺回書架上。「我還連絡了作者史蒂夫・安德斯（Steve Anders），請他來店裡簽名，他也回覆我了。」

「真怪。」

「**我的天啊**，他什麼時候要來？」

「他沒有要來。」崔斯坦說，皺起眉頭。「他的公關表示從未聽過埃倫斯堡這個地方。」

「大部分的人都沒聽過。」我嘆了口氣說：「至少你問了。」

「是啊，李先生也這麼說。」

風鈴再次響了起來，另一個客人走進店裡。看見客人進到店裡總會令人感到開心，即使他們沒有買任何東西。安靜片刻後，我聞到鼠尾草和茶葉的味道。書店裡瀰漫著一股平靜的能量，我轉身瞥見店後方的門打開來，李先生就站在崔斯坦身旁，一隻手放在他的肩上。他常常這樣突然出現。

「午安，茱莉。」

「李先生……」我只喊了他一聲。我本來就希望他今天會來店裡，沒有早點聯絡他，讓我感到一陣愧疚，但我知道他很善解人意。沒有人知道，當我得知山姆的死訊時，我就跟李先生在一起。事實上，當天早上接到美嘉電話的時候，我正待在店裡。李先生把我從地上扶起來，提早打烊，開車載我去醫院，之後又載我回家。他一直很喜歡山姆來店裡。

李先生說山姆「會帶來好運」。

「那我帶來什麼？」有次我問他。

「妳帶來山姆呀。」

「書很想妳。」李先生說著揮動手臂。雖然其他人可能會覺得他說話很無厘頭，但我已經對他將店裡的書擬人化，賦予它們生命的說話方式習以為常。比方說，當購入一本新書時，他就會說：「我們得為這孩子找個家。」這種說話方式總讓我會心一笑。

「我一直沒有忘記它們。」我說。

他點點頭。「我有感覺妳今天會過來，」他說：「時機剛剛好，我有個東西想給妳看。」我們留下崔斯坦招呼客人，進到後面的辦公室。辦公室位於一個秘密書櫃後方，但其實也不算隱密。每次我沿著懸掛天花板的吊燈和紙飾穿過書櫃時，都感覺自己像愛麗絲一樣穿過鏡子。

房間裡堆著一疊疊的棕色紙箱，箱子裡裝的都是還沒位置，或尚未登錄分類的書。李先生要我在這裡等一下，逕自走進角落的一間小辦公室。等他回來時，手裡拿著一本外表我認不出來的書。

「上禮拜我在捐贈箱裡找到這個，妳看看——」他把書遞給我。

我手摸著封面。這本書有一個漂亮的棕黃色皮革表面，摸起來很軟，上面有一個繡花圖案，灑著金粉，沒有書名。或許書皮遺失了，我翻了翻尋找這本書的書名是什麼，但裡面每一頁都是空白的。

「這是一本筆記本，」李先生說：「漂亮吧？」

「這太……」我低語道，對內頁的紙質嘖嘖稱奇。「竟然有人會想捐這本筆記本，根本沒用過呀。」

「我馬上就想到了妳。」他說，指著後方桌面上的電腦。「我注意到妳偷偷從印表機拿紙寫東西，所以我想妳可能會喜歡這個禮物，誰知道呢……或許如果妳用筆記本寫，可能會更有靈感。」

「我只是借了一些紙。」我說。

李先生笑著擺擺手。

我低頭看著筆記本。「你要給我這個？」

「只要妳好好使用，」李先生說著點點頭。「我把它視為一種投資。」

「怎麼說？」

「妳看嘛——一旦妳寫了書，我們就可以把書上架，放在前面的櫥窗展示。」他解釋道：「然後我就可以告訴客人作者本人在這裡寫了那本書，用我送她的筆記本。」

我將筆記本緊緊抱在胸前，露出笑容。李先生一直很鼓勵我寫作。「利用看店的時間，從書裡尋找靈感，它們有很多想法。」有時候我會跟他分享我的故事，聽聽他的意見。李先生跟學校裡的英文老師不一樣，他對世界各地的文學懂得很多，總覺得我的文字很美。他了解我想表達的意思，就連我自己都不是很清楚。「但我不知道我能不能寫出一整本書。」我坦承道：「最近我連構思都有問題，我已經不知道要寫什麼了。」

「妳最近在想什麼？」他問。

我手滑過筆記本的書脊。「都有吧。我的生活，大大小小的事。」**當然還有山姆。**

「那就寫吧，把這些事全寫下來。」

我看著他。「李先生，沒人想知道我的生活啦。」

「那妳是為誰而寫的呢？」李先生問，挑了挑眉。他之前就問過我這個問題。我知道他想聽到什麼答案——**我是為自己而寫**。但我不太確定這句話的意思，我總是忍不住在意人們所想，特別是怎麼看待我寫的東西。「我們的腦海裡有太多聲音，妳得選擇對妳有意義的聲音去聽。**妳**想訴說怎樣的故事呢？」

我低頭盯著筆記本，思索他說的話。「我會試試看的，李先生，謝謝你給我這個，還有對不起沒跟你說我——」

李先生豎起一根手指阻止我說下去。「妳不用道歉。」他打開書櫃門，指著店裡。「店裡的書都在歡迎妳回來。」

我在書店時總是覺得很自在，我可以在這裡待好幾個小時。被層層書牆包圍讓我感到安心，但不管回來的感覺有多好，山姆都在等我。我們說好今天要再通電話，但這次，他要我去別的地方打給他，他說要給我看一個東西。

我剛離開書店，風鈴又響了起來，身後傳來崔斯坦的聲音。

「**茱莉！等一下！**」

我轉過身看見他伸出手，抓著我的手機。

「妳忘了東西。」

我倒抽一口氣。「**我的天啊——**」我抓過手機，緊緊壓在胸前。我的心怦怦直跳，腦海不斷冒出「萬一發生什麼事」的念頭。*萬一我把手機弄丟了？萬一我沒辦法再打給山姆？我怎麼能這麼不小心？我怎麼能原諒自己？*我暗暗發誓絕對不再這麼粗心。「真的很謝謝你。」我氣喘吁吁地說。

「不客氣。」崔斯坦說：「妳把手機放在櫃台上。」

「**你真的救了我一命。**」

崔斯坦笑了起來。「要是沒了手機怎麼辦，對吧？」

「你不會知道，崔斯坦。」

我鬆了口氣，笑著等他回到書店裡，但他沒有，只是有點不好意思地站在原地。

「還有什麼事嗎？」

崔斯坦搔了搔後腦杓。「算吧，我是說……剛才有事忘了跟妳說。」

「什麼事？」

「關於電影節的事，就是春攝（Spring Flick）啦。我想跟妳說我的電影入圍了。」他說。

「那太棒了，崔斯坦！恭喜呀，我就知道你一定會入圍。」

春攝是埃倫斯堡一年一度的電影節其中一個項目，在中央華盛頓大學舉辦，是鎮上最大的活動之一。崔斯坦和他朋友報名了高中組短片，他們花了六個月的時間拍攝馬克・藍尼根——來自埃倫斯堡的另類搖滾音樂家——的紀錄片片，山姆是他的鐵粉。

「電影節在下個月，畢業幾週前。」崔斯坦接著說，用手撥了下頭髮。「我有多一張票，妳上次說如果我入圍了，會想來看看。妳現在還想來嗎？」

聽到他提及**畢業**兩個字，讓我有些驚慌失措，幾近恐慌。*真的再兩個月就要畢業了嗎？*我還沒收到大學錄取的通知，學校的課業也有些落後，萬一我趕不上呢？我沉浸在思緒中，甚至忘了崔斯坦在等我回答。我一定是沉默太久了，因為他臉色脹紅，結結巴巴地說：「對不起，我不該這麼快問的，妳現在可能有很多事要擔心，我該回去了——」他轉身往書店走。

「等一下，」我喊住他。「我當然會去——」

「真的嗎？」他問，頓時露出笑容。「我是說好，太棒了。我之後再告訴妳細節，如果妳改變主意就跟我說，那也沒關係。」

「我會去的，崔斯坦。」我說，轉身離開。

崔斯坦站在門口，朝我揮手，我過了馬路並消失在轉角。

*

當我坐公車在大學入口下車時，櫻花花瓣落到我的鞋子上。我環顧四周，樹林後方聳立著巴爾杰大樓的磚造塔樓。穿過校園的小路上滿是粉紅和白色的花瓣。圖書館旁有一條小溪流，我走過橋走到另一邊。當我切過草皮時，花瓣從枝椏上落到我的頭髮和肩膀上。我持續往前走，一陣風吹來將花瓣捲至半空中。每到春天櫻花樹綻放之際，中央華盛頓大學就宛如夢中仙境。

櫻花季一年一次，華盛頓各地的民眾紛紛趨之若鶩。每次我和山姆都會在天氣暖和時搭公車來這裡，沿著大學小徑優雅地散步。這是我今年第一次到這裡來看櫻花，我聞著花香味，想起我們兩人在這裡散步，山姆牽著我的手。

山姆停下腳步，聞著空氣中的花香。「感覺就像回到從前……」

「很像嗎？」我問。

他看著我。「像什麼？」

「日本的櫻花季。」

山姆認真地環顧四周。「這就好比把湖比作大海，妳懂我的意思吧？一點也不像。」他才剛從京都探望他的爺爺、奶奶回來，還去賞櫻。他說那是家庭旅行……

我雙手環胸。「謝謝你邀請我喔。」

「我說過了。」他牽起我的手說：「畢業後我就帶妳去，我保證。妳會愛上那裡的，那裡的景色絕對前所未見。」

「跟埃倫斯堡不一樣嗎？」

「天差地別。」

我笑著吻了下他的臉。「我等不及了。」

＊

「今年的花怎麼樣？」山姆的聲音從電話那頭傳來，把我拉回現實。

等到這條路人潮散去，只剩下我一個人後，我立刻打給他。

「很漂亮。」我說，抬頭看著路旁的樹，聽著前方傳來的流水聲。「但一點也不像大海，對吧？」山姆沒有回答，但我感覺他在電話那頭微笑。「為什麼叫我來這裡？」

「這是我們的傳統啊。」山姆說：「我們每年春天都會來這裡散步，記得嗎？我發現今年還沒來賞花，這讓我有點難過。我不想讓妳以為我忘記了，所以我想著再帶妳來這裡一次，在我還可以的時候。」

「但你不在這裡。」我提醒他。

「我知道。」山姆嘆了口氣。「妳就假裝我在，一下就好，我就妳身旁，跟以前一樣……」

我閉上眼睛，試圖想像那個畫面。一陣微風吹在我的臉上，但什麼也沒改變。*上次你就該讓我跟你一起去的，這樣不算數。*「這不一樣，山姆，完全不一樣……」

「我知道，但我現在只能做到這樣。」

一對情侶手牽手經過我身旁，再次提醒著我失去了什麼。**手的碰觸、皮膚的溫度，以及感覺他在我身旁。**就算我現在再次跟山姆有了連結，但他不算真的在我身旁，不是嗎？我緊緊抓著電話，拋開這個念頭，繼續往前走。我很怕像這樣一個人在外面，會碰到認識的人。山姆說我不應該把我們通電話的事跟任何人說，因為他不知道可能會發生什麼事。我不想冒險，所以我答應他保守祕密。當人潮逐漸散去後，我在路邊一個沒人的長椅上坐下。

「妳回學校感覺如何？」山姆問：「有什麼……改變嗎？」

「你是說，你不在後？」

「對。」

「大概吧。」我說：「我才回去幾天而已，但我討厭你不在的感覺，我不喜歡一個人上課。」

「其他人有談論我的事嗎？」

我想了想。「我不知道，我很少跟其他人說話。」

「噢……好吧。」

他的聲音聽起來怪怪的，是難過嗎？「但我確定大家還是很想你，」我補上一句。「行政處和走廊上都放了你的照片，每次我經過時都會看到。大家沒有忘記你，如果你是這麼想的話。」

山姆不發一語。但願我知道他在想什麼。當我靜靜地坐在長椅上，回想學校的近況時，突然想到一個問題。「你有跟其他人說話嗎，山姆？」

「什麼意思？」

「我是說講電話，就像這樣。」

「沒有，只有妳。」

「為什麼？」

山姆過了半晌才說：「只有妳打給我。」

我思考了下。「也就是說如果有其他人打給你，你也能接起他們的電話嘍？」

「我覺得沒辦法。」

「為什麼？」

「因為我們之間的連結與眾不同。」他說：「而且或許從某方面來說，我在等妳打給我。」

「會不會有別種解釋？」我說。

「像是什麼？」

「我不知道。」我說，頓時陷入思考。「可能是你有話要跟我說，或有心願要我幫你完成……」

「又或者是我想接起電話，確保妳沒事。」山姆說：「妳難道就這麼難相信嗎？」

我靠回椅背上，想了想。「我們還能像這樣多久？」

「不會持續太久，如果妳是想問這個的話。」

我就怕他聽見這個答案，我吞了口口水。「所以這表示總有一天，你不會再接起我的電話？」

「放心，在那之前，我們會先道別，好嗎？若時候到了，我們就會知道。」

「你不會又突然離開吧？」

「我答應妳，茱莉，我會盡可能留在妳身邊。」

我閉上眼睛半晌，試圖從他的話中得到慰藉。我不再問山姆更多問題，我不想毀了這個美好的日子。一陣風捲起草地上的花瓣，當我張開眼睛時，我抬頭看向樹枝間，灑在櫻花上的陽光就像銀幣般閃耀。

「真希望你現在就在我身旁。」我輕輕地說。

「我也是。」

*

回到家時太陽已經下山，我跟山姆電話講太久，以至於忘了時間。我本想一回到房間就打給他，但他說我們應該等到明天。這樣大概比較好吧，即使我根本不想管學校的事，但我有很多作業要交。我很多閱讀報告都沒寫，全堆在我的書桌上。我一直無法專心，歷史課本還讀不到一章，窗外傳來的聲響讓我抬起頭來。不一會兒，一顆石頭飛進我的房間，砸到地板上，發出碰的一聲。我跑到窗邊往外看。

一個頎長的身影在車道上移動，十分眼熟。

奧利佛穿著那件字母棒球外套從下方朝我揮手。

「嘿——妳好嗎」

我瞪了他一眼。「你在那裡幹嘛？」

「噢，我剛好經過。」他說，聳了聳肩。「想跟妳打聲招呼，希望我沒打擾到妳。」

「奧利佛——你朝我的窗戶扔**石頭**耶。」

「對喔，我的錯，我太粗魯了……」他說，舉高雙手，裝作投降的樣子，似乎沒有要離開的意思。

「**奧利佛？是你嗎？**」

「你有什麼事嗎？」我問。

他搖了搖頭。「沒有啦。我的意思是，大概有點事，應該……吧？不是啦，我是說——」

「快說啦。」

奧利佛的肩膀垂下來，嘆了口氣。「我想問妳要不要跟我一起去散個步之類的。」

「現在？」

「對，除非妳很忙。」

「有點。」

「噢……」

我覺得他沒想到我會拒絕他。他環顧一片漆黑的周圍，有點不知所措。

「抱歉。」我說。

奧利佛聳聳肩。「沒關係，那我就回家了……」他稍微轉身，面向馬路似乎打算離開。

但他動也不動，只是站在原地作勢要離開。我又等了一會兒，但還是一樣。

「你不會離開，對不對？」

他垂下頭，看起來很痛苦。「我真的需要跟人聊聊。」他說。

我瞄了眼桌上的作業，又把視線移回奧利佛身上。「好吧，我現在下去，不要再製造噪音了。」

奧利佛用手摀住嘴巴，比出一個OK的手勢。

幾分鐘後，我看見奧利佛在門廊台階上等我，雙手插在口袋裡。外面天色很暗，我一走進門廊的燈光下，奧利佛的眼睛瞬間睜大。

「噢——呃、妳的衣服……」他有些結巴，往後退了一步。

今晚有點冷，我想都沒想便穿上山姆的格紋襯衫，離開房間。我不確定他會不會注意到。

「我找不到我的外套。」我說，把袖子捲到手臂上，試圖保持低調。我們兩人安靜地站了一會兒。「我們要去哪？」我問。

「隨便晃晃，」奧利佛說：「可以嗎？」

「可以。」

他淡淡笑了一下，在門廊燈光的照射下，我更清楚地觀察他。棕黑色的捲髮貼在他蒼白的前額上，看起來亂蓬蓬的。我一直很羡慕奧利佛的頭髮，並非天生就是捲的。

奧利佛等我走下階梯。「妳先走。」

我們靜靜地沿著路燈下的人行道往前走，只能聽見我們走在水泥上的腳步聲，以及路過車輛的引擎聲。奧利佛的眼睛朝著前面，看向遠方。我不知道我們要去哪，也不知道去哪重不重要。

片刻後，我決定開口。「我們要聊一下嗎？」

「當然。」他說：「妳想聊什麼？」

我停下腳步。「奧利佛……是你問我要不要跟你出來。」

奧利佛在人行道上停下來，沒有回頭看我。「對喔。」他往左右兩邊看了看車。「走這邊。」他說，過了馬路。我不情願地跟著他，當我們離開街區後，我猛地想起他要帶我去哪裡了。

奧利佛沒有看我，他持續往前走。過了一會兒，他才終於問我一個問題。「妳還會想他嗎？」

我不用問也知道他說的是誰。「當然會。」

「多久想一次？」

「一直。」

奧利佛點點頭。「我也一樣。」

我們再次穿過馬路，遠離市區的燈光。奧利佛閃進一條碎石路上，我不知道這裡可不可以進去，但還是跟了上去，來回轉頭注意來車。

「妳最近有去看山姆的 Facebook 嗎？」奧利佛接著問。

「沒有，我最近把我的刪掉了。怎麼了嗎？」

「感覺很怪，」他說：「一直有人留言，在他的塗鴉牆上，好像他還能看到一樣。」

「他們寫了什麼？」

「任何妳想得到的話。」奧利佛說，繃緊下巴。「我受不了，現在早就沒人用 Facebook 了，我根本不記得上次在 Facebook 上發文是什麼時候。然後他死了，突然大家都進來發文？我全都看了，他們甚至不是寫給他看，只是在互相比較，看誰更悲傷，妳明白嗎？」

我不知道該說什麼。「有時候每個人處理悲傷的方式不同，你不需要太在意。」

「如果大家都這樣，那就沒什麼不一樣。」他指著馬路另一邊說：「這邊。」

天色越來越晚，但我什麼也沒說。市區離我們越來越遠了，我也不知道我們到底走了多久。通常我不會離鎮上這麼遠，尤其是在晚上。但現在奧利佛跟我在一起，我看得出來他不想一個人。

氣溫稍微變低，我開始呼出白氣。只是不知道為什麼，我並不覺得冷。我雙手環胸，仔細聆聽腳踩在碎石上的聲音，直到奧利佛突然停下來，我差點撞到他。然後我抬起頭看到路標。就算四周一片漆黑，白色的加粗字母依然很明顯。

出埃倫斯堡

我們就站在小鎮邊緣，一片草地從將埃倫斯堡和其他城鎮分隔的碎石路往前延伸。四下無風，星星才剛展露光芒。我往左側看，一輪月亮低低掛在樹梢上，照亮因為天氣冷而有些結凍的葉梢，彷彿照在水面上的月光般閃閃發光。

奧利佛用腳碰了下那條線，我站在一旁，看著他的動作。他凝視著遠方，手插在口袋裡。

「我和山姆常常來這裡。」他說，一副若有所思的樣子。「我是說以前。」他看向我。「在他認識妳以前。」

我沒有說話。

奧利佛移開視線。「妳知道……有一段時間，我很不爽妳。」

「不爽什麼？」

「搶走我最好的死黨。」他說：「如果妳想知道的話，其實我一直有點忌妒妳。他總是扔下我去找妳，我們一起出去的時候，他也一直提到妳。」

我回頭看他，突然有點想笑。「真好笑，因為我也一直有點忌妒你。」

奧利佛露出微笑，再次凝視前方。「我跟山姆有很多想做的事，為了最後離開埃倫斯堡。不管是誰受夠了這裡，還是過了糟糕的一天，我們都會一路散步到這裡，停在這條線前。」他邊說邊照著做。「我們總會聊說要去讀中央華盛頓大學，還有讀完大學要幹嘛。但那都是在他遇到妳之前的事了。」

「所以你才總是不理我嗎？」

「對不起。」

「沒關係。」我說，也跨過那條線。「也許我對你也不算好。」

半晌，奧利佛嘆了口氣，眼眶含著淚光。「我真的很難過，他再也沒辦法離開這裡，就這麼結束了，他最遠只能走到這裡。」他搖搖頭。

我吞了口口水。「我也很難過。」

「但我很開心他認識了妳。」奧利佛沒有看向我。「我看得出來妳讓他很開心，你們在一起的時候。至少他曾擁有那些時光。」因為我沒回話，他補充道：「妳不要聽他們亂說，怪妳的那些人，他們根本什麼都不懂。」我移開視線，他繼續說：「山姆真的很愛妳，妳知道嗎？如果他們夠了解他的話，就會知道他有多討厭他們那樣亂說，我如果聽到絕對會制止。」

我不知道該說什麼，只能說：「謝謝。」

我們兩人就這樣靜靜地站在那裡凝視著草地，然後奧利佛突然冒出一句話，幾乎像是自言自語，又或者在對月亮說。「真希望我能對他說最後一句話。」然後他轉向我。「妳有想過這件事嗎？如果有機會的話，妳會跟山姆說什麼？」

我垂下視線。他不知道我早就有機會，山姆仍在我身邊，但我不能跟他說。「我想過。」

「我也是。」

時間越來越晚，但我們仍不發一語地站在原地，陷入各自的思緒中，凝視著外面的世界久一點，直到不得不回家。

*

一回到我家，奧利佛把我送到前門。在我進去前，我問了他一件事。「那你會對他說什麼？」

奧利佛盯著我，面露疑惑。

「我是說如果有機會，你會跟山姆說什麼？」

「噢，這個，我——」他結巴道。他嘴巴動了動，彷彿忘了該怎麼說話，好像有什麼阻止著他。看見他這個樣子，我碰了碰他的肩膀。

「你不一定要告訴我。」我說。

奧利佛鬆了口氣。「或許改天吧。」他說。

我微微一笑，打開門鎖。

「我們可以再這樣嗎？」奧利佛問。

「你是說，出去走走？」

「對。」他頷首道：「或者出去玩之類的。」

我想了想。「可以呀，但你下次直接敲門，或傳訊息給我。」

「我會記住的。」他說：「雖然我有傳訊息給妳啦，但妳沒有回我。」

「什麼時候？」

「今天稍早的時候，還有昨天。」

「你是說——不止一次？不可能啊。」我再次檢查訊息匣確認一下，完全沒有收到奧利佛傳的訊息。現在回想起來，訊息匣裡沒有任何人傳來的新訊息，是因為傳不進來嗎？從我幾天前開始跟山姆通話後，我就注意到這個狀況了。「可能是我手機的問題，最近有點怪怪的。」

「那就好，」奧利佛說：「我還以為妳無視我的訊息。」

「所以你才決定直接過來，朝我的窗戶扔石頭？」

奧利佛強忍笑意。「該怎麼說呢……我很焦躁。」

「可能有點吧，算了，我進去了。」

但在我進去前，奧利佛默不作聲地再次抱住我，比先前的時間還長，但我沒有推開他。

「妳的衣服，」他在我耳邊說：「還有他的味道。」

「是呀。」

我們說了再見，我關上門，聽到奧利佛在門廊待了半晌，最後走下階梯離開。當我準備上床睡覺時，我仍在想如果有機會，奧利佛會對山姆說什麼。不知道他夠不夠信任我可以跟我說，又或者我早就知道答案了。

第六章

我每次坐下寫作時，總會聽同一首歌。歌名是〈金色田野〉（Fields of Gold），由伊娃·凱希蒂（Eva Cassidy）演唱的現場版。這首歌的開頭是悠揚的吉他聲，伴隨著類似狼嗚或鳥啼聲。每當我聽到這首歌時，總會閉上眼睛，想像自己站在一整片金色的麥田，涼爽的微風拉扯我的髮絲，溫暖的陽光自我後背灑下。沒有人跟我在一起，只有綿延不絕的田野，和從某處出現的吉他聲。

某次山姆上課時拍拍我的肩，問我在聽什麼歌後，便為我學會彈這首歌。記得有一天我們躺在草地上，即使我知道他有時候滿嫌棄自己的歌聲，但我還是央求他唱這首歌給我聽，然後他說：「改天吧。」之後我又求了他好幾次，他總是用各式各樣的理由拒絕我，像是他沒有暖嗓，覺得聲音有點沙啞，或是需要再多練習一下。或許他怕自己唱了以後，就會毀了我對這首歌的喜愛，因為他知道我有多愛這首歌。他只哼過幾次旋律給我聽，像是那天晚上，幫忙爸搬家完後，我們坐在門廊的台階上，目送他開車離去。

當我獨自一人在房間聽這首歌時，我突然意識到我再也聽不到山姆唱這首歌了，他嘴裡的「改天」也永遠不會實現。

＊

隔天清晨，我的耳邊迴繞著山姆的音樂。我在媽的車上找到一片他的舊光碟，在去上課前，一個人坐在停車場裡，聽著那張CD。裡面的歌全是山姆在自自己房間混音錄製的歌曲，每首歌開頭的美妙旋律都是他用木吉他即興彈奏而成，接著他自己創作的流行民謠。他對音樂的品味遺傳自他那喜歡聽老歌的爸爸，像是艾爾頓．強（Elton John）、空中補給樂團（Air Supply）和霍爾與奧茲（Hall & Oates）。即使現在已經沒人在聽CD了，山姆還是會燒成光碟給我，因為他知道比起數位音樂，我更喜歡實體唱片。就像書一樣，我喜歡能真正拿在手裡翻閱的感覺。

這些年來，山姆錄製了十幾張光碟，每張光碟的錄製時間都比上一張長，也更深思熟慮，如實地記錄當下他對我的想法——這是我後來才知道的。他喜歡旋律優美的慢歌，這是我們的共通點。他的愛歌之一是佛利伍麥克（Fleetwood Mac）的〈土石流〉（Landslide）。只要有人叫他彈吉他，這絕對會是他的首選。埃倫斯堡的音樂環境並不好，但他大部分都嘗試過了。他會在學校才藝秀、婚禮和幾間願意讓他彈奏的咖啡廳表演，很多時候只是在私下只有我們兩人。我總是跟他說這個地方對他來說太小了，他也跟我說過一樣的話。

我意識到在我把他的東西全扔掉後，這是他留下來的唯一一張光碟。他在光碟正面用藍筆寫了我的名字。我在下車前，小心翼翼地把光碟放回棉套，再塞進我的背包。

自從我回來上課後，學校沒什麼太大變化。大家都避免跟我對到眼，也不跟我說話。其實我早就不在乎被忽視了，獨自一人讓我感到平靜。我很期待今天的藝術史課，因為這是我唯一跟美嘉同班的課。但她還是沒有來。我已經好一陣子沒有見到她了，今天早上我終於傳了封訊息給她，但她還沒有回覆。我不知道這種情況是否該擔心，希望一切都沒事。也許她沒收到我的訊息？

第三節課結束後，我發現阿傑在等我。他穿著一件天藍色的襯衫，沒有扣釦子，袖子捲到手臂上。今天他頭髮換了個造型，幾縷髮絲垂至額前，使他看起來像是明星。這學校的人不欣賞他這樣的男生實在讓人匪夷所思。當我稱讚他的打扮時，他咧開了嘴，使顴骨的線條變得明顯。

「你說，你以前在泰國是不是當過模特兒？」我問。

阿傑仰著臉，藉由天花板的燈換了個角度，眼睛亮了起來。「那麼明顯嗎？」

「**你的顴骨。**」

今天我們跟由希約好要在外面吃午餐。瑞秋不會來，她正忙著跟一些朋友創建亞洲學生社團，在下禮拜前他們需要二十五個簽名。阿傑跟我說他們在招人時遇到一些困難。走廊盡頭擺了一張桌子，瑞秋和她的朋友心望坐在一起，跟幾個圍著他們的高三生說話。當我看到泰勒和連恩也在其中時，感到頭皮一陣發麻。

連恩拿起一張傳單。「所以我們都不能簽名嘍？上面說只限亞洲學生。」

「上面沒這麼寫。」瑞秋說。

泰勒把頭歪向一邊，假裝很有興趣的樣子。「那需要什麼資格？」

「沒有資格限制，」瑞秋答道：「任何人都可以加入。」

「那為什麼叫『亞洲學生社團』？」泰勒說，指著立在桌上的標示。「感覺能加入的人不多，這個社團是做什麼的？」

「大概是拿學校的錢看動畫吧。」連恩笑了起來。

我臉頰一陣發燙，如果山姆在的話，絕對會挺身而出。但他已經不在了。他會希望我出聲阻止嗎？站出來維護瑞秋？當我站在那裡心想該怎麼做時，阿傑直接走上前。

「有什麼問題嗎？」

連恩看了他一眼。「誰說我們有問題了？」

「如果你對這個社團沒興趣，就不要加入。」阿傑說：「沒必要嘲笑別人。」

「誰在跟你說話了。」連恩說。他直起身子，彷彿要嚇阻阿傑退後。但阿傑依舊站在原地，保持鎮定。在衝突升級前，我終於插進他們之間，希望能化解紛爭。

「你的笑話一點都不好笑。」我對連恩說：「你們為什麼不能離開就好？不要浪費大家時間。」

連恩跟泰勒交換了個眼神，才轉向我。「我們找妳朋友麻煩了嗎？整個學校唯一跟妳講話的人？至少他們會說英語，真是太棒了。」

「你真是混蛋。」我差點吼出聲。

他瞇起眼看我。「至少我出席了朋友的葬禮，況且，他的死也不是我害的。」

我感到一股寒意襲來，我甚至不知道該怎麼回嘴。我只是站在原地，努力不露出震驚的表情。泰勒搖搖頭後轉過身。在他們離開前，連恩從桌上的碗裡抓了一把糖果塞進口袋裡。

「走了。」

他們一沿著走廊離開，我便呼出一口沉重的氣，並轉向桌子。

「妳沒事吧，瑞秋？」我問。

「我沒事。」瑞秋像什麼事也沒有的笑了笑，彷彿一點也不在意他們說的話。那是我永遠也理解不了的笑容。「妳呢？」她回問我：「妳還好嗎？」

我不知道該怎麼回答，拿過那張報名表簽下我的名字。

*

那天剩下的時間並未好轉。我似乎沒辦法集中注意力上課，每當我看向時鐘時，都覺得時間停止轉動，使日子感覺變得更漫長。我在筆記本上塗塗畫畫，看向窗外讓時間再度行走，但沒有用。沒有人願意坐在我旁邊，我假裝沒注意到。老師們講得口沫橫飛，但我一個字也聽不進去。我滿腦子都是山姆，真希望我可以立刻跟他通話，但我們說好了今晚再打給他，所以我只能等待。上英語課時，我坐在教室後排，突然想起一件事。不知道為什麼之前沒想到這件事。我拿出手機，傳了封訊息給他，告訴他我很想他。

訊息傳送失敗。

我試著再傳一次，照樣傳不出去。真奇怪，晚點我要問問他。

下課鐘響了，將我從《孤雛淚》冗長的課程中解救出來。當其他同學開始收拾東西時，英語課的吉爾老師宣布的事情使我停下動作。

「……別忘了，還沒交報告的話，記得交了再走。」

報告？當我想起被我遺忘整整一星期，比較《哈姆雷特》和《大亨小傳》之間差異的報告時，彷彿被澆了一桶冷水。作業是上星期三要交，但吉爾老師因為那場意外，額外給同學們多一點時間完成——山姆發生的意外。他寄了好幾封提醒交作業的郵件，但我還是忘得一乾二淨。對吉爾老師來說，作業遲交的嚴重程度可能會造成課被當掉。

等大家離開教室後，我只能走近老師的桌子，即使我根本不知道該如何開口。所以我略過了寒暄，直接說重點。

「吉爾老師，對不起，我今天沒辦法交報告。」我說。

「為什麼呢？」

「我沒有藉口，只是最近我心情一直很煩。」

他拿起桌上的一疊報告，在我面前的桌上分開來。「妳說得對，那不是藉口。」

「我知道，真的很抱歉，我落下了很多作業。」我不知道還能說什麼。「我能不能明天再交？」

「茱莉，我已經延長交報告的日期了。」吉爾老師從座位上起身，帶著那疊報告。

「我知道……這幾個禮拜我一直很難過。」我說，跟著他繞過桌子。「我沒辦法好好思考。」

「我了解，所以我才給大家多一點時間做作業。」他又說了一遍，彷彿不想再聽我辯解，我應該感到感激什麼的。「我不能讓妳多延一天，因為那樣對其他人不公平。」

「拜託你，吉爾老師……」我的口氣變得絕望許多。「可不可以讓我遲交，然後扣分？」

「抱歉，茱莉，我不接受作業遲交，課程大綱上有寫。」

「你為什麼就不能用扣分處罰我？」這學期我們只交四次報告，一次報告零分就可能讓我面臨被當的命運，我也會畢不了業。如果我畢不了業，我就沒辦法離開這個討厭的小鎮，搬去波特蘭，進入里德學院就讀，入選他們的寫作班，雖然我現在還沒收到錄取通知書。

「因為我在教妳現實世界是怎麼一回事。」吉爾老師稍稍指向窗外。「到了外面，人生不會給妳延長的機會，即使是在妳最難過的時候。所以就當自己上了寶貴的一課，以後妳會感謝我的。」

他舉起一隻手表示談話結束。這不是他第一次說這種話，他真心認為對我嚴格是在幫我忙。但這裡不是現實世界。我想對他說。這裡是高中，**即使我有多麼不在乎，這門爛課被當可能會影響我一輩子。**

我什麼也沒說，因為說了也沒用。我在出言頂撞他前衝出教室。就算我有多麼討厭，但或許他說對了。我應該做好進入所有人都與我為敵，或不願幫助我的世界，即使他們一點損失也沒有。

我得回家告訴山姆這件事，他會理解我的心情。我衝到我的置物櫃前，拿了幾樣東西後往外走，但有人在我的置物櫃前等我。

「噢——美嘉。」

她一言不發地看著我。她臉色慘白，眼睛下方黑眼圈很重。不知道她是不是生病了。

「妳還好嗎?」

「我很好。」

「我一直沒看到妳，我傳了好幾次訊息給妳。」

「我最近都在家。」

她的頭髮有些亂，我幫她把臉前的髮絲撥開。我輕聲說：「妳看起來很累。」

「我知道，我看起來很慘。」她說，背靠在置物櫃上。

「我沒有這麼說。」

「我有很多事情要處理。」她環顧四周。「我也不想回來這裡。」

「妳是說學校？」

她垂下視線。

「有什麼我可以幫忙的嗎？」

美嘉看著我。「今晚有場追思會，如果妳能來會很好。」

「又有一場？」

「今天是燭光追思會。」她說：「學校請我的家人幫忙辦，大家今晚會在鎮上集合，我真的很需要妳的幫忙。」

我和山姆約好今晚要再打給他，我不想讓他一直等我，擔心我去哪了。但我不能告訴美嘉這件事，我該怎麼跟她說？「我不知道我能不能去……」

美嘉瞪了我一眼。「所以這次妳也不想參加？」

「美嘉——」我說。

「不知道我幹嘛問妳，」她說，從地上撿起她的背包。「早知道妳不會來，走了。」

我站在那裡，一股罪惡感油然而生，不知道該說什麼。要是她知道我為什麼不能去就好了，我不能放任我們的關係持續惡化。當美嘉掉頭離開時，我抓住她的手臂。

「我去！我會去參加。」

「不用勉強。」她說，把自己的手臂抽回去。

「我**想**去。我說真的，這次我想參加。」

美嘉看了看我的表情，一如往常地審視我。「追思會在晚上八點，如果妳想來我家跟我會合，我們可以一起去。」

那時我應該打給山姆的，但我想我可以之後再打給他。他會了解的，我不想再讓美嘉失望，我討厭看見她這個樣子。

「我會到的，我保證。」

「今晚。」她重複道，確保我沒記錯。

「今晚。」

*

我一回到家便把包包扔到地上。屋裡一片靜謐——媽肯定是去上班了。當我打開房門時，一陣微風從窗外吹來，把書桌上的紙吹落在地。我趕緊走過去把窗關上，但窗戶又卡住了。我敲了窗框幾下，窗戶仍沒有動靜，所以我決定不管它，就讓窗戶卡在原處。我本來打算回家要用新的筆記本寫些東西，準備我的寫作論文，但現在的我毫無動力。今天一整天讓我精疲力盡，我左邊的太陽穴頻頻抽痛，實在很難忽略。我滿腦子都是連恩、泰勒、吉爾老師和我忘了交的那份蠢報告。

真希望我現在就可以跟山姆訴苦，我好想他在我身邊的日子；我好想跟他一起待在房間裡，把頭枕在他的胸膛上，向他抱怨那些煩人的事。他總會聽我說，就算不知道要說什麼安慰我。我檢查我的手機，我們下次通話的時間是今天晚上。我知道我應該等到晚上，但我今天過得很糟，很想聽聽他的聲音。他的衣服仍掛在我的椅背上。我盯著那件衣服良久，還是決定把握機會打給他。

電話響了比平時還久時間，但他最終還是接了起來。他溫暖的嗓音在我耳邊迴盪。

「嘿……」

「山姆。」

「我沒想到妳這麼快就打來，」他說：「一切都還好嗎？」

「我等不及了，」我說：「應該沒問題吧。」

「當然嘍。妳隨時都能打給我，茱莉，不論什麼時候。」

我鬆了一口氣。「好，太好了。」

「妳確定妳沒事嗎？妳的聲音聽起來有點緊繃。」他總是能聽出我聲音裡的情緒，這點正是我最喜歡他的地方之一，我總是藏不住我的情緒。

「我今天過得很糟，就只是這樣。」

「發生什麼事了？」

「一些學校的事。」我說，省去其他細節。「真的沒什麼。」我坐在床沿，長長地嘆了口氣，釋放一些緊張的情緒。現在我在跟山姆通電話，我不想讓忘了交英語報告這件事破壞一切。「別談這件事了……」

山姆笑了一下。「妳真的是茱莉嗎？」

「你什麼意思？」

「我的意思是，妳有一次忘了還書，跟我抱怨了四小時，記得嗎？」他說：「什麼事妳都可以跟我說，假裝跟以前一樣，告訴我怎麼了。」

我嘆氣道：「我只是落後了很多，而且有個報告我忘了交。」

「吉爾老師的課？」

「對，但其實沒什麼大不了啦。」我說：「我們還有一個報告要交，如果我成績不錯的話，應該能過。」我抬頭看向釘在書桌上方的課表。「而且已經快畢業了，我只要再堅持一下就好。沒事的。」這是第一次我希望山姆知道我沒事，即使連我自己都不確定。

「畢業……」山姆重複這個詞，幾乎像在自言自語。「我都忘了，期待某件事的感覺一定很不錯……」

我感覺喉頭一陣緊窒，不知道該說什麼。「大概吧……」我說。突然間，戴學士帽、穿長袍的畫面不再有吸引力，特別是當山姆不在，或許我不該出席畢業典禮……

「妳想過自己要做什麼了嗎？我是說畢業後。」

「呃——」我沉默下來，不知道該怎麼回答才好。以前我和山姆常常熬夜幻想這件事，一起描繪未來的版圖。我們會住在哪，彼此夢寐以求的工作和想做的事。如今他走了，拋下我和一堆尚未實現的計畫。「我不知道，我還在想。」

「里德學院還沒寄通知來嗎？」

「沒……還沒有。」

「妳一定會申請成功啦，一切都會很順利。」

「但願如此。」

事實上我現在早該收到通知了。我每天早上都會查看信箱有沒有該學院寄來的信。以我的成績來說，里德學院是很現實的選擇。老實說，我已經厭倦了那種主角只申請常春藤聯盟的名校，卻真的申請成功的小說了。我的履歷根本擠不上那些學校。我喜歡里德學院不張揚的校風。

但我現在不想聊以後的事，不想在山姆已經失去未來的情況下談論這件事，於是我話鋒一轉。「今天我在學校看見美嘉了，」我說：「他們今晚要舉辦燭光追思會。她要我跟她一起參加，我想很多人都會去。」

「美嘉……」山姆聽見她的名字，聲音便亮了起來。「她還好嗎？」

「已經好多了，她真的很想你。」

「我也很想她，」山姆說：「我常常想到她，妳知道嗎？有時候我會想跟她說說話。」

我把手機換到另一隻耳朵旁。「那你為什麼不試試看？那對她來說意義重大。」山姆和美嘉從小一起長大，他們感情好到你會覺得他們是親兄妹。

山姆嘆了一口氣。「如果可以，我也想啊，茱兒。」

窗外傳來車開進車道的聲音我便知道媽到家了。我走去檢查房門是否上鎖，以防媽突然開門進來，她有時候會那麼做。

「我能拜託妳一件事嗎？」山姆沉默半晌後問道。

「當然，什麼都可以。」

「因為我已經不在了，妳能幫我照顧美嘉嗎？確保她好好的。」

「我當然會照顧她，山姆。」他主動開口拜託我這件事讓我感到一陣內疚，我暗自決定打完電話後就要聯絡美嘉。「我會確保她沒事，我保證。」

「謝謝。」山姆說：「我知道她現在很需要朋友陪，就算她不說。所以不要忘了，好嗎？」

「我不會忘的，放心。」

「我知道妳不會，因為妳一直都記得，這對我來說很重要。」關於這件事，我們沒有聊太久。因為我們講了幾句話後，媽便上樓來，叫我下去幫忙提東西。「我該讓妳去忙了。」山姆說：「妳應該有很多事要做，我不想讓妳分心。」

「你永遠不會讓我分心。」

山姆笑了笑。「我明天再跟妳聊，好嗎？」

「等一下……」在他掛電話前，我趕緊說：「還有一件事。」有件事我一直難以啟齒，我從放學回家後就一直想著這件事，但我根本不知道該如何開口，我花了點時間才說出口。

「怎麼了？」山姆問。

我猶豫道：「你會……生我的氣嗎？」

「生什麼氣？」

「那晚發生的事。」

「我不明白妳的意思，茱莉……」

我吞了口口水，不知道該怎麼解釋。「我是說，我的意思是……你會怪我嗎？怪我害你發生那場意外？」

電話那頭是一陣漫長的沉默。

「噢……」山姆的聲音低沉，終於明白我的意思。「茱莉——妳怎麼會這麼問？我當然不會怪妳，我絕對不可能怪妳害我發生意外，」他說：「一切都不是妳的錯，好嗎？但……」

他打住了。

「但什麼?」

山姆片刻後才回答。「老實說，我不知道還能說什麼……我不知道該怎麼回答這個問題，其實我根本不怪任何人。因為什麼也改變不了，不是嗎?已經發生的事不會改變，這很難接受……」這是我第一次聽見他的聲音裡隱含的痛苦，彷彿喉嚨被東西哽住似的。

「對不起，我不該問你這個問題——」我說。

「**沒關係**，茱兒，真的。」他安慰我。「妳怎麼會想問這個?希望妳不是一直這麼想。」

「一開始我沒這麼想，但我聽到學校的人這麼說。」

山姆的聲音變得尖銳起來。「別管他們，他們根本不知道自己在說什麼，意外發生時他們根本不在現場，好嗎?不要相信他們的話。」

「我盡量。」

「抱歉讓妳遇到這種事。」他說。

「我也很抱歉，你死了。」

我們都沉默下來。掛了電話後，我撿起被風吹到地上的紙，坐到書桌前。跟他聊過後實在讓我很難專心。我花了一多小時寫歷史報告，卻寫不到兩行。我一直在想要打給山姆，但我又不得不把作業寫完。課本上的字變得模糊，開始重新排列，我都忘了自己在看什麼。我一定是不小心睡著了，因為當我睜開眼睛時，我已經不在我的房間裡。

霧氣縈繞在我雙腿周圍，當我抬起頭時，我發現自己正站在公車站。外面一片漆黑，濃重的霧氣使我看不清，連天空也是霧濛濛的。我環顧四周，找看看有沒有別人，但這裡只有我一個人。我只看到上次去找爸時，跟他借的行李箱。我的口袋傳來震動聲，我手伸進去掏出手機。

我按開螢幕。

九通來自山姆的未接來電，以及十二封未讀訊息。

現在是晚上十一點四十八分。

突然間，我聽見卡車震耳欲聾的聲音，但我沒看見車。就是這個聲音和確切的時間點，讓我回到快兩個星期前的那晚。

這是山姆死的那個晚上，我正站在那個地方。

電話再次響了起來，這次更大聲了。

是山姆。上次我根本不想接電話，因為我怎麼會知道？這次我接了起來，為了看結局是否有所改變。

電話在我耳邊喀嗒一聲，但我什麼也沒聽到。

「山姆！**山姆**——你在嗎？」

除了類似揉紙聲的白噪音外，我什麼也沒聽到。我把手機變換角度，不斷轉來轉去，直到電話那頭終於傳來一個聲音，但我根本聽不清楚。

「茱莉？有人嗎？喂？」

「山姆，是**我**！我是茱莉！」

「妳在哪？我找不到妳，茱莉？」

手機持續發出雜音，我覺得他聽不見我的聲音。

「山姆——我來了！別擔心——在原地等我！」

「茱莉？妳在哪——」

手機再次發出雜音，螢幕閃了一下，我把手機拉離耳邊。當我喊著山姆的名字時，手機螢幕冒出陣陣白煙，像是霧氣般瀰漫在空氣中，直到我再也看不清眼前的事物，除了消失的紅色和白色火花。

一陣喇叭聲響起，接著是吉他弦斷掉的聲音，我從書桌上驚醒，煙霧頓時消失。

我沒有看時間，或確認外面的天色，而是匆匆下樓，抓起車鑰匙，並衝出門外。我在媽出來查看前，把車倒進車道，直直往十號公路開去，沿著鐵軌往前，離開埃倫斯堡。

或許聽起來很荒謬，但山姆可能正在那裡等我。我必須去找他，空曠的公路上好幾哩只有我的車頭燈的光，我不斷往窗外看，尋找路肩上是否有山姆的身影，我忍不住一直回想那晚的情景。

山姆跟幾個朋友在河畔辦營火夜，跟我去西雅圖探望爸爸回來正好是同一天。山姆答應我要來接我，就跟平常一樣。但當我在車站打給他時，他仍然待在那裡，距離車站一小時的路程。他一直跟我道歉，但我對他忘了來接我很生氣。我掛上電話後，不再接他的電話。我跟他說我會自己走回家，我怎麼會知道那是我對他說的最後一句話？

我猜山姆一定認為我在考驗他，或許我內心深處的確是這麼想的。因為他從那裡離開來接我，時間正好是在十一點半到十二點之間。當山姆經過十號公路時，一輛卡車衝進了他行駛的車道。我想像山姆按著喇叭，不知道他是否嘗試閃開。

但山姆並未因為翻車意外當場死亡，當時他不僅意識清楚，還自己從座位掙脫，爬到路面上，開始往前走。他走了超過一英里的路才不支倒地。一名警官表示這件事證明他意志頑強，我認為這代表他有多想活下來。幾個小時後，他才被人發現，但為時已晚。山姆是因為失血過多，精疲力盡而死。雖然這麼說不好，但或許對他而言，在車禍中當場死亡更輕鬆。但他想活下去的意志十分堅定，就跟他本人一樣。

山姆的手機在車禍現場被找到，沾著草葉和泥土。或許如果我那時剛好打給他，他就會聽到並接起來，我就可以幫他。如果我沒有那麼氣他，他就不會急著離開，可能也不會碰見那輛卡車。或許如果天空星星的排列變了，風向不一樣，突然下起雨來，或者其他事情改變，山姆就會還活著，我就不會在半夜開車來這裡找他。

前方有什麼東西。我放慢車速，車頭燈照亮前方一片漆黑的馬路。路旁的柵欄綁著十幾個白色緞帶。我把車停在路肩，下了車，跟著緞帶走到事故現場。位於花環和燃燒的蠟燭旁，山姆的照片就釘在欄杆上。我跪在一旁的泥地上，照片中的他穿著牛仔外套，前幾天被我扔掉的那件。緞帶隨風輕輕飄動，我輕撫他照片的相框。

「對不起，山姆。」我低語道。

過了這麼久，我終於找到他了。但一切早已來不及。

第七章

過去

週二晚上的得來速很多人，外面擺了幾張桌子，每一桌都坐滿青少年，在一串串燈泡的光線下，一起吃著薯條。我們等了一會兒才終於有空位。我坐在美嘉旁邊，山姆則去幫我們拿飲料。這是我們三個人第一次一起出來玩。我才見過美嘉一次，就在幾星期前的派對上。今晚我本來沒打算要出來，但山姆一小時前傳訊息給我，問我要不要出來吃點東西。他沒跟我說他堂妹也會來。

我和美嘉幾乎沒有說話，真希望山姆沒有就這樣扔下我們倆單獨相處。或許我該自願去拿餐點，不知道他怎麼這麼久還不回來。突然間，美嘉看也不看我，問了我一個不恰當的問題。

「所以妳喜歡山姆，對不對？」

「什麼——」這個問題來得措手不及，讓我一句話也說不出來，彷彿被哽住一般。「妳說什麼？」

美嘉冷靜地用手指梳過她柔順的黑髮，毫不在乎我的反應。「只是說說而已，他似乎真的很喜歡妳。」

我的眼睛睜大，對她的無動於衷感到驚訝。「這件事妳可以跟我說嗎？」

美嘉看了我一眼。「別假裝妳沒有想過，很明顯呀，學校的人都知道。」

我動了動嘴唇，卻說不出話來。**山姆為什麼這麼慢？他幹嘛丟下我跟她獨處啦？**

「妳應該稱讚他的髮型。」美嘉接著說。

「什——為什麼？」

「只是個建議。」她說，把頭湊過來。「妳喜歡西摩之子（Sons of Seymour）嗎？我指的是樂團。」

「好像聽過。」我含糊地說。

「他們這週末會來鎮上演出，山姆很**喜歡**他們的新專輯，妳應該建議他我們三個一起去聽，他已經買了他的票了。」

「那我為什麼要——」

她舉起一隻手。「照做就對了。」

不一會兒，山姆從人群中現身，手裡拿著奶昔。美嘉輕聲說：「他回來了，裝自然點。」

山姆把托盤放在我們兩人中間。「他們吸管沒了……」他說，手伸進外套裡。「所以我得跟另一個人搶最後兩根。」他把吸管分別遞給我們。「我看我就等我的奶昔融化再喝好了。」

「太噁了吧。」美嘉說。

山姆看向我。「反正吸管很不環保，我聽說西雅圖試著禁用吸管。」

「你是想讓我們覺得你很厲害，還是害我們覺得愧疚？」美嘉問。

「別理她。」山姆翻了個白眼，他脫掉外套，接著摘掉帽子。

「噢——」我注意到他的新髮型。「我喜歡你的髮型。」

「真的嗎？」他說，突然臉紅起來。「我還怕他們剪太短了。」

「不會呀，很好看。」

我們尷尬地笑了笑，山姆坐到我對面時，我喝了一口奶昔。我看著他盯著他那杯沒吸管的奶昔，等它融化。

「這個星期五學校不用上課，」美嘉開了個話題。「不覺得很放鬆嗎？」

「是啊……這週末終於有三天連假。」山姆說，看了我們兩個一眼。「你們有什麼計畫嗎？」

美嘉用腳推了推我。

「噢——呃，我聽說這週末有個演唱會，」我想她希望我提起這件事。「西摩之子要來。」

山姆身體往前傾，眼睛興奮地亮了起來。「天啊，我才剛買票耶，我不知道妳也聽西摩之子的歌。」

「我也不知道你會聽。」我喝了一口我的飲料，努力裝作漫不經心。

「**當然！**我超愛他們的。妳最喜歡的歌是哪首？」山姆問。

「噢——」我假裝在思考。「呃，我整張專輯都喜歡，我是說最新那張。」

「**太**好了。」

「喔？」

「我們可以一起去啊，」山姆說：「演唱會門口一定有售票。」

「好呀。」

「好耶。」

我瞄了眼美嘉，她喝著自己的奶昔，暗自露出微笑，感覺非常開心。

這時候我才決定喜歡她，並開始期待她跟我們一起出來玩的日子。我尤其喜歡她會隨便叫山姆去做一件事，讓我們有機會聊天——通常是聊關於他的話題。就像那次我們去韋納奇谷博物館看冰河展，她叫山姆去車上幫她拿外套。

美嘉把臉貼在玻璃箱上，觀察展示中的猛瑪象骨。「妳週末去西雅圖好玩嗎？」

「好玩呀，但大部分時間都在下雨，妳呢？」

「我和山姆重看了《降世神通：最後的氣宗》。」她說：「那是他最愛看的電影之一，他有問我妳的事。」

「噢？」

她拍了拍玻璃箱，但我們其實不該這麼做。「問我對妳的看法。」她說。

「那妳怎麼回答？如果妳不介意告訴我的話……」

「我說妳比學校其他女生好多了。」美嘉說：「但老實說，考慮我們住的地方，這根本不算回答。」

「我還是會把那當作讚美。」

「是讚美呀，」美嘉說著點點頭。「我的讚美對山姆來說很重要，他知道我直覺很準，特別是關於人。」她看向我。「希望我是對的。」

最後山姆從停車場回來。

「妳根本沒帶外套。」他說。

美嘉拍了下她的額頭。「我都忘了。」她看了下手錶。「我工作要遲到了，我該走了。」

「妳說工作是什麼意思？」山姆問：「是妳要來這裡的耶。」

「我完全忘了。」美嘉說：「你們兩個可以繼續看展覽啊。」

「妳要怎麼回去？」我問。

「我媽會來接我，她應該快到了。」美嘉看了下她的手機。「我走嘍，你們兩個好好玩呀。」

這不是她第一次做這種事，計畫我們三人一起出去玩，然後找機會讓我們獨處。

我和山姆轉頭欣賞猛瑪象的化石，這是博物館裡我最喜歡的展物。

「我幫美嘉向妳道歉，」山姆嘆了口氣。「她很喜歡……有參與感。」我忍住心領神會的笑容。「事先聲明，我完全不知道這件事。」

我轉向他。「意思是你根本不想來博物館嗎？」

「什麼？不是！我只是說——」山姆住了口，深吸一口氣，然後冷靜下來。「我的意思是雖然我很愛美嘉……但我不需要別人幫我約妳出來。」

「這還差不多。」我說。

我們轉回去看展覽，過了一會兒，山姆的手機響了起來。半晌，我的也響起來，我們分別看了眼訊息。

我看向他。「你的也是美嘉傳的嗎？」

「對。」

「她說什麼？」

「她說我應該不要再看展覽，約妳去吃晚餐。」他看向我，「妳的呢？」

「她說我應該答應你。」

這個情形很難讓人不展露笑容，尤其是山姆。「那走嗎？」

山姆伸出他的手臂，我挽了上去，我們便把冰河展和猛瑪象拋在後頭離開。

後來他鼓起勇氣更常約我出去，我也一樣。當我們開始越來越常待在一起時，美嘉也都會在。我發現了解一個人後，順帶也會知道另一個人的事。他們就像親兄妹一樣。我們一起開車上學，一起吃午餐，有一個聊天群組，偶爾會一起開車去旅行。最有紀念價值的一次旅行是去斯波坎，我們偷偷溜進一個酒吧，欣賞樂團互相尬歌，那場旅行剛好也是最慘的一次。

現場音樂太大聲，我根本什麼都聽不到。我站在酒吧後方，拿著我的水。山姆的朋友史賓賽隨時可能上場表演，他們的團名叫戰鬥詩人（Fighting Poets），我先前問他們團名的靈感是不是來自埃米莉·狄更生，但他們說：「不是！」

山姆一直在跟我們早前碰到的人聊天，我東張西望尋找美嘉，但這裡實在是太擠了。或許洗手間大排長龍，我應該跟她一起去的。我就只是站在那裡，沒有跟別人聊天，忍受嘈雜的音樂聲。

然後事情發生了。

一個男人走到我身後，手滑到我的腰間。

我一陣驚嚇後，想吐的情緒籠罩著我。我轉過身。

「**別碰我。**」

他看起來比我想的還年輕，大概還在讀大學吧。看到他臉上猥瑣的笑容，就讓我想賞他一巴掌。我看不出來他是否喝醉了，但這不重要。

山姆走了過來。

「發生什麼事?你在找她麻煩嗎？」

「她是你的女人？」那人口齒不清地說：「你幹嘛不叫她冷靜一點。」

山姆本能地把他從我前面推開，但我希望他沒有動手。我們才十七歲，不能進來這個地方。我不想引起衝突。

男人站穩身體後，更用力地推了山姆一把，山姆踉蹌地往後撞倒幾張凳子，摔到地上。周遭的人都轉頭看發生什麼事了，山姆站起來回擊，這次力道更大。

我抓住他的手臂。

「山姆，不要。」

這時美嘉出現了，她肯定遠遠看見事發經過，因為她對那個人大吼，要他道歉。

接下來發生的一幕讓我永生難忘。

那男的朝山姆揮了一拳，但美嘉接下他有如箭矢般的拳頭，牢牢抓住那個人的手腕，令大家——尤其是他——大吃一驚。那晚我才知道美嘉有在基督教青年會幫忙，負責教授女子防身術。美嘉扭著他的手到快骨折的地步，讓他跪到地上。

「所以你喜歡騷擾女生呀，」美嘉吼道：「道歉！」

「好！對不起！放手！」

不過無論他有沒有道歉，美嘉都舉起另一隻手，最後揍了他一拳，使他整個人趴在地上。我記得周遭的人齊聲歡呼，幾個星期後，美嘉教我同樣的制伏術。

有很多回憶是我希望能重溫一遍的，尤其是一些細枝末節，毫無波瀾，我們並不經常想起。那些回憶往往是我在回顧過去時，最為想念的。我們坐在山姆房間的地上，一起做作業，或週末聚在美嘉家的客廳看音樂劇電影，抑或是我們突然決定抱著毯子去到後院看夕陽的那天。我們會聊著十年後想做的事，一直聊到通宵，等著看那顆耀眼的紅球從漆黑的天空中升起，對看見明天的意義渾然無知，也不知道未來我們之中有一個人將會離開。

第八章

現在

隔天我醒來時，接到美嘉的訊息。

嘿，我在外面。

我揉著眼睛，瞬間清醒地眨了眨。她這麼早來幹嘛？想到這裡，我不禁倒抽一口涼氣。**燭光追思會！**我昨晚應該跟她會合，幫忙處理事情的。但我不小心睡著，完全忘了這件事。她大概是來跟我當面把話說清楚的，我得回覆她。

好，馬上下去。

我刷了牙，迅速更衣，沒有吃早餐。我一出門便發現美嘉獨自一人坐在門廊的台階上，背對著我。她頭靠著欄杆盯著門前的草皮發呆。當我出來時，她什麼也沒說。

「我不知道妳要來……」我說。

她沒有回答。

「妳還好嗎？」

美嘉沒有轉身，沒有看向我。

我在她旁邊坐下，沉默籠罩著周圍。她一定對我很生氣。「昨晚真的很對不起，我完全忘了我們約好要見面，我真的很糟糕，美嘉。」

「我真的以為妳會來。」她說：「我一直等妳來，還讓所有人一起等。」

「對不起……」我不知道還能說什麼。

「我有打給妳，妳為什麼不接電話？」

我回想起昨晚的事，不知道自己是怎麼了，我開車到十號公路找山姆時，一定是沒帶手機。我記得我一回到家就睡著了，但我不能告訴美嘉這些事，她會以為我瘋了。

「如果妳不想來，就應該直說。」

「美嘉，我是真的想去——」

「不，妳不想。」她打斷我。然後她看向我，聲音蘊含著怒氣。「如果妳真的在乎，其他儀式妳也會參加，但妳沒有。真不知道我為什麼一直期待妳會來。」她把頭靠在欄杆上，讓我感到一陣難過。「反正也不重要了，妳一直都是對的。」

「什麼意思？什麼對的？」

「這些儀式根本沒意義。」她說：「就像昨晚的追思會，根本不會改變任何事，他走了。」

我回想我們在那家餐館的對話，我從未想過她會一直記在心裡。我突然希望能收回我說過的話，我希望能為自己辯解。山姆要我好好照顧美嘉，我卻把我們的關係搞僵了，不知道該怎麼彌補。「我不是那個意思。」我說。

「妳就是這麼說的。」

「現在不一樣了，我不再相信那件事了，這次我是真的想去。」

「我也是，但已經太遲了。」

美嘉移開視線，盯著前方的草坪。我們沉默了下來，當她重新調整手的姿勢時，我注意到她腿上放著一張紙。

「妳拿著什麼？」

美嘉呼出一口氣，一語不發地把紙遞給我。

我打開來，看了第一行字。「錄取信？」

「是拒絕信。」美嘉說：「華盛頓大學的拒絕信，前幾天他們已經寄郵件給我，今天早上我收到正式的通知書。」

我看了下信，華盛頓大學很難申請，但像以美嘉的成績來說不難呀，她應該十拿九穩才對。「真不敢相信，一定是哪裡出錯了。」

「並沒有。」美嘉回了我一句。「看來加入一堆社團又拿到好成績並不能保證能上大學。」

我把手放到她肩上。「我很遺憾，美嘉……」我低語道，不知道還能說什麼。我不敢去想她是怎樣的心情，尤其在這段時間來發生在我們身邊的事。我們是一起申請大學的，所以我知道她花了多少心力。我申請兩所大學，美嘉卻申請了九所。她花了好幾個月細寫每封申請信，根據對每所學校的研究，有技巧地為自己設計不同的抱負和特質。華盛頓大學是她的第一志願，就我知道有申請那所大學的人中，她應該要錄取的。人生真不公平。「沒事啦，妳還有申請其他學校呀，絕對還會有其他好消息的。這是他們的損失，美嘉。」

「這不是我收到的第一封拒絕信。」美嘉說，幾乎笑了出來。「我覺得說出來很丟臉，已經剩沒幾所大學了。」她搖了搖頭。「真不知道我幹嘛那麼努力，為了什麼？至少山姆永遠不會知道我有多失敗。」

「別這麼說。」我說，握住她的手。「妳沒有失敗，現在才三月，妳會申請到其他學校的。」

美嘉把手抽走。「我什麼都不在乎了，全是在浪費時間。」

「美嘉……」我說。

但她突然站起來。「算了，我要走了。」

「等等——我們可以一起走呀？」

「我今天沒有要去學校。」美嘉說著走下門廊台階。

「妳要去哪？」

「妳就別管我了。」她看都不看我一眼說：「管好妳自己吧。」

我頓時啞口無言，目視美嘉的身影消失在轉角，沒有追上去。知道她這麼看我讓我很難過，要是她知道我和山姆再次有了連結，而且我能跟他說話就好了。她就會明白現在事情不一樣了，我也是。

一切都是我的錯，在事情發生當下沒有陪在美嘉身旁。我得設法跟她把事情說開。現在距離畢業只剩兩個月了，我不能讓我們之間一直這樣下去。尤其是我答應過山姆，我不想也失去她。

*

我上課很難專心，因為我一直在想該怎麼在不說謊的情況下，向美嘉解釋目前的情況。我要怎麼讓她知道我還是很在乎山姆，又能保守秘密？中午時分，我、阿傑、瑞秋和由希坐在自助餐廳中間的位子。今天是照燒肉日，所以大家都帶了自己的午餐來。阿傑用一把塑膠刀把他的水果三明治切一半分給我。三明治看起來很漂亮，有點難以入口，他帶來的很多食物都是這種風格。瑞秋看著他們想創建的亞洲學生社團的報名表，她想在期末辦一場電影會。

「我們還差七個簽名。」瑞秋告訴我們。她手伸進包包裡，遞給我幾個她自製的傳單。「茱莉，妳可以幫我問問妳的朋友要不要加入我們嗎？」

「噢——」我想她沒意識到我的朋友全坐在這桌了，而其他三人早就簽了名，我還是接過表格。「我可以問問看。」

「太好了！」

離我們幾張桌子遠的座位傳來騷動，我看過去，連恩和他的朋友正朝彼此扔薯條，泰勒則坐在桌上，頭髮披在背上。我注意到奧利佛跟他們坐在一起，自從我們那天晚上一起出去後，我以為他至少會過來打聲招呼。但他到目前為止還沒跟我說過一句話，甚至不願看我們一眼。昨天也是這樣，或許他不想被別人發現跟我說話，我還以為我們之間能變得跟以前不一樣。

由希注意到我的視線。「怎麼了嗎，茱莉？」

我回過頭來。「沒有，只是覺得他們太吵。」

「別管他們。」阿傑低語道。

我點點頭，開始吃東西。

半晌，由希再次轉向我說：「昨晚我們都很想妳，在追思會上。」

我看向她。「我不知道你們也會去。」

「學校很多人都來了。」瑞秋說：「路上滿滿都是人，車根本開不進來。」

我垂下視線看著桌面，不敢跟其他人眼神接觸，因為我應該去參加的。

「山姆的家人也來了。」由希說：「他媽媽問起了妳。」

山姆的媽媽。我再次抬起頭。「她問了什麼？」

「她想知道我有沒有妳的消息。」由希跟我說：「她在想妳去哪了，她說希望妳能找一天去他們家吃晚餐，這對她來說是一種安慰。」

我感到胸口緊繃。自從山姆死後，我還沒跟他媽媽和家人說過話。我意識到自己真的很糟糕，特別是想起以前我常常去他們家吃飯。山姆說他媽媽總會在吃飯時為我準備一個位置以防萬一。每當她幫山姆做午餐帶到學校時，也都會為我準備一份。我以為她會因為我沒出席葬禮，或是注意到我沒有送花籃而討厭我。現在我又缺席了追思會。一股內疚湧上心頭，使我沒了食慾。如果山姆知道了會怎麼想我？若是他知道我變了，早就不是他愛上的那個人了呢？

我甚至沒辦法看我的午餐，我把托盤推開。「我知道，昨晚我應該去的，這次我應該要在的。」

阿傑把手放在我肩上。「沒事啦，別太苛責自己了。」

「但有關係。」我對他們說：「因為我全都缺席了，你們每個人為山姆做的事，現在連美嘉都在生我的氣。」我甚至沒想過要翹掉這次追思會，我跟山姆講完電話後，不小心趴在桌上睡著了，做了那個怪夢，接下來我只記得我衝出門找他。因為我每天都在跟山姆說話，所以很容易就忘了其他人是多麼難過。最糟的是，我甚至不能解釋，我答應山姆要保守秘密，因為這可能會破壞我們的連結，我不能冒這個險。我的眼眶泛淚，不知該如何是好。桌上的其他人都很體諒地什麼也沒多說。

午餐時間快結束時，他們三人陪我走去下一節課的教室，在我進門前，由希對我說：「或許我們可以為山姆做點別的事，用一個特別的儀式紀念他。」

「那很好呀。」瑞秋說，點點頭。「我們也可以邀請美嘉，我們五個人一起。」

我想了想，**特別的儀式，紀念山姆**。「像是什麼？」我問。

他們面面相覷，看起來不太確定。

「我們會想到的。」阿傑保證道。

我對他們微笑。「謝謝你們，真不知道沒有你們我該怎麼辦。」

＊

到了放學，我得趕快回家，避免碰見其他人。但在走到置物櫃的路上，總會跟其他人擦肩而過，實在很難避開人群。當我收拾課本時，有人拍了拍我的肩膀。

是奧利佛，**又來了**。

「嘿，妳去要哪？」他問我。

「我要走了。」

「酷——走去哪？」

「**回家**。」

「噢。」

我關上置物櫃，一語不發地往前門走去。

「等一下——」奧利佛沿著走廊跟著我。「我想問妳有沒有空跟我一起。」

「抱歉，我很忙。」

「不會花太久時間，」他說：「或許我們可以去吃冰淇淋。」

「我說過了，**我很忙**。」我看也不看他說：「你幹嘛不找你其他朋友一起去？」

「我做錯什麼了嗎？」奧利佛問，抓了抓他的額頭。

我不想跟他解釋，也不需要解釋。「我只是沒心情，好嗎？」

「沒心情吃冰淇淋？」

我轉向他。「沒心情做任何事。」

「就吃兩球。」他堅持道。

「奧利佛，我說了**不要**。」

「一球。」

他就像把我的話當耳邊風似的，我丟下他走掉，留他一人站在原地。

「**拜託啦！**」他沿著走廊大喊：「**真的拜託！**」他的嗓音很大且迫切。「**我請客！**」

或許是做為創作者天生的感性，我停下腳步，又或者是山姆的聲音在我腦海揮散不去。我心不甘情不願地深吸一口氣，轉過身去。

我瞇起眼睛。「你請客？」

*

「我要三球開心果冰淇淋，淋上軟甜漿，灑一些棉花糖。上面加鮮奶油和巧克力豆，要很多。」我對玻璃後方的男店員說，接著轉向奧利佛。「你要吃什麼？」

「呃、一份棉花糖巧克力，謝謝……」

*

我們在冰淇淋店角落的一張粉紅色桌子坐下來。這地方真的很安靜，奧利佛把他的外套掛在椅背上後坐下。我們兩人都選擇杯裝而非甜筒。奧利佛慢吞吞地吃著，用湯匙攪拌鮮奶油。

「謝謝妳願意來。」半响後，他說。

「你怎麼會想吃冰淇淋？」我問。

「今天是星期四。」

「星期四怎麼了？」

奧利佛指向我身後的窗戶。那裡有一張海報，上面畫了一隻粗糙的乳牛，乳頭的位置上寫著折扣標語：星期四配料免費！我個人覺得那個畫面有點嚇人，於是回過頭，試著把那個畫面從腦海中抹去。

我又吃了一球冰淇淋。

「山姆以前常常吃開心果。」奧利佛說。

「我知道。」

「但他比較喜歡甜筒。」

「這我也知道。」

奧利佛不再說話，他盯著自己的湯匙，突然露出哀傷的表情。或許我該更察言觀色一點。

「我先說，我不是在生你的氣。」我決定跟他坦白。「我不喜歡你的朋友。」

奧利佛點點頭。「我明白，他們有點討人厭。」

「那你為什麼要跟他們一起行動？」

「不曉得妳知不知道，」他說，往後靠到椅背上。「但我最好的朋友已經死了。」

我的臉色頓時僵住。

「對不起。」他馬上說，搖了搖頭。「我不應該這麼說的，我不知道我是怎麼了，我不知道——」他吞了口口水。

我伸手讓他冷靜一點，然後說：「沒關係，奧利佛，我說真的。」

他深吸了一口氣，而後吐出來。

我拿起湯匙，我們繼續吃著冰淇淋，雖然我們兩人早已沒了心情。

「對不起，我不該提起他。」奧利佛又說了一遍，口氣參雜著些微內疚。「我並不想破壞氣氛。」

「沒關係……我不介意聊山姆的事。」

「太好了。」

半小時過去後，我們吃完了冰淇淋。我看了下時間，已經四點十五分了。「我得走了。」

「這麼早？」

「對，我有點累了。」我說著站了起來。

「妳不想看個電影什麼的嗎？」奧利佛突然問道。

「我真的不行。」

「山姆跟我說妳喜歡音樂劇，」他隨口一說：「這個月電影院上的都是經典的音樂劇，就在前面而已。」

「我不知道耶，奧利佛……」我說，試圖婉拒他。「現在是哪部？」

「每週都不一樣。」奧利佛說。他用手機查了一下。「今天晚上是……《異形奇花》，妳有聽過嗎？」

「當然，那是我最喜歡的音樂劇。」

「我也是。」

「我看了不下十次。」

「我也一樣。」

「我甚至叫山姆跟我一起看。」我說，坐回椅子上。「但他不要，說聽起來很恐怖。」

奧利佛笑了起來。「不會恐怖啊。」

我往前傾。「我知道！但你也知道山姆，他不喜歡音樂劇。」

「拜託——他這點真的很煩。」奧利佛說著翻了個白眼。

「就是說呀！」

有一會兒，我們就像是忘了那場意外，然後又一次想起來，奧利佛停止笑意。我們沉默下來，我試圖把話題拉回來。「現在還有場次嗎？」我問。

奧利佛再次查了下手機。「十分鐘後有一場……」他用宛如小狗般無辜的眼神看著我。

我用手指敲著桌面，考慮要不要去。

過了一會兒，奧利佛說：「我就當妳答應嘍。」

*

我們從電影院衝出來時大聲唱著歌，售票亭的員工皺了皺眉頭。招待員基本上把我們轟出大廳，因為我們的笑聲造成其他人的困擾。這部電影就跟我記憶中一樣迷人！或許是我看了好幾百遍吧，但我離開時滿腦子都是電影的歌。我從未想過跟奧利佛一起出來會這麼好玩，他一直朝銀幕扔爆米花，跟著音樂片段哼唱。還好今天只有我們兩個觀眾，我很開心決定跟他一起看電影。然後我想起山姆，一股愧疚油然而生。他一直希望有一天我可以和奧利佛成為朋友。他應該在這裡，跟我們一起看這部電影的，不管他有多討厭音樂劇。**三個人終於齊聚一堂。**

外面天色已晚，當我們準備步行回家時，影院門口的霓虹燈標誌照亮了馬路。我看得出來奧利佛跟我一樣，也被音樂劇的歌洗腦了。他就像《萬花嬉春》裡的唐．洛克伍（Don Lockwood）一樣抓著一根路燈搖晃，一邊高歌。

「突然間西蒙，就站在你身邊……」

若是其他時候，我可能會覺得很尷尬，但當奧利佛持續歌唱時，我不禁露出微笑。

「你不需要化妝，不需要偽裝……」

我在半途加入他的行列，邊唱邊繼續往前走。

「哇，」奧利佛說：「這歌真是百聽不膩。」

「對呀，真的很、怎麼講——」我頓了下。「永垂不朽。」

「是我的錯覺，還是那個吃人植物變大了？」

「可能是因為銀幕的關係吧。」

「有道理。」奧利佛說，點點頭。「可妳不覺得**結局**很讚嗎？收得很棒，對不對？奧黛莉最後終於得到夢寐以求的一切，安靜的郊區生活、一台麵包機……還有**西蒙**！她從不奢求這麼多。這才是重點，讓人感覺很棒。」

「對呀。」我同意。「但你知道原始結局其實不是這樣嗎？他們後來又重拍結局。」

「什麼意思？」

「原始結局中，奧黛莉被那朵花吃了。」

奧利佛看著我，眼睛睜得大大的。「妳是說奧黛莉**死**了？」

「對，她死了。」

奧利佛停下腳步。「為什麼他們要這樣？」

「因為那是舞台劇本來的結局。」我解釋道：「但當他們讓觀眾看這部電影時，很多人都很生氣。因為大家都很喜歡奧黛莉，所以他們改編了結局。」

「他們改了很好啊！」他說，口氣有些生硬。「那會毀了整部電影。」

「我同意你的看法，我只是說這部電影存在另一個結局。」

「但**不該**有另一個結局啊，」他說：「他們之前怎麼拍的不重要，因為奧黛莉活著。」

「電影裡是這樣沒錯，但舞台劇不是。」

「那我絕不會看舞台劇——」他往前走。

我跟上去與他並肩，我並沒有想毀了這部電影。「其實我不覺得有什麼大不了，有不同結局之類的。到頭來，你還是得決定故事走向，所以兩個結局可以都是真的。」

奧利佛轉向我。「**妳錯了**，同樣的事情不會有不同的結局。」

「為什麼？」

「因為其中一個是原創，另一個則是仿冒品。有些事雖然看起來或聽起來一樣，但實際上完全不一樣。本質上是另一回事。所以為了拍出不同的結局，就需要創造兩個不同的奧黛莉。」

我想了下。「你到底在說什麼？」

「我是說只有一個他，我認識的那個他。妳不能複製他或製造出另一個他，試圖描寫出一個全新的他。什麼也改變不了，因為山姆就只有**一個**。」

我們談論的不再是奧黛莉。

「或許你說得對，這只是一個想法。」

我們走到要分頭回家的轉彎處，白玫瑰樹籬從一旁的柵欄探出頭來。

「對不起，我又毀了氣氛。」奧利佛說。

「沒關係，我明白。」

「謝謝妳跟我一起去看電影。」

「我很開心我有去。」

在我們分開前，奧利佛注意到一旁的玫瑰，他手伸向其中一株。

「小心，」我說：「可能會有刺。」

他笑了笑，從圍籬中摘下一株玫瑰。有一瞬間，我以為他要送給我，但他沒有，只是拿著那株玫瑰。

「你接下來要回家？」我問。

「等一下吧。」他說：「我要先去某個地方。」

「哪裡？」

「沒什麼特別的。」

我們道了別。回到家後，我開始寫學校作業。我盡可能地利用那晚剩下的時間寫完作業，但實在很難專心。我一直想著奧利佛的話，關於一個東西不能有兩種結局，雖然一個人可以有不同的發展，但原來的那個人只有一個。或許奧利佛是對的，我不想要一個不一樣的山姆，我只想要我失去的那個他。現在跟我有連結的那個人，即使我只能透過電話聽到他的聲音。

我希望現在就能打給山姆，但我知道我不該打給他。雖然我很想跟他說話，但現在有很多事需要我集中精神——學校課業、畢業以及讓生活回到正軌。我們約好了明天要通電話，他說他為我準備了另一個驚喜。我很晚才進入夢鄉，不知道接下來他要帶我去哪。

第九章

夢裡響起山姆的聲音，填滿我心靈的縫隙。

「妳在哪，茱莉……

……為什麼我找不到妳？」

一盞燈自頭頂亮起來，我正站在柔和的光線中，四周一片漆黑。我看不清周遭環境，除了上方燈泡傳來的滋滋聲，我聽不見任何聲音。身旁有一個行李箱，當濃霧圍繞在我的腳邊時，我意識到我又做夢了。一部分的我想醒來，另一部分的我則好奇看見一個不同的結局。

然後我的手機響了，正如預期的那樣。

我摸了摸我的口袋，但裡面什麼也沒有感覺到。我找不到我的手機，我要怎麼接電話？手機持續響著，我聽不出手機鈴聲從何而來。我怕手機掉了，用手感覺著地面。在哪？我快沒時間了。

突然間，一道光從黑暗中掠過。一陣冷風向我撲來，我的心漏跳了一拍。我及時起身，正好看見尾燈、消音器排出的濃煙和卡車消失的輪廓。

我站在原地，感覺喉頭一陣哽咽，看著那輛車朝我知道的地方駛去。我得搶先一步到那裡，在一切都來不及前找到山姆。

當我衝進黑暗中，追著卡車的尾燈時，行李箱倒在了地上。但那輛車的速度太快，我根本追不上。然後我注意到某個東西，一條繩子就綁在卡車後面，我一下抓住那條繩子，牢牢地握在手裡。

那是一根吉他弦！我使勁全身的力量拉著那根弦，雙腳陷進土裡。當卡車停在遠處，不斷按著喇叭時，我手裡的弦繃緊了，卡車的尾燈不斷閃爍。這股力量並非超能力，而是來自恐懼和絕望。

當我感覺腳下的地面變軟時，低頭看見水已經漫到我的膝蓋。但我仍使出渾身力量緊拉著弦，直到水淹到我的腰，雙腳感覺快要滑倒。那輛卡車持續按著喇叭，我則**一直緊抓著**吉他弦不放——直到那根弦終於斷掉，使我跌到了我的床上。

＊

我在半夜哭著醒來，由於我根本沒辦法再回去睡，只好打給山姆，希望他會接電話。他一接起電話，我劈頭就問在我夢裡的人是不是他，他是不是有話跟我說。

「對不起，茱兒……但那不是我，妳只是在做夢。」

「你確定嗎？」我滿懷希望地說：「或許我們也可以在我的夢中相會。」

「我也希望，但我認為只有我們的手機有連結。」

只有我們的手機。

我的嘴唇微微顫抖。「但我感覺好真實，山姆，感覺就像……我還有機會，你明白嗎？」

「什麼機會？」

我沒有回答他的問題，我不敢知道他的想法，我怕他會說出我不想聽到的話。現在不要。

山姆嘆了口氣。「那只是個夢，茱兒。妳應該去休息一下，好嗎？我們明天再聊，我為妳準備了另一個驚喜。」

「好，我會試著睡一下。」

每次我突然打給山姆，對話總是很短暫。他總要花一點時間才接起來，而每次他接起電話後，他的聲音總是飄忽不定，彷彿他四處飄盪，尋找訊號。我不確定原因，如果我們想要順利連結，我知道我們必須事先約定，決定在對的時間和地點打電話。即使我隨時都可以打給他，但山姆表示我必須謹慎地對待這件事。我想了想，難道我們通話的次數有限制？次數快用完了嗎？但願我知道規則是什麼。

＊

我實在很難專心上課，我一直把手機拿出來確認沒有不見。大家都無視我讓我感到安心，我忍不住去想我和山姆之間的連結是怎麼回事，我們有第二次機會的原因是什麼。我開始把我們每次的電話紀錄記在筆記本上：通話日期、發生地點、通話時間。我還把每次聊天的對話記下來，還有我一直沒有解答的疑問，像是……**為什麼我們會有第二次機會？我們的連結還有多久時間？**山姆說過他也不知道這些問題的答案，不知道我該不該再問他。

美嘉今天來學校了，她進教室的時間有點晚，坐在另一側的座位，跟我隔了好幾排。她的衣服皺巴巴的，頭髮一團亂，也沒有帶課本來。自從昨天早上在我家門廊前跟她談過後，她還沒有回覆我傳給她的任何訊息。我想在下課後找她談談，但下課鍾一響，她便抓起包包衝出教室，我根本沒機會跟她說話。但願她能跟我談一談，給我機會解釋為什麼一直不理她。我想過寫字條貼在她的置物櫃上，但我要寫什麼？

親愛的美嘉：

上次沒去追思會很抱歉，過去幾天我一直跟山姆有聯繫，我認為我們的通話會干擾電話和訊息的傳輸，導致我常漏掉訊息。對，我說的就是我們認識的山姆，他還是死了，但只要我打給他，他就會接電話。這很難解釋，因為他沒告訴我這一切的原因。不過，希望妳現在能了解，我們還能再做朋友。

茱莉

她大概會把這封信交到輔導室，讓我去醫院檢查，我可以理解。我決定暫時不寫信，等下次見到她再找她談。我可以利用這個時間好好想想怎麼跟她說。

現在午餐時間是來學校唯一讓我期待的部分。阿傑、瑞秋和由希總會想辦法逗我開心，今天是週五披薩日——阿傑一週中最喜歡的日子。

「這是美國最愛吃的派。」他說，大口咬下第二片義大利辣香腸披薩。

「不是**蘋果**派嗎？」瑞秋問。

阿傑搖搖頭。「是嗎？我以為是義大利辣香腸口味。」

「我覺得披薩不能算是派。」由希插嘴道。

我拿出李先生送我的筆記本，打開放在桌上。我一直在想那天他跟我說的話。**我想寫出怎樣的故事？我是為誰而寫？**我盯著空白的頁面，腦中不斷思索這些問題。但願我能說我是為自己而寫，但那或許不是事實。或許我每次都是為別人而寫，像是里德學院的英語系教授可能會讀我現在寫的東西，作為寫作論文，並決定我夠不夠資格就讀。他們會怎麼想我的文章？要是他們根本不在乎我想表達的呢？我該怎麼寫？要是世界上其他人都不在乎我想寫的東西呢？我猜那並不重要，只要對我而言重要，那就夠了，對不對？但說比做簡單。**為自己而寫**。或許李先生說我們腦中有太多聲音就是這個意思。真希望我能把這些聲音甩到腦後，找到自己的聲音。我用筆帽點著桌面，仔細思考。

「妳的筆記本真漂亮。」由希說：「妳在哪買的？」

「這是李先生給我的。」我闔起筆記本，給她看封面。在自助餐廳的燈光照射下，封面上繡花看起來就像珠寶一樣。「上星期有人把這個捐給書店。」

瑞秋湊過來細看。「封面好美，我可以看看嗎？」

「對呀，美到我都不想寫字了。」我說，把筆記本遞給瑞秋。「感覺我在浪費紙。」

「妳要寫什麼？」由希問我。

我盯著垂在腿上的手，不是很確定。然後我突然有個想法，就像回憶乍現，彷彿我早就知道答案。「山姆。我想寫山姆，寫關於我們兩人的故事。」

由希露出笑容。「如果妳願意分享的話，我想看。」

在我對她報以微笑時，一個人走了過來。

「我可以坐這裡嗎？」

我抬頭看見奧利佛。他端著一個托盤，放著起司披薩和一杯巧克力牛奶。我看向泰勒和連恩那桌，他們都轉頭看著他。

「可以，」我說：「當然可以。」

「太棒了。」

奧利佛拉開我身旁的椅子，阿傑不得不往旁邊挪。

「**嗨，由希。**」他說，對坐在對面的由希點點頭。「合唱團還好嗎？這次妳有獨唱嗎？」

由希用餐巾擦了擦嘴。「希望很快就能有，我們才剛為下次表演舉辦甄試。」

「妳一定能擊敗他們的啦。」奧利佛說，打開他的巧克力牛奶。「記得那次妳跟山姆在卡拉ＯＫ稱霸的事蹟嗎？超經典的。」

我差點忘了奧利佛和由希因為山姆的關係彼此認識。

「等著瞧吧。」由希說，臉有點泛紅。

「不管怎樣我都會去看。」奧利佛說，然後他轉向阿傑，把手搭在他的椅背上。「我們好像沒見過，我叫奧利佛。」

「噢——叫我阿傑。」

奧利佛摸了摸下巴。「我好像在哪聽過你？」

「你上次有來參加環保社團的聚會，」阿傑說：「但後來就沒來過了。」

「噢，**對齁**。」奧利佛說，彷彿對此有印象。「你們在討論淨灘的事，聽起來有點無聊，老實說。」

我推了他手臂一下。「奧利佛，阿傑是環保社團的會計股長，淨灘是他提出來的。」

「我只是開玩笑啦，」奧利佛說，把我推開。「我很敬佩他的想法。」

瑞秋手越過我拍了拍奧利佛的肩膀。「你想加入我們的社團嗎？」她問，遞給他一張表格。「我們還需要六個簽名。」

「當然，什麼社團？」

她拿過我的筆交給他。「亞洲學生社團，我們想辦一場電影選秀。」

奧利佛毫無異議地簽了名。「希望你們會選《阿基拉》，」他說：「那部電影真的很經典。」

「我會加到名單中。」瑞秋說：「我們打算舉辦投票。」

「真民主。」奧利佛點點頭，把表格遞還給她。「零食你們也會投票嗎？」

我們聊著社團的事，不時發出笑聲。我沒想過奧利佛會來跟我們一起坐，更別說這麼快就跟其他人混熟。感覺他今天有點不一樣，流露出我還不習慣溫柔的一面。也許是我們之間的關係得到緩和，也許我們有機會成為朋友。我很開心他最終決定加入我們。

鐘聲響了，當我收拾東西時，由希轉向我說：「妳之後要跟我們會合嗎？」

「要幹嘛？」我問。

「我們打算放學找個地方討論紀念山姆的方式。」她說：「我昨晚有傳訊息跟妳說。」

我看了看其他人，一頭霧水。「我沒收到妳的訊息耶，」我說：「我不知道今天約好了。」

我掏出手機再次確認，明明我一整天都開著手機，怎麼會一直漏掉訊息？「妳什麼時候傳的？」

「滿晚了。」由希說：「妳可能已經睡了。」

我回想昨晚的經過，或許我和山姆的通話會阻擋訊息進來。我提醒自己晚點記得查看我們的電話紀錄。

阿傑來到我身旁。「妳應該來參加，」他說：「妳比我們還了解山姆。」

「山姆怎麼了？」奧利佛問，面露好奇。

「我們想為他準備特別的紀念儀式。」瑞秋說：「和茱莉一起。」

「什麼儀式？」

「我們還在想。」

「噢……」奧利佛靠過來，抿了抿唇。「我可以……參加嗎？」

大家轉向我。

「當然可以呀。」我說，看向由希。「但我今天放學沒辦法跟你們會合，真的很對不起，我已經跟別人約好了。」我沒有提到那個人就是山姆。

由希握住我的手。「沒關係，我們之後還會再聚。我們會想出一個很棒的紀念儀式。」

雖然她的安慰讓我露出笑容，但我不禁感到有些疏離。我已經很久放學後沒跟他們三個一起出去了，以前我們常常一起去山姆家聽音樂。因為這是我在這裡的最後一年，不知道什麼時候我才能再見到他們。

＊

放學後，我直接前往市區。我沒有像平常一樣去打工，而是到街角的公車站等三點發車離開埃倫斯堡的公車。我要去的地方不遠，一旦山峰映入眼簾，周遭景色變成樹林和鼠尾草叢後就下車。這是山姆安排的路線，上次他說要給我一個驚喜。他要我下公車後打給他。

司機讓我在步道旁下車，旁邊還有一群登山客，但我離開主要道路，往樹林裡走。以前我從未偏離步道這麼遠，周圍全是樹木和綿延的山坡。我穿過一整片野花，手指滑過翠菊黃色和紫色的花瓣。山姆的聲音透過電話引導著我，帶我穿過樹林中央一片陽光明媚的空地。他的聲音充滿興奮，從他那天接起電話起，這是我第一次聽見他那麼興奮。

「我一直想帶妳來這裡看看。」他說。

「你要給我看什麼呀？」我不斷追問。

「我說過了，這是驚喜。」他說，笑了起來。「就快到了，繼續走。」

四周樹林越來越茂密，路越變越窄，樹木的枝幹也變粗了。陽光從四面八方透過枝椏的縫隙間灑落，地上開滿紫色和黃色的野花。微風拂過低垂的樹枝，讓枝葉在我走過時，輕柔地擦過我的肩膀。

「前面應該有一條小溪。」山姆說：「看到一根年代久遠的圓木後，跨過去往右走。」

難以置信他竟然能記住這些細節，彷彿他也看得見。

我環顧四周。「我該怎麼找到路回去呀？」我現在的位置離小鎮有好幾英里遠，即使他在電話那頭，我還是隻身一人在這裡。

「放心，」山姆說：「我會陪著妳。」

當我繼續往前走時，陽光在樹林盡頭閃耀。我一走出樹林，到了另一邊，便撥了撥頭髮，將眼前的風景盡收眼底。在我腳前方是一整片金黃色的田野，一直延伸到天際。從我身後吹來一陣風，使葉梢向下彎垂，彷彿波浪般往前滾動。遠方，一棵樹豎立在田野中央，猶如一片扁舟擱淺在金黃色的湖泊中間。我往前走了幾步，手滑過如羽毛般柔滑的狐尾草，一下就知道他為什麼要帶我來這裡了。

「大麥田……」山姆在我耳邊低語。「正如那首歌描寫的情景。」

我吁了一口氣。「山姆……」我只能喃喃念著他的名字。

我閉上眼睛，深吸一口氣。只要我仔細聆聽，幾乎能聽見某處傳來他的吉他聲。「你是怎麼發現這裡的？」

「有一天我離開步道到處亂走發現的。」山姆說：「然後我就想起我常彈給妳聽的那首歌，妳每次寫東西時都會聽那首歌。我知道妳最近一直沒有靈感，我就想也許妳親眼看過這個地方後……**金色的田野**……能讓妳重拾靈感。」

一陣風吹來，將幾縷髮絲吹到我的臉上，我任它肆意飛揚。「你為什麼不早一點帶我來？」

「我在等最適當的時機給妳看，我都計畫好了。應該在一個最特別的時刻，我不知道我會沒有時間。」

我的心裡一陣刺痛。

「跟妳心中想像的畫面一樣嗎？」他問。

我的喉頭一陣緊窒，幾乎說不出話來。「像得不得了。」我說：「謝謝你帶我來。」

「希望我也能再看一眼那個景色。」山姆繼續說：「希望我跟你一起去了那裡，我想看看妳臉上的表情……」

當我盯著那一片橙黃、無邊無際的大麥田時，眼眶漸漸泛濕，此時太陽正要下山，我努力將每個細節印在腦海中，這樣我就會永遠記得。我將一輩子都不會忘記，然後我聽見了我以為再也沒機會聽到的東西。山姆的歌聲透過電話傳了出來，他清唱著那首〈金色田野〉，就像他答應過我的那樣……

「我從不輕易許下承諾，
一些承諾早已破碎，
但我發誓在盛夏的日子裡，
我們將在金色田野漫步
我們將在金色田野漫步……」

我們按照山姆的安排一起欣賞日落。我在草地上找了個位置躺下來，把手機按了擴音放在旁邊。我們天馬行空地聊了好幾個小時，像過去一樣談笑風生，直到天色起了變化，我發誓這就像他在我身邊一樣。

山姆說得沒錯，這裡晚上的景色更神奇。天上的星星感覺離地面很近，彷彿觸手可及。我尋找天上的星座，告訴山姆我知道的有哪些。有好一會兒，我**感覺**他就躺在我身旁，如果我轉過頭去看，就會看見他雙手交叉枕在頭後，穿著他那件格紋襯衫，張大了眼睛望著天空。他有一頭漂亮的黑髮，臉上帶著帥氣的笑容。但我不敢看，因為我怕身邊空無一人。所以我只是直直地盯著天空，假裝他就在我身邊。

我閉上眼睛一會兒。「謝謝你帶我來這裡，我從沒想過我有多需要遠離塵囂，好好放鬆。」

「感覺就像世外桃源，對不對？」山姆在我身旁低語：「好像離了埃倫斯堡好幾英里。」

「你想念它嗎，山姆？我是說埃倫斯堡。」

「是啊……我想念那裡的一切。」

我張開眼睛，重新看著星空。「我覺得我也會想念這裡。」

「所以妳還是要離開？」

「我一直是這樣打算的。」我提醒他道：「最後離開這裡，搬到大城市上大學之類的，成為作家。」

「妳的聲音聽起來不是很興奮。」山姆說。

「我不想要一個人做這些事。」

山姆沉默了很長時間，才開口：「妳會沒事的，茱莉。不管妳去了哪裡，最後跟誰在一起，一切都能迎刃而解。」

「我不想跟其他人在一起，你還在這裡呀，山姆，那才是最重要的，沒有別的。」

「茱莉，」山姆的語氣有些緊繃。「不要這樣。」

「怎樣？」

「緊抓著我們不放。」他說：「說得好像我們還有未來。」

「你為什麼一直說這種話？」

「因為我們不會一直這樣下去，行不通的。我希望妳記住這件事。」

「但**為什麼**不行？」

「就是**不行**——」他的聲音聽起來有些刺耳。「妳想想看，妳不會想一輩子都跟妳死掉的男朋友通電話吧，而其他人都已經過自己的生活，認識新的人，全世界都持續向前邁進。妳不能一直這樣活著。」

「我不覺得這樣有什麼不好。」我回嘴道：「你說的比真的還可怕。」現在除了讓他活過來，我想不到有什麼更重要的事。「講得好像我在乎其他人怎麼看我，只要你在我身邊就無所謂。而且如果我們還能在一起，就該試看看呀，就算這跟原本打算的不一樣——」

「**別說了**，茱莉。」他打斷我的話。「我和妳不能一直這樣下去，就是不可能。」

「但是你說我想多久跟你道別也沒關係的，」我提醒他，「如果我不想呢？如果我拒絕跟你道別呢？」

山姆吁了一口氣。「那就是妳的決定嗎……永遠不跟我說再見？」

「我**一直都是這樣想**，山姆，從我遇到你的那天起……」光是想到有一天我打給他的時候，他不再接起電話，就讓我喘不過氣來。今天我終於聽到他唱歌了，要是我忘記他的聲音呢？我無法想像再次失去他。

我們兩人久久都沒有交談。我盯著天上的雲往旁飄散，露出後方的月亮。突然間，一道白光劃過天際，消失在山稜線後方。

「有**流星**。」我指向天空，彷彿山姆也能看見。

「只有一顆的流星還滿讓人驚訝的，」他說：「妳有許願嗎？」

「你知道我不相信這種事。」

「為什麼？」

「你想嘛，你有聽過有人願望真的實現嗎？」

「那不代表就不能試試看啊，妳可以許願另一半書擋回來。」

「你還真會做夢。」

山姆笑了笑。「那好吧，如果什麼都可以，妳會想許什麼願？」

「什麼都可以？」

「什麼都可以。」

「沒有限制？」

「沒有限制。」

我猶豫了下。「你真的想知道？」

「不想知道的話，我就不會問了。」山姆說。

我閉上眼睛，深吸一口氣。我根本不需要思考，因為我早已知道答案。「我希望你在這裡，」我說：「我希望你就躺在我身旁，希望我看過去時，可以看見你對我微笑；我希望我能用手輕撫你的髮絲，感覺你是**真實**存在的；我希望我們能一起完成學業然後畢業，我們就可以像計畫好的那樣離開這個地方，到外地租公寓，一起思索未來的人生，這樣我就不用一個人；我希望你能**活**過來……我希望那天晚上我有接電話，這樣一切都會變得不一樣，一切都能回到過去……」

山姆聽著我的話沉默了很久，他沒有打斷我，在我說完後也沒有出聲，但我感覺得到他就在電話那頭**聆聽**。我很驚訝他讓我說出這整段話，我不知道這些話是不是他想聽到的，但他說他想聽真話。

那晚剩下的時間就像這樣，我躺在大麥田中，和他通著電話，感覺就像永恆。我們什麼話也沒說，就只是靜靜地享受這個幻想的世界，我所期望的一切仍可能發生。

第十章

當我早上醒來時，感覺有什麼不一樣。我感覺有人躺在我身旁，但當我的手滑過被單，卻發現沒有人。還是只有我一個人。我揉了揉眼睛，直到聚焦於房間的牆壁。幾道光照在天花板上，彷彿水面般波光粼粼。如果不是因為我房間的窗簾單薄，我不會知道現在是白天。今天是那種你不會知道自己睡了多久的日子，幾小時或幾天，我不是很確定。我得看一下手機時間，再來決定怎麼安排行程。今天是星期六，早上九點十四分。一切都感覺不對勁，但爭論沒有意義。

我從床上坐起來，環顧整個房間。書桌前的椅子轉了過來，山姆的衣服仍掛在椅背上。有時候，我喜歡假裝他去了廁所，或是下樓去倒水，**很快就會回來**。隨時會回來。這樣會在我們沒通電話的時候，讓我感覺不那麼孤獨。

我把手伸向天花板，有時候睡一覺起來，我的頭髮會亂成一團，所以我用手梳了梳頭髮。大麥的氣味隨即飄了出來，我這才想起來。那片**金色田野**。昨晚我真的去了那裡？我閉上眼睛，仍能看見那片景色。回到房間後，除了記憶，什麼也沒有留下的感覺好怪。彷彿做了一場夢，卻沒有人可以分享。

像是在另一個世界發生的另一段人生，我的另一個秘密。

最近我睡不好，時常夢到自己回到那個公車站，尋找山姆。這次夢到的情景不算太糟，但還是讓我膽戰心驚。真希望我能跟某個人聊我做的夢，除了山姆以外的人。鑒於我昨晚對他說了那些話，我不想再增加他的擔憂。有些事我大概不要說出來比較好。

我仍蜷縮在床上，直到第三個鬧鈴響起，提醒我該起床了。去到樓下，媽留了半壺咖啡給我。我喝了兩杯，還吃了一碗麥片。一個小時後，我跟奧利佛在外面門廊會合。今早他傳訊息給我，再次邀請我去散步。但這次我們的目的地變了。這是奧利佛的主意，一開始我有些猶豫，但還是答應了。我們要去墓園看山姆。

午後天空開始轉陰，我和奧利佛繞了點遠路，避開市區的人潮。之前我告訴他我從未去墓園看山姆時，他沒有責怪我。或許他早就猜到了，或許他明白為什麼我不敢去看他。當墓園映入眼簾時，我感覺胃一陣翻攪。只差幾步就到墓園的鐵門了，我的腳步卻無法往前，跟先前一樣……

奧利佛回頭看。「妳還好嗎？」

「我只是需要點時間——」我不知道該說什麼。我盯著敞開大門的鐵條，心想我是不是不該來。別怕，茱莉，那不是山姆，他仍在妳身邊，妳還沒有失去他。

「沒事的，來……」奧利佛伸出手來。「我們一起進去。」

我深呼吸了一下，緊緊握住他的手。我們一起穿過大門，朝山丘上墓園的方向前進。奧利佛帶著我穿過豎立一排排墓碑和風車的草坪。出於尊敬，我小心翼翼地經過那些墓碑。

我絕對不可能靠自己的力量找到山姆的墓碑。這片草坪似乎永無止盡地延伸，朝四面八方蔓延。直到奧利佛停下腳步，放開我的手，我才發現我們到了。他繞到一旁，讓我看得更清楚。

塞謬爾・尾林

我渾身僵住，在心裡覆誦幾遍墓碑上的名字。

他一直都不喜歡塞謬爾這個名字，他更喜歡別人叫他山姆。

墓碑前正中央的花瓶插著綻放的向日葵。這些花看起來新鮮漂亮，好像是最近才放的。一片花瓣掉在他的名字上，我跪在地上把花瓣拍掉，然後我注意到花瓶裡還有別的東西。一朵白玫瑰從向日葵的花苞下露出來。我輕輕撫過那朵花，才猛然想起來。「這是你送的？」我問奧利佛。

「對……」

我想起我們一起去看電影那晚。「所以那天後來你來了這裡……」

「順路而已。」

我看著他。「你很常來這裡嗎？如果你不介意告訴我的話。」

奧利佛聳聳肩。「或許太常了。」

我退後一步，看著眼前那塊草皮。視線移到墓碑下方，山姆現在就躺在這裡嗎？我想像他面容安詳地在此沉睡，因為我想像不出他死亡的模樣。這一切都好不真實，明明我才剛跟他通過電話。我猛地吞了口口水，看向奧利佛。「我該……說些什麼嗎？我不知道我該怎麼做……」

「不用，我們可以只是來這裡待一會兒。」

我們一起坐在草坪上。這裡的空氣安靜地詭異，就好像風吹不到這個地方。從我們踏進來墓園到現在，我還不曾感覺到風在吹。周圍的樹木彷彿石頭般沒有生命。我不斷回頭看，這個午後，整個墓園似乎只有我們兩個人。

一段時間過去，奧利佛安靜地拔著草坪上的草，他好一陣子沒說話了。不知道他在想什麼。「你很常一個人來這裡嗎？」我問他。

「常常。」

「那你就只是像現在這樣坐在這裡？」

「有時候我會幫花瓶換水。」

我再次盯著他帶來的玫瑰，心想至今他為山姆帶來多少花了。「你真的很想他，對不對？」

「大概跟妳一樣。」

我們看著彼此，然後他移開視線，再次陷入沉默。

「我想山姆會很開心你來看他。」半晌後，我說：「這對他來說意義重大。」

奧利佛抬起頭。「妳真的這麼想？」

「真的。」

過了一會兒，他重重地吁了口氣。「我只是不想讓他孤零零一個人。」他說：「萬一他想有人陪呢？我想要他知道有人在這裡陪他。」

我心裡一陣難受，但願我可以打給山姆讓他聽見這些話，但願我能把我們通電話的事告訴奧利佛，讓他感到些許安慰。他會怎麼想？他會相信我嗎？

奧利佛用近乎低語的聲音，有些緊張地問我：「我能跟妳說一件事嗎？」

「當然。」

「有時候……我會跟他說話。」

「跟山姆？」

奧利佛點頭。

「什麼意思？」

「我是說，在這裡。」他說，指著我們坐著的這片草坪。「真的說出來。說些一些日常瑣事，我們以前常常聊的話題。」他隨即移開視線，搖了搖頭。「有夠蠢的。」

要是他知道事情真相，要是我可以告訴他就好了。「一點都不蠢。」我安慰他道：「我懂。如果這樣你會好過一點的話，我曾經打給他。」

「妳是說打電話？」

「對。」

有一瞬間，我以為他會追問我細節，但他沒有。雖然一部分的我希望他問，但我也不知道我會怎麼回答。我看著奧利佛再次拔著草，覺得很內疚。對於我還能跟山姆說話感到內疚，而且不能告訴任何人。也許我該說出來，這樣就會知道會有什麼後果。或者讓他告訴我這一切都是真的。奧利佛頭也不抬地問了另一個問題。「我能再跟妳說一件事嗎？」

我偏過頭去聽。

「記得那天晚上我問妳的問題嗎？有機會的話，妳會跟山姆說什麼？」

「記得。」

「妳想知道我的答案嗎？」

「如果你願意告訴我。」

奧利佛深呼吸了一下，嘴巴開開合合，彷彿內心在掙扎要不要開口。但他最終呼出一口氣，就像憋很久似的。

「我會告訴山姆我愛他，就這樣。」

「我很確定山姆也很愛你。」我說。

他看著我。「但不像他愛妳。」

接著一陣沉默。

「反正不重要了。」奧利佛說，搖了搖頭。「我沒跟他說過這件事更好，如果我說了，可能就做不成朋友了。」

「為什麼這麼說？」我問他，「你知道無論如何，山姆都會是你的朋友。」

奧利佛再次看向我。「我一直覺得他跟我有同樣的感覺，或許我們之間有不一樣的感情，我和山姆。當然是在妳搬來以前。」他垂下頭。「我猜我們永遠不會知道……」他沉默了許久，當他抹了抹眼睛，淚水滴下來時，我才發現他哭了。看見他哭，我的眼眶也跟著泛濕。

我走到他身後，雙手摟住他，把頭靠在他背上，感覺脈搏或心跳之類的律動，不是我自己而是別人的，我好久沒感受到的溫度。

「我好希望他還在。」奧利佛哭著說。

「我知道，我也是。」

「妳真的覺得如果我告訴他，他還會當我是朋友嗎？」

「你想聽我真正的想法？」

我感覺他點了點頭。

「我覺得山姆早就知道了。」

從他沉默的反應看來，也許他一直這麼想，或許我也是，關於奧利佛愛他這件事。也許這就是我和他一直處不來的原因。因為山姆，因為我們都用同樣的方式愛著他。這是在他走後，我們彼此分享的心事之一。

突然間，一陣風朝我們吹來，順著山丘往下，這是我們來到這裡後，樹上的枝葉第一次有了動靜，使風車轉動。我和奧利佛抬頭看向山丘上方，彷彿期待有人站在那裡看著我們，但沒有人。我們只能聽見無數個風車轉動的聲音。每個風車似乎都發出不同的音調，像是裝滿水的酒杯，手指滑過杯緣發出的聲響。

「妳覺得那會是山姆嗎？」奧利佛低語道。

「可能吧……」我把耳朵偏往風聲的方向，仔細聆聽。「那首歌，聽起來很熟悉。」

奧利佛偏過頭，也開始聆聽。我們兩個安靜的坐在草皮上很長一段時間，看看有沒有人能聽出那段旋律。

*

我們離開墓園後，我陪著奧利佛走回他家。在我去打工前，我想確定他平安到家。今天是山姆死後，我第一次回書店上班。我知道崔斯坦需要時間休息，所以我跟他說這週末我會去店裡。因為書店客人不多，通常不需要兩個人一起顧店，所以我們很少有機會碰面。我們唯一見到對方的機會就是換班的時候，所以一直難以舉辦計畫中的本地讀書會。我們甚至還沒決定從哪本書開始。崔斯坦在推《銀河便車指南》這本書，但我表示大家早就讀過了。他不斷強調：「這是本至少讀兩遍以上的書。」

櫃檯後方擺著一個軟木板，我和崔斯坦會在上面留下給對方的留言，列出已完成的工作以及待做事項。有時候我們也會寫一些私人訊息，我在上面看見一張藍色的索引卡。

希望妳好多了。

我把票放在第一個抽屜。

——崔斯坦

我看了下抽屜，裡面放著一個金色信封，信封裡是下個月電影節的票。我差點忘了這件事。崔斯坦籌拍這個紀錄片好幾個月，這是他第二次報名參加電影節，看見事情終於塵埃落定很棒。一部分的我有點羨慕他，他還沒高三，但他的創作已備受肯定，我卻連寫作論文都還沒開始寫。我試著拋開這個念頭，不要跟別人比較，但有時候真的很難。

我拿過一枝筆，回他訊息。

再次謝謝你邀請我。

我等不及要看你的電影了！

——茱莉

外面開始下雨了，所以客人比平時少。至少我們的網路書店經營得不錯。崔斯坦列出一張名單，讓我找出那些書幫忙裝箱。李先生星期一會統一打包寄給買家。我早早完成我的工作，甚至利用時間打掃書店。

等書店沒有客人後，我拿出我的筆記本，在窗邊坐下。雨聲總能激發我寫作的心情，雨水把其他的聲音沖走，使我的思緒變得清晰。我回想昨天中午，由希問我想寫什麼時，我告訴她我想寫山姆的故事。但我還不知道要寫怎樣的內容，我想告訴世人什麼？我想像別人會想從我口中聽到怎樣的故事。寫他是怎麼死的，意外的前因後果，以及失去他有什麼感覺。但這些都不是我想寫的，因為我不想用一場悲劇紀念山姆，我不希望他的故事是一場悲劇。當人們想起山姆的時候，我希望他們能想起他的好。我希望他們記得他是一個音樂家，學生時期會熬夜用吉他創作自己的音樂；我希望他們知道作為一個哥哥，他會幫自己的弟弟在房間內做堡壘；我也希望他們記得我們在他生命中的最後三年交往過。我們是怎麼認識的、我們的初吻還有我愛上他的理由。我希望他們也能愛上山姆。

我大概會這樣寫：寫對於他的回憶、屬於我們的回憶，告訴世人我們的故事。我一下定決心，那些年的記憶便自我腦海中閃過。之後我花了一個小時的時間寫下對我最具意義的記憶片段，一直寫到忘了時間。

聽見門上的風鈴響起，我抬起頭來。在有人走近櫃檯時闔上筆記本。

「由希！妳怎麼會來？」

由希拿著一把紫色雨傘，正收起來。她用一條藍色髮帶把頭髮紮起來，環顧書店。「我記得妳今天要上班，我來找妳沒問題吧。」

「當然，我幫妳放雨傘——」我從她手中接過雨傘，靠在牆邊。「妳來我很開心呀，我開始有點無聊了。」

由希笑了笑。「那幸好我來了。」她另一隻手拿著別的東西，手腕上掛著一個小塑膠袋，散發出一股香味。

「妳拿的是什麼？」我問。

由希低頭看著袋子，顯得有些吃驚。「希望妳不介意。」她笑著說：「我帶了我們的點心。」

我們一起坐在窗邊，吃完她帶來的醃小黃瓜和豬肉三明治後，我便到後面的房間煮咖啡，並給由希倒了杯茶。外面仍下著毛毛雨，所以她跟我一起在書店裡等雨停。一輛公車從窗外開過，對街的人行道上，穿著雨衣的孩童匆匆跑過，雨靴踩過水窪濺起水花。我盯著玻璃上的倒影好長一段時間，直到由希的聲音傳來，才將我從沉思中驚醒過來。

「妳在想什麼？感覺妳有點心不在焉。」

「我只是有點累。」我說：「最近一直睡不好。」

「怎麼了？」

「最近一直做夢。」

「妳願意告訴我夢見什麼嗎？」

我看向她。「山姆。」

由希明白似的點點頭。「我明白，那妳肯定是做了惡夢吧，才會睡不好。」

「我都夢到一樣的場景。」我說：「不斷重複，雖然每次都有輕微的不同，但我的夢裡總是出現同一個地方。」

「哪裡？」

「公車站。就在山姆死的那晚。」

「那每次都是一樣的結局嗎？」她問。

我垂下視線，盯著我的手。「我一直沒夢到結局……」

由希表示理解。「我懂了。」

「我知道，」我說，把頭靠在窗戶上。「我只想弄清楚那些夢有什麼含義……」

由希若有所思地盯著她的茶。「其實……我奶奶幾年前過世的時候，我也常常夢見她。每個夢都有點類似。」她說：「有一次，我夢見我打破她最喜歡的一個茶壺，努力地想在她進來前把碎片拼回去。還有一次，我記得我把考試成績藏起來不讓她看到，但她總是找得到。我一直記得她的表情，以及讓她多麼難過。夢醒後我都不想再回去睡，因為我不想一直惹她生氣……」

「後來妳沒有再做那些夢了嗎？」我問。

由希點點頭。「有一次我終於把這些夢告訴我媽，她說了些話，讓我明白那些夢的含義。」

我身體往前傾，問道：「她說了什麼？」

由希喝了一口茶。「她說有時候夢境會跟現實相反，我們不該從表面去解讀這些夢。夢境可能代表我們生活中有某部分失去平衡，或者是我們太過執著。尤其當我們失去某人，夢境會讓我們看到與找回平衡相反的一面。」

「那對妳來說是什麼？」

「我花了一點時間才明白……」由希對著那杯茶說：「我猜，我一直都很怕她失望。我只要記得她有多愛我，不管發生什麼事，她都會愛著我。」她看著我。「或許妳也該試著反面思考看看，想想該怎麼找回生活的平衡。」

我想了想。「那我該怎麼做?反面思考……」

「我也不知道。」由希抱歉地說：「每個人的方式都不一樣。」

我再次望著窗外，陷入迷惘。

由希手放在我的肩上。「但有時候夢就只是個夢，」她說：「可能沒什麼意義，所以不要太煩惱，好嗎？」

「或許妳說得對，」我說：「我只是希望晚上能睡好一點……」

由希移開視線，想了想。「我有個東西可能可以幫上忙。」她說，把茶杯放下來。「來……」

我跟著由希到櫃檯她放包包的地方。她打開包包，在內袋翻了翻。當她找到她想找的東西時，她轉過身，把某個東西放在我的手心上。

「給妳……」

「這是什麼？」我說，用手翻轉那個東西。「水晶？」

我手上正是一顆球狀且透明的白水晶，看上去幾乎從內部透出亮光，從自身散發出光芒。

「這是月光石。」由希說：「我媽給我的，可以帶來好運和守護，也能驅走負能量，這顆水晶或許能守護妳不再做惡夢。」

我用手指翻轉水晶。「那要怎麼做？」

「妳只要帶在身上就可以了。」她輕輕地說：「月光石的名字是來自月亮女神，妳看——」她把水晶在我手上翻過面，露出石頭兩側。「——據說月光石擁有回到宇宙起源的光芒，人們相信這顆石頭能跟世界外部連結……」

我觀察水晶的表面，感覺放在手裡很溫暖，像是月光般朝我散發光芒。「妳真的相信嗎？」

「我會想像這顆石頭守護著我，」由希頷首道：「現在我把這顆石頭給妳，它有點脆弱，所以小心一點。」

我拿著水晶靠近胸口。

「謝謝。」我輕聲說。

「希望它能帶給妳平靜，」由希說：「我有個感覺妳需要它。」

*

由希離開書店的時候，外面仍下著雨。好幾個小時都沒有客人進來，所以我決定提早打烊。回家後，我幫忙媽媽準備晚餐。她去了車程要一小時的專賣店購買帕馬森起司，搭配蘑菇義大利麵的味道很好。高級起司是我們家唯一會買的其中一項奢侈品，媽常說：「這是投資。」我從不跟她爭這件事。

當媽把麵包棍從氣炸鍋裡拿出來時，我幫忙把碗盤擺在桌上。客廳的電視裡正播報新聞，但被調成靜音。媽喜歡整天開著電視，她說這樣房子才會熱鬧一點。她常常會在晚餐的時候，跟我分享她的學生上課時提出的奇怪理論，像是我們所有人都是活在一個十二歲女孩用哥哥的電腦玩的遊戲中。但今晚卻反常地安靜，彷彿我們兩人都有心事。「今天有一封妳的信。」沉默了半晌後，她說：「我放在流理台上。」

「我看到了。」我說。那是中央華盛頓大學寄來的錄取通知，前幾天我已經收到他們的電子郵件。

「上面說什麼？」

「我錄取了。」

媽直直地盯著我，臉上綻放出笑容。「茱莉，妳怎麼不早說？我們應該慶祝一下。」

「這沒什麼了不起的。」我說，用叉子捲起義大利麵。「那學校大家都能進。」要申請中央華盛頓大學不難，只要成績還不錯都能申請通過。我在等的是里德學院的錄取通知。

媽看著我用叉子戳著盤子。「我知道那不是妳的第一志願，茱莉……」她說：「但妳還是該為自己感到驕傲。妳可能不覺得，但中央華盛頓大學還是所挺不錯的大學。畢竟我在那裡教書嘛，不要那麼快就淘汰它。」

我看著她。「妳說得對，我不是那個意思，我只是……」我嘆了口氣。「不知道我還想不想再在埃倫斯堡待四年。那不是我原本的計畫。」

「我也是呀。」媽說，更像在自言自語。餐桌再次安靜下來。「但我懂……這裡的生活不是一直這麼美好，尤其是最近，特別是妳。」她盯著桌子好一會兒，彷彿陷入思緒中。「或許我有點自私，希望妳能陪我久一點。我知道妳不會永遠待在這裡，茱莉，但……我會希望至少在妳畢業前，我們能多一點時間相處，在妳離開前這段日子。」

「我還沒離開呀，」我說：「我還在這裡。」

「我知道……」她說，鬆了口氣。「但我常常看不到妳，我知道不是妳的問題……但妳最近常不見人影。今天是這兩個星期來，我們第一次坐在一起吃晚餐。我只是覺得跟妳有點……疏離，但或許只是我的錯覺。」

我盯著桌上的手機，然後視線移回媽身上。我們真的有這麼久沒一起吃晚餐了嗎？自從山姆死後，我都把晚餐帶回房間吃。而從我們開始通電話後，我一整天都在跟他說話。我昨天一整天都不在家，前天也是。在我想著該回她什麼時，一股愧疚感湧上心頭。以前我什麼事都會跟她分享，現在我卻不能跟她說山姆的事。我不能告訴她實情。「對不起，」我只想得到這句話。「我不是故意不理妳的。」

「沒關係啦。」媽笑了笑說：「我們現在在一起呀，謝謝妳……跟我一起吃晚餐。」

我的目光再次落到我的餐盤上，暗自決定以後要多抽出時間陪她。

*

吃完晚餐後，我幫忙收拾餐桌，然後上樓。雖然我很想打給山姆，但我必須跟上學校的進度。我寫了一下吉爾老師出的下禮拜才要交的報告，並完成藝術史課的作業。我的思緒似乎清晰許多，也更容易專心。**或許這都是水晶的功勞。**由希要我水晶不離身，所以我在做作業時，把水晶放在山姆送我的書擋旁。我偶爾會看向那顆水晶，讓我覺得受到守護。

山姆跟我說今晚可以打給他，因為昨天我們一整天都在電話中，所以今天不能講很久。但我不在意，我想再聽聽他的聲音，就算只有幾分鐘也好。

由於媽正在用吸塵器吸地板，所以我決定到門廊上打電話。雨聲聽起來像小子砸在屋頂上的聲音。以前暴雨來襲時，我和山姆經常坐在外面觀察閃電。今天天色看起來，可能會有打雷。外面有點冷，所以我穿上他的格紋襯衫，撥通山姆的號碼。

每當他的聲音通過電話傳來時，就彷彿時間靜止般，全世界只剩下我們兩個人。「那個聲音……」他頓了下，仔細聽。「妳在哪裡打電話？」

「外面，門廊階梯。」

「想呼吸一下新鮮空氣？」

我想起昨天在那片田野上的事，不覺莞爾。「別的就不說了，」我說：「而且我剛在寫作業，想休息一下。想說我可以打給你，**我好想你。**」

「**我也想妳，一直都在想妳。**」

山姆溫暖的嗓音在我耳邊擺盪。真希望時間能停留在這一刻，我們能一直這樣說下去。

「跟我說說妳今天好不好，」他說：「書店怎麼樣了？李先生還好嗎？」

「很開心能回去上班，感覺就像回家一樣。」我說：「李先生也很好，他前幾天給我一本筆記本，我忘了跟你說，那本筆記本漂亮到我都不想寫字了。」

「所以妳又開始寫東西了？」

「才剛開始啦，至少從今天開始。」所以山姆會帶我去到大麥田，是為了激勵我重新開始寫作。我本來想給他一個驚喜，但我很不會隱瞞事情。「事實上，我要寫你的故事。」

「**我？**」

「對，**你。**」

山姆笑了起來。「妳要寫我什麼？」

「其實我也還在想。」我承認道：「我才剛開始寫！但我很享受寫東西，我很久沒找到寫作的節奏了。我想寫我們兩個，我是說**我們的故事**。我才剛寫一些我們之間的回憶，都是些瑣事啦。只是要想一下要怎麼把這些片段放在一起，寫成一篇有意義的文章。」

「妳能找回節奏真是太好了，我也很開心能成為妳其中一個故事的主角。**終於**啊。」他笑了笑，「妳再說一次妳要寫什麼？」

我呼出一口氣。「我還不確定，我才剛寫一些東西。不過如果完成度不錯的話，我可能會把這篇文章當作申請里德大學的論文。在參加創意寫作課程前，他們顯然需要看一下我之前寫的東西做參考。不過我也還沒**申請通過**啦，但我現在不想去想那件事，反正，誰知道呢？如果最後結果還不錯，或許我可以試著投稿出版社之類的，這也是一個方向。讓我的一個故事進入世人的視野中，跟崔斯坦一樣。」

「崔斯坦怎麼了？」

「我忘了說，他的紀錄片入選電影節了。」

「噢。」

「他邀請我去看首映。」

電話那頭一陣沉默。

「那很好啊……你們兩個都是。」

我稍微偏過頭，想弄清楚他的口氣。「我們兩個？我什麼都還沒寫呀，還只有構思。」

「但妳還有時間寫，在世界上留下一些東西，真希望我也可以。」

「什麼意思？」

「我是說我也希望我有時間完成一些事，在這個世界留下印跡之類的……」

「你想完成什麼？」

山姆嘆了口氣。「這不重要了，茱兒……現在談這些沒有意義。」

「但山姆——」

「**別問了**，我不該跟妳說這些。」

一股罪惡感油然而生，我以為跟他說這件事他會開心。畢竟我要寫關於我們的故事，沒想到會讓他產生甚至不願與我分享的感受，所以我照他說的轉移話題。

「今天我見到了奧利佛，他真的很想你。」

「**奧利佛？**」山姆聽到他的名字，聲音變得清亮不少。「最近我也一直想他，他還好嗎？」

「他帶了花給你，」我跟他說，「我發現他有時候會去你的墓前坐，陪你聊天，他真的是很好的朋友。」

「我們是永遠的死黨。」

「他說他愛你……」我說。

「我也愛他啊，他知道的。」

有一瞬間，我想問他什麼意思，問他這句話是否放了比我所知還深的情感。但我決定不問了，因為或許這根本不重要，至少已不再重要。

山姆問：「今天是妳第一次見到他嗎？」

「不是，」我說：「其實我們見了幾次面，前幾天我們還一起去看電影，是一齣音樂劇，臨時起意的。」

「我早就說過，你們兩個有很多共通點。」

「我發現了，我應該早點聽你的話。」

「這麼說你們現在是朋友了？」

「可能吧，至少我是這麼希望啦。」

「很開心你們終於願意嘗試相處看看。」山姆說。

我也是，只是不要以失去你為代價就好了。

雨滴持續打在門廊雨棚上，我很快就得回屋裡去了。在我進屋前，有個問題想問他，這幾天一直縈繞在我心頭的疑問。

「什麼？」山姆問。

「是關於我們的電話，就是要保密這件事。我在想，如果我跟別人說了，不知道會發生什麼事？」

「老實說，茱莉，」山姆說：「我不是很確定，但我感覺可能會影響到我們的連結。」

我想了想。「有沒有可能什麼事都不會發生？」

「也許吧。」他說：「要試了才知道，但還是有可能會永遠破壞我們的連結，我不知道我們該不該冒險。」

我吞了口口水，一想到會破壞連結就讓我打了個冷顫。

「那我絕對不會跟別人說，我會保守秘密，我不想太快失去你。」

「我也不想失去妳。」

天空出現一道閃光，緊接著遠處傳來一聲巨響。

「那是什麼？」山姆問。

「我猜暴風雨要來了。」

「打雷？」

「聽起來是。」

住在喀斯開山脈周圍，偶爾一次的暴風雨是唯一可讓這座死氣沉沉的小鎮恢復生機的時候。

「真希望我能看看。」山姆說。

「聽起來滿遠的。」

又一道閃電，將天空瞬間撕裂開來。

「妳能跟我形容看起來的樣子嗎？」他問。

「像是宇宙出現好幾道細小裂縫，揭露後方的世界。」

「也許就像妳說的那樣。」

「也許你就在天空的另一邊。」

天空又閃了一下，雷聲乍響。

「能讓我聽聽嗎？」山姆問。

我把手機按擴音舉起來。

我們聽著雷聲好一會兒。

閃光過後，跟著響起雷聲。

「妳說得對，」他說：「聽起來滿遠的。」

我陪著電話那頭的他聽著雷聲，直到雨停為止。

第十一章

這幾天我不再做惡夢，但醒來時還是會有種空虛感。彷彿我的心破了個大洞，我不知道我怎麼了，或是怎麼回事。每當我跟山姆通完電話，剩下自己一個人時，似乎就會出現這種感覺。感覺就像我的胸口有個填不滿的缺口。真希望我能傳訊息給山姆，或者在手機中找到我們的通話紀錄，這樣我才可以提醒自己這一切都是真的。因為有時候我還是會感到懷疑，或許那就是空虛感的來源。

每當這種感覺出現時，我就會去拿山姆的東西，因為這些東西似乎是唯一說得通的證據。掛在我椅背上的衣服、書桌上的另一半書擋，還有其他收在抽屜裡的東西——雖然我全都留著，但他的氣味已開始淡去，我開始難以分辨桌上那半書擋和我扔掉的那個有何不同。

希望我能跟別人分享這件事，或者給他們看他的東西，他們就可以告訴我沒有瘋掉。但山姆說這樣可能會破壞我們的連結，我不敢冒著再次失去他的危險。但我忍不住一直想，如果我跟別人說了電話的事，還是有可能什麼後果也沒有，不過我不想再拿這件事去煩山姆。至少不要現在。

我的手機震了起來，是奧利佛的訊息，要我十五分鐘內去外面跟他會合。接著又一封訊息說：**別忘了，我西班牙語課不能再遲到了。**我快速收拾好東西，但當我出門時，他根本還沒到。我又看了下手機，他又傳了一封訊息：**噢，有人在遛狗，我得停下來拍個照。**他還傳了張照片過來。

這幾天，我和奧利佛相約一起上學。他家離我家只有幾條街，所以他常會傳訊息告訴我預估到達的時間，但他從來沒有準時過。我們現在更常混在一起，聊電影、音樂劇和山姆。不敢相信我們竟然花了三年，而且同時失去自己所愛的人才變得如此要好。我們說好要找時間再去他的墓看看，下次我要帶花去。**白色的花。**在我感覺一切都離我遠去時，奧利佛已經成為我的精神支柱。這讓我對隱瞞秘密感到內疚，尤其是知道他也很愛山姆這件事。希望有別的事是我能為他做的。我花了點時間才靈機一動，以紀念我們之間的新友誼。

奧利佛拉了拉背包的帶子。「要走了嗎？」

「等一下。」我從屋裡喊道。

前門是敞開的，奧利佛探頭進來看。「我們要遲到了！」

「都是因為你半路停下來拍照片。」

「那是一隻米格魯，牠叫亞瑟。」

幾秒後，我走出門外，把某個東西拿在手裡藏到背後。

我們兩人頓了下。

奧利佛挑了挑眉。「妳拿著什麼？」

「給你的東西。」

「幹嘛給我？」

「就是想給。」

「拿出來吧。」

我把東西遞過去，奧利佛眨了眨眼。「這是……山姆的衣服……」

「對，我希望你收下。」

「為什麼？」

「我穿不適合，而且我覺得你穿會很好看。」

奧利佛盯著那件衣服好長一段時間。「我覺得我不能收。」他說。

「為什麼？你當然可以收呀。」

他把衣服遞還給我。「不，我不能拿。」

我把他的手推開。「別鬧了，這只是一件衣服。」

「這是**山姆**的襯衫。」

「我不能收下這個——」奧利佛試著讓我的手接過衣服，但我再次推開。我們這麼來來回回好幾遍，到最後我受不了了。

我打了下他的手腕。「**你幹嘛一直這樣？**」

奧利佛嘆了口氣。「因為山姆很明顯希望妳留著他的衣服。」他說：「不是我。」

「你又不知道，所以收下吧？」

奧利佛盯著我，又看了看那件襯衫。「我不明白，妳不想留下這件衣服嗎？」

「我還有很多他的東西，沒關係。」

奧利佛用手撫過那件襯衫，然後緊緊抱在胸前。「謝謝妳。」

我微笑地看著他。「小心別弄丟，好嗎？」

「妳知道我不會的。」

我揹起包包，走下門廊台階，準備出發去學校。奧利佛卻一動也不動的待在門廊上。

「怎麼了？」我問：「你沒改變主意吧？」

「沒有。」他說著，把身上字母棒球外套脫下來。「我覺得我得把一個東西給妳。」他走下階梯，把他的外套掛在我的肩上。

「你要給我你的字母棒球外套？」

「只是**借**妳，到畢業那天。」

「我的榮幸。」

我們開始走路去學校，今天早上有點冷，所以穿著那件外套感覺很舒服。

「奧利佛，你之前說你玩什麼運動？」

「我沒有啊，」他說：「這是我去年畢業的學長買的。」

「所以你穿這個只是為了好看？」

「答對了。」

「真佩服你。」

我用肩膀撞了他一下，我們兩人都哈哈大笑。

*

當我走進走廊時，看見紅色和白色的氣球柱倚著牆面做支撐，鋁製的星星從天花板垂下。學校的一切都已恢復正常運作，人們穿著光鮮亮麗的衣服，在洗手間放音樂，倚著置物櫃玩互扔小紙團的遊戲。對於山姆不幸身亡的悲傷情緒已煙消雲散，重新回到學校生活該有的活力。布告欄旁的牆上本來還掛著他的照片，不知道是不是照片掉下來，還是有人把它拿下來，總之現在不見了。每間教室都會放一疊學生報紙，這是好幾個禮拜來第一次上面沒有寫到山姆發生的意外。就好像大家都拋下他往前走，但我並不驚訝。我明白鼓舞人心的集會、足球比賽和畢業典禮才是人們關心的事。

我的法語考試成績比我想的還好，我花了一整晚苦讀，所以我很高興努力沒有白費，口試的成績讓我大吃一驚，莉亞老師說我的發音一直很自然；英語課時，吉爾老師生病請假（我的祈禱受到回應），代課老師有著一頭灰白頭髮，每當有人問問題，就會瞇起眼睛。他讓我們安靜自習，看《動物農莊》。因為我把我的影印本留在家裡，便利用時間做報告。我很喜歡我選擇的主題，奧克塔維婭・巴特勒（Octavia E. Butler）的科幻小說能應用在教授歷史是因為更能向讀者傳達情感之分析。這本書寫的是人類自石器時代雕刻洞穴壁畫以來，便擁有說故事的能力。我在下課前寫了整整三頁，這個禮拜我的專注力改善很多。多虧了那顆水晶。我一直記得隨身攜帶，以帶來平靜和好運。

「妳考得怎麼樣？」阿傑午餐時問我。

「應該還不錯，你的小組報告寫完了嗎？」

「我這組有兩個很混的人……」他說，把一個三明治掰成兩半。「所以還沒。」

「可能更糟。」

「為什麼？」

「三個都很混。」

我們大笑起來，阿傑分了我一半三明治。不一會兒，奧利佛出現了。他把托盤放在桌上，拉了張椅子到我旁邊，讓阿傑往旁坐一點。

「那件地球上衣很好看，阿傑。」奧利佛說，拿了他一根薯條。

阿傑穿著他為環保社團設計的其中一件社服，畫了一個生病的地球，嘴裡叼著溫度計。

「謝謝，我自己畫的。」

「那我怎麼沒有？」

「如果你有來參加我們的活動就會有。」

「第一次我有去啊。」奧利佛提醒他，然後小聲對我們其他人說：「那次會開超久的。」

阿傑瞪了他一眼。「我聽見了。」

「嗄──我們什麼也沒說啊。」奧利佛說，向我和其他人眨眼。

「好了，大家──」瑞秋打斷他們的對話，站了起來。「現在有社團陷入危機，明天報名表就要交了，我們還差五個簽名。」

「妳有想過、呃，**偽造簽名**嗎？」奧利佛提議道。

瑞秋滿懷希望地睜大眼睛。「有用嗎？」她低語道。

「**沒有**。」我說。

我們面面相覷，試圖集思廣益，設法想出一個不會陷入麻煩的解決方法。

「你們一定要創社才能舉辦電影會嗎？」由希問：「我們可以私下舉辦呀。」

「是可以，但如果我們成立正式社團，學校就會發一百塊給我們買零食。」

奧利佛拍了下桌子。「那我們必須找到人簽名！」他說，大家都笑了起來。

「既然你人緣那麼好，奧利佛，你可以幫幫我們嗎？」瑞秋問，再次把報名表遞給他。

「條件是我來決定吃什麼。」

「成交。」

奧利佛舉起手跟她擊掌。

「嘿，美嘉來了——」阿傑指著我身後。

我抬起頭，看見她朝我們的方向走來。她好久沒出現在自助餐廳了。「美嘉！」我喊了她，但她匆匆從我們身旁走過，看都不看我一眼，隨後出了門，去到走廊上。

由希皺了皺眉。「她還好嗎？」

「她看起來氣色很差。」奧利佛說，他轉向我。「妳最近有跟她說話嗎？」

「我試著找她……但她一直不理我。」

「她在生妳的氣嗎？」

「大概吧。」我垂下視線，看著我的盤子，對事情變成這樣感到內疚。「我答應她會參加追思會，但我沒去，很多事情我都沒做到，所以她現在不太想理我。」

「我昨天去洗手間時有碰到她。」瑞秋說：「看見她在哭。」

奧利佛靠回椅背上。「真糟糕，希望我可以幫上忙。」

「我也是。」我說。

所有人都沉默下來，沒人真的專心吃飯，尤其是我，我根本吃不下。我怎麼能答應山姆好好照顧美嘉？我應該更關心她的。這就好像我背叛了他，背叛了我們三個。畢竟，她不跟我說話都是我的錯。但願我能直接告訴她山姆的事，或許能讓一切都恢復正軌，我們就能再次理解彼此。

一陣很長的沉默後，瑞秋抬起頭。「我有個主意，我們可以邀請她跟我們一起放天燈，或許能幫她度過難關。」

我看向她。「天燈？」

「這是我們想出來的點子。」由希說，點了點頭。「為了紀念山姆，我們要去放天燈。這些天燈叫紀念天燈，人們會對逝者說話，讓天燈帶著這些訊息飛向天際，傳達給他們。」

「就像小型的熱氣球。」瑞秋解釋道，用手做出一個碗狀。「把蠟燭放在裡面，目送這些天燈飄遠。」她舉起雙手，像是放掉某個東西。

「放天燈是在很多不同的文化中歷史悠久的傳統。」由希接著說：「人們從好幾千年前就會放天燈。橫跨全世界，進行各式各樣的儀式，會帶來平靜和好運。」

天燈飄向天空的畫面浮現在我腦海中。「聽起來很美……」我說。

瑞秋傾身向前。「這代表妳喜歡我們的點子嘍？」

我止不住微笑。「棒呆了。」

她拍了下手。「我好興奮，我在電影裡看過放天燈的畫面，一直想試試看。」

「但有一個問題。」由希說，和阿傑交換了個眼神。「我們找不到放天燈的地方。必須遠離市區，像是開闊的田野之類的。」

我思索了一下。「我知道一個地方，是一片田野，我們可以帶你們去。」

「好極了！」瑞秋說。

接下來我們繼續聊著天燈的事，大家都面帶笑意。就在幾天前，我還不知道會不會有任何進展，但聽著大家分享意見共同完成這件事讓我感到很開心。我意識到件事已經不再是只為了我，特別是如果美嘉和奧利佛也在場的話。我們一起分享這件美好的事物，全都是為了山姆。

午餐時間結束後，在大家收拾好東西準備離開時，我對他們說：「我想再一次謝謝你們所做的一切，如果山姆還在的話，絕對會愛上這個點子。」

由希手搭在我的肩上。「我們準備好後再跟妳說，我們保證絕對會辦得很特別。」

*

在學校的時間過得很快，我和奧利佛本該一起回家，但他最後一節課傳訊息跟我說，他放學後要留下來跟老師討論成績。因為我把他的外套留在置物櫃裡，所以我走去置物櫃拿，順便拿幾本書。當我走出教室時，走廊上擠滿了人。我撞到了某個人的長號盒，東西落了一地。當我蹲下去撿時，聽見某個人竊竊私語的聲音。

「**外套不錯嘛。**」

我抬起頭尋找聲音的主人。

泰勒在我撿起剩下東西站起身時，低頭看著我。她的一群朋友就站在她身旁看好戲。「那是奧利佛的嗎？」她問。

當然是，她心知肚明。她期待我回她什麼？「他只是借我穿。」

「你們兩個什麼時候這麼好了？」

「妳什麼意思？我們一直是好朋友。」

她瞪了我一眼。「妳知道那並非事實，奧利佛甚至不喜歡妳。我們以前常常在妳背後說妳壞話，他沒跟妳說嗎？」

我緊緊抓著那件外套，不確定該怎麼回答她。我應該直接走開。*誰管奧利佛以前是怎麼說我的？現在情況不同了。她為什麼要搞破壞？*「妳跟我說這個幹嘛？」

泰勒突然把外套從我手中搶了過去。「妳以為我們都忘了妳做的事了嗎？就因為奧利佛對妳**好**？」

「你們到底想幹嘛？」我大吼道，臉頰一陣發燙。我伸手去拿外套。「還給我——」

泰勒甩開她的手臂，差點打到我。「**我們**想幹嘛？」她回嘴道：「我們可沒有搬來毀了大家的生活。」

「妳在說什麼？」

泰勒瞇起眼睛看我，聲音尖銳地說：「別裝傻，茱莉，他死都是妳害的。」

當人群在我們四周駐足聽我們講話時，一陣寒意傳遍我的全身。我知道總有一天她會跟我當面挑明這件事，但我沒想到她會選在學校，眾目睽睽之下。我猛地吞了口口水，努力使聲音保持鎮定。「妳不能把那件事怪在我頭上，妳不——」

「**妳**不要想推卸責任。」泰勒打斷我的話。她用手指壓著我的鎖骨，逼我後退。「是妳叫他開一個小時的車去接妳，山姆只是想花時間跟自己的朋友在一起。自從妳來以後，那個晚上是我們所有人唯一一次聚在一起。我們都在那裡，茱莉，妳卻逼他離開並毀了一切。」

「不是這樣的。」我說：「是他傳訊息給我，我跟他說不用來接我，我可以走回家。」

泰勒用另一根手指推著我的胸口。「妳真是個騙子耶，他離開前我還跟他說話，他把你們的對話都跟我說了，妳讓他覺得內疚而離開，害死了他。都是因為妳。」

我的心一沉。「妳錯了，妳不知道我們全部的對話，山姆不會——」

「妳不知道山姆是怎麼想的。」泰勒再次打斷我。

「妳也不知道發生什麼事，妳沒有看過我們的訊息。」

「那給我看啊。」

「我沒辦法……」

「為什麼？」

「因為我刪掉了。」

「我想也是。」

我最不希望讓我們的對話變成這樣，我想逃離這裡，但太多人停下來聽我們爭吵，所以我必須阻止情況變得更糟糕。我深深吸了一口氣，強迫自己開口。「就算是我要他來的，開車的人又不是我，妳怎麼能真的怪我害死了他？如果我必須為他的死負責，那提議舉辦營火夜的人也要，那個人就是**妳**。」

泰勒用另一根手指指著我的胸口，這次推的更用力。「所以妳現在要反過來怪我嘍？」

我握緊了拳頭。「我沒有怪任何人，是妳在怪我。」

「如果不是妳的錯，那妳為什麼不出席他的**葬禮**？」泰勒問我。「是因為妳覺得內疚，還是妳根本不在乎？」

我就像被狠狠揍了一拳，我張開口想說些什麼，但突然間我什麼都不用說了。因為美嘉突然現身，擋在我前面。

「這不關妳的事。」美嘉對泰勒說：「她不需要向**妳**解釋任何事。」

「**妳**幹嘛——」泰勒說。

但美嘉沒有讓她說完。

她剛開口，我便看見一巴掌打在泰勒的臉上。整條走廊迴盪著倒抽口氣的聲音，隨後安靜下來。我用手摀住嘴巴，不確定接下來事情的走向。知道美嘉在教防身術，或是她在斯波坎的酒吧裡跟人打架的人寥寥無幾。當泰勒試圖回擊時，我就知道她對此一無所知。美嘉輕輕地抓住她的手臂，將她摔向置物櫃！一旁群眾圍上前，一些人掏出手機拍攝。突然連恩穿過人群，抓住美嘉的後領，像是要將她拖出去。

「嘿——」連恩吼道。

但美嘉用手肘撞向他的右腹，他便倒在地上，發出呻吟。

四周觀眾爆發出歡呼聲，吸引更多的人前來圍觀，包括幾名來勸架的老師。其中一個是生物課的藍恩老師，他把兩根手指放在嘴裡，吹了聲口哨。大家紛紛東張西望，一哄而散。

有人抓住我的手臂。

「**茱莉——我們該走了。**」

由希來到我身旁，帶著我跟著人群往外走。

「美嘉怎麼辦？」我說，在人群中尋找她的身影。她跟藍恩老師站在一起，他一手放在她肩上，另一手抓著連恩的手臂。

「我們大概沒辦法幫上忙。」由希說。雖然我很想做點什麼，但我知道她說得對。

我在校門口等了一個多小時，由希陪我等了一會兒，但他們好久都沒出來，我就叫她先回家。我想藍恩老師把他們帶回辦公室了。**他們到底在講什麼？**希望美嘉沒惹上太多麻煩。

一個半小時後，美嘉終於從校門口出來，手裡拿著一包冰塊冰敷左臉頰。

「美嘉——妳沒事吧？」我伸手去檢查她的傷，但美嘉把臉轉開。

「沒事。」她說。

「你們在辦公室幹嘛？」

「我被停學。」

「太糟糕了，都是我的錯，我去跟藍恩老師解釋——」

「別管了，我得走了——」她突然說，然後匆忙離開，留我一個人站在那裡。

「美嘉！等一下！」我喊了她好幾次，但她沒有回頭。

我差點就要追上去，但我內心深處有個聲音告訴我她想一個人靜靜，至少現在不想被打擾。所以我只是站在原地，看著她的身影消失在轉角。在她為我做了那麼多後，我希望她願意讓我幫她。但我不知道我該怎麼辦，不知道怎麼讓她明白我的心意。我盯著人行道，思考該怎麼跟她重修舊好……

*

當我回到家後，我馬上打給山姆，告訴他發生什麼事。我把奧利佛借我外套的事，泰勒說的話都告訴他。我還跟他說了美嘉和他們打架的事。

「她不想跟我說話。」我說：「我不知道該怎麼辦。」

「妳有傳訊息給她試試看嗎？」

我再次察看手機。「我剛才有問她回到家了沒，但她沒有回我，我覺得好糟糕。」

「泰勒才應該覺得糟糕，」山姆說，聲音緊繃。「沒想到她竟然對妳說那些話。對不起，茉莉，真希望我在那裡阻止事情發生。」

「我也希望你在。」

他長長嘆了口氣。「感覺這一切都是我的錯。」

「山姆——你不用自責呀。」

「但我很難不這麼想。」他說，聽起來很沮喪。「要不是我，美嘉就不會覺得難過，不用跟別人打架，也不會有人說妳的壞話，如果我沒……要是我能……」他的話音戛然而止。

「**別說了。**」我說：「那不是你的錯，山姆。這些都不是你的錯，我也不在乎別人怎麼講我，好嗎？」

然後是一陣漫長的沉默。

「但我覺得好沒用，什麼都無能為力。」他說：「甚至沒辦法幫助美嘉，我根本無法想像失去她是什麼樣子。但至少妳能找她談談，或許妳可以去她家看看。」

「我不知道她會不會願意聽我解釋。」我說。

「妳可以再試一次看看嗎？」

「你知道我願意。」我說：「但每次我們談話時，我都必須向她保密，我覺得她感覺得到……就好像有道牆堵在我們中間。」

「那妳想怎麼辦？」

我猶豫了一下，怕聽見他的回答。「我想跟她說你的事，我覺得這樣就能解開我們之間的誤會，我覺得她會了解。」

山姆安靜下來。

「你覺得我不該跟她說嗎？」

「我不知道，茱兒。」他說：「我不希望我們的連結發生不好的事。」

「但你也說有可能什麼也不會發生啊。」我提醒他。

「我是說可能不會，但這麼做還是很冒險，妳能明白嗎？」

「所以你覺得這麼做不好？」

山姆再次沉默下來，思考這件事。「妳決定吧。」

我盯著窗外，不知道該怎麼辦。「有時候真希望你能給我明確的答案。」

「對不起，但願我可以。」

第十二章

我沒辦法等到隔天再去找美嘉，我不能就這樣放著事情不管。內疚已經將我蠶食殆盡，難以集中注意力。當我去到她家門口時，陽光在車道上形成陰影。車庫外停了一輛廂型車，所以她爸媽肯定也在家。我按了門鈴，希望是她媽媽來開門。每當我們吵架時，她媽媽總能使我們冷靜下來。

聽到門內的腳步聲，我知道有人來開門了。美嘉家的大門裝有好幾層鎖和防盜鏈。我在另一邊聽著某個人把門鎖和防盜鏈一層一層打開。接著門被打開一個縫隙。

美嘉透過防盜鏈拴住的縫隙看向我。「妳來幹嘛？」

「我想跟妳談談。」我說。

「談什麼？」

「所有事。」

美嘉沒有說話，只是透過門縫盯著我。

「我能進去嗎？」我問。

美嘉考慮了半晌，然後關上門，我猜答案是不行。但我聽見最後的防盜鏈從裡面解開的聲音，門再次打開，美嘉默不作聲地看了我一眼，轉身進屋。我脫掉鞋子，跟著她進到走廊。

茶壺冒著蒸氣，美嘉走去關火。我杵在廚房拱門下方，看著美嘉從碗櫥拿了幾樣東西出來。我感覺到屋裡有些異樣，朝空氣聞了聞。**香味？**味道從另一個房間傳來，由於美嘉現在似乎在忙，我決定自己去一探究竟。

客廳裡擺著一個木櫥。在中間那一層，一個銀碗裡插著點燃的線香，飄出裊裊白煙。旁邊放著一盆擺盤精美的水果。幾年前，我第一次來美嘉家裡作客時，一眼便注意到這個櫥櫃。上面總是放滿美嘉家人的肖像照，我全都沒見過。她有一次跟我說那些是她祖先的照片，這樣做是為了祭拜逝者。

然後我看到了——先前還沒擺在上面的山姆的照片。他穿著那件格紋襯衫，笑得很燦爛，身後是一片蔚藍的天空。我感到背脊一陣發涼，不禁打了個冷顫。我一直忘記對其他人而言，他已經死了。

「那是我找到最好看一張。」

我轉過身，美嘉端著一個茶盤。

「我是說照片。」她說：「我和我媽一起選的，她說這張他看起來很帥。」

我一時語塞，只能站在原地，盯著他的照片看。

美嘉把茶盤放在茶几上。「妳來之前我剛好在泡茶。」她說。

我們一起坐在沙發上。美嘉逕自拿起茶壺替我倒了杯茶，我注意到她的左眼有些瘀青，但沒有我想的那麼糟。

「這是菊花茶。」美嘉說。

「謝謝。」

我吹了吹茶，從我們坐的地方可以看見山姆的照片，就好像他正在看著我們。我注意到美嘉也在看他的照片。

「如果他們有來問我選哪張照片就好了。」她說。

「誰？」

「學校。我不喜歡報紙上的那張照片，他們應該來問我的。」

我想起那篇文章，用的是他的學籍照，山姆也不會喜歡那張照片。

「妳選的照片很好。」我對她說。

美嘉點點頭，喝了一口茶。

「妳的眼睛怎麼了？」

「泰勒的朋友趁我不注意用錢包砸我。」她說。

「真糟糕，美嘉。」

「對方要賤招，但我沒什麼事。」

「之前忘了跟妳道謝，」我說：「妳為了我挺身而出。」

「我不是為了妳，是為了山姆。」

我垂下視線，不知道該說什麼。

美嘉吹了會兒茶，又喝了一口。一陣漫長的沉默後，她說：「當我看見泰勒那樣指責妳時……我就想起他。我想如果山姆在的話，他會怎麼做。他的口才一直比我好，這也是為什麼大家比較喜歡他。」

「即使他走了……」她繼續說：「我還是想再見他一面。每次有人進門時，我就會想是不是他，**來的人會不會是山姆**。那些忘記他死了又再度想起來的時候，最讓我難過。」她盯著她那杯茶。「我知道妳不喜歡談到山姆，但我真的很想他，我不知道為什麼大家能這麼快就放下。」

「我還沒放下呀。」我說。

「但妳想放下。」

我搖了搖頭。「那已經是過去式了。」兩個星期前的我是這樣想沒錯，但自從我跟山姆有了連結，一切都不一樣了。如果她能明白就好了。

「那不重要了。」美嘉說，再次看向山姆的照片。「有時候，我也希望自己不要再想他。我不在乎追思會，我甚至不在乎妳沒來。但妳一直拼命想忘記他，連帶也不想管我。妳忘了我們有三個人，不只妳和山姆，我也是你們的一份子……」她頓了下，視線移向她放在桌沿的手機。「我知道這聽起來很蠢，但我到現在偶爾還會看我們的群組訊息。**我們三個人的聊天紀錄。**之前我還想要說些什麼，讓群組活過來，我們之間的連繫才不會斷掉……但我做不到。因為我怕沒有人回覆我，我不想自己一個人在群組裡——」她的聲音嘶啞，使我胸口隱隱作痛。**我刪掉了我們的群聊對話。**我從沒想到這代表我也刪掉了美嘉。我想說些什麼解開誤會，但我知道說什麼都沒有用。

美嘉再次盯著她的茶杯沉思，用細不可聞的聲音喃喃說：「那天……我媽在找我和山姆的合照放進相簿，但她說很難找到沒有妳的照片。所以她最後選了我們三個人一起拍的。」她用袖子抹了抹眼睛，努力保持冷靜。「妳知道，當事情發生時……山姆死的時候……我記得我在想我和妳該怎麼度過這一切？**我們該怎麼辦？**我一直等妳回我訊息，回我的電話，來我家找我，但妳都沒有。**妳甚至不想見我——**」她的聲音戛然而止，彷彿強忍著淚水。「就好像我失去山姆，同時也失去了妳。」

她用袖子抹掉眼淚，接著繼續說：「前幾天他的家人過來，我猜他媽媽現在還是會因為他的死從睡夢中驚醒。事情發生的頭幾天，她會一直去他的房間看他還在不在，好像她只是在做夢而已。她打給我爸，請他過去幫忙搬走山姆的東西，後來又改變主意。她就只是把東西裝箱放在他房間，就像是為了他留著……以防他回來之類的。」

聽到這裡，我不禁眼眶泛淚。我應該從一開始就要陪在她身邊的，我應該為她分擔痛苦。我握住她的手。「美嘉，對不起，我不該丟下妳一個人，好嗎？我保證絕對不會忘了山姆和妳，我依然愛他，我每天都在想他。」

美嘉把手抽開。「在我看來不是這樣。」她哭著說：「看起來妳已經往前走了，我看到妳和妳那群朋友，邊吃午餐，邊像什麼事都沒有的大笑。好像山姆從來不存在一樣。」她再次抹了抹眼淚。「他死了，妳有哭嗎？」

這個問題刺痛了我。我討厭她這樣想我。「**當然有。**」我答道。如果那時候在餐館她問我這個問題，我可能會否認，但現在我已經不是當初的那個我了。因為我再次找到了山姆。如果我能告訴她這件事就好了。「我知道我的所作所為不像在乎他的樣子，但我真的在乎他，美嘉。不過這很複雜，妳得了解——」

「我看得出來妳沒對我說實話，茱莉。」美嘉說：「我也知道妳有事情瞞著我，我還知道那天在餐館妳說那些話是什麼**意思**，妳要我怎麼相信妳後來改變心意了？就那樣——」

「因為後來發生了一件怪事。」我告訴她：「我希望可以告訴妳，但我不行，對不起。但妳得相信我。」

美嘉搖搖頭，不想聽我的解釋。「我做不到，茱莉，我已經厭倦這些藉口了。」她說：「我再也不想再被丟下了。」

「什麼意思？」

「他死後，我打了好幾通電話給妳。」美嘉說：「妳從來不接電話，現在卻希望我坐下來聽妳這些藉口？」

美嘉打給我好幾次？我再次盯著我的手機，試圖回想什麼時候。是因為山姆的電話，對不對？在我跟他講電話的時候，其他電話都打不進來。所以我才一直漏掉訊息和電話，還有一些我不知道的東西。這讓我跟美嘉之間有了距離，山姆明明交代我要好好照顧她。我甚至無法向她解釋清楚。**「是我的手機……」**我只說得出這句話。「系統出了問題。」

我還能說什麼？不能實話實說又該怎麼解釋？

「或許妳該走了。」美嘉突然下逐客令。她移開視線，讓我知道她已經不想再聽我辯解。

她準備起身，結束我們的談話。

但願我能把所有事都告訴她，她就會了解為什麼我會如此，明白我一直沒有放手，是因為不需要。**因為他從未離開我。**但我不想冒著斷開我們之間連結的危險。我握緊雙拳，而後放開，坐在沙發上猶豫不決……。畢竟，山姆把這件事的決定權交給我，不是嗎？而且倘若我向她坦白一切，還是有可能什麼事都不會發生呀。我不能讓美嘉一直有這種想法，我看得出來她有多受傷。我得陪著她，正如我答應過他的。我不能再讓她獨自一人面對了。**而且我也不能失去她。**我想推倒這道阻隔我們的牆，我甚至不知道她會不會相信我的話，但我深吸一口氣後開口。

「**美嘉，聽我說——**」我在她起身前，抓住她的手。「我沒有接妳電話的原因……還有為什麼我沒有因為山姆的事悲痛欲絕，都是因為我們還有連結。我是說**我和山姆**。他還沒離開。」

「妳在說什麼啊？」

「這件事聽起來很怪……」我開始解釋，仔細地選擇措辭。「但我可以跟山姆講話，用我的電話。我打給他，他會接起來。」

「妳是說山姆？」

「**對。**」

美嘉看了我一眼。「什麼意思？妳可以跟他**說話**？」

「我是說他會接起電話。」我說：「我能告訴他一些事，他會回答我，我們幾乎每天都會通好幾個小時的電話，就跟以前一樣。而且真的是他，美嘉。不是別人，或惡作劇，是**山姆**。」我的心怦怦地直跳。我不知道還有什麼能說的。

美嘉聽了我的話，說道：「妳確定嗎？」

我身體向前傾，握住她的手。「是真的，**我沒騙妳**。是他的聲音，美嘉。是他，是**山姆**，妳得相信我。」

美嘉回握我的手，慢慢地點頭。「我相信妳，大概吧。」

我等她這句話等了好久，她的口氣卻沒有帶來我所期待的安慰。她的眼神讓我開始懷疑自己。

「妳什麼時候開始跟他說話？」她小心翼翼地問。

「他死後那個禮拜。」

「只有打電話?」

「只有電話能聯繫到他。」

「妳能給我看對話紀錄嗎?」她問。

我猶豫道:「不行……」

「為什麼?」

「因為我們的對話紀錄不會顯示在手機裡。」我解釋道:「我還不知道原因。我們也不能傳訊息——只能打電話。」

美嘉靠回椅背上,一臉沉思的表情。一陣漫長的沉默後,我的胸口開始繃緊,也許我不該跟她說的。

「妳覺得我瘋了,對不對?」我問。

「**當然沒有。**」她說:「失去一個人對每個人來說都很難過,茱莉,但妳覺不覺得一切都可能只是妳在幻想?」

「我一開始也這麼想,但不是,美嘉。真的是山姆,一直跟我通話的人真的是他,**我知道。**」

美嘉深吸一口氣,她放軟了語氣。「山姆死了,茱莉,記得嗎?妳知道我們把他下葬了,對不對?」

「**我知道**,我沒有說他沒死,但這有點難解釋,這——」我的聲音忽地打住,因為我也沒有答案。「我知道這聽起來說不通,好嗎?但妳得相信我。」

美嘉沒有說話，我就知道她不相信。我的頭痛了起來，感覺一陣天旋地轉。我自己都快搞不清楚了。想證明就只有一個辦法，只有這樣才能解釋一切。「那我來打給他……」

「茱莉——」美嘉說。

但我已經撥通電話，耳邊傳來嘟嘟聲。

不用太久，只要讓美嘉聽見山姆的聲音就夠了。他只需要說幾句話，或許再加上一些簡單的問話證明真的是他——**這樣就能讓她相信**。在我聽著話筒裡的回鈴音，等著山姆盡快接電話時，我的胸口越來越沉重。不敢相信我真的這麼做了，*我終於要跟別人分享祕密，證明這一切都是真的*。

但電話響了很久，響到我都不知道過了多少秒。美嘉靜靜地坐在一旁，看著我。回鈴音持續在響，我的心情越來越沉重。我不知道發生什麼事了。你在哪，山姆？這不像他，他通常會立刻接起電話。我的手在發抖，所以我緊緊握著電話。電話裡不斷傳來嘟嘟聲，我在想他這次是不是不會接起電話。

然後一個可怕的想法狠狠地擊中我，彷彿胸口被子彈射穿似的。消失的電話紀錄、沒收到的訊息、要保守的秘密和那些電話本身。我的天啊。*難道這一切都不是真的？全是我幻想出來的嗎？*

我垂下手機，感覺四周一片模糊，一切都靜止下來。一股涼意沿著脊椎往上竄，一直壓在我心頭的大石頓時炸開，使我心口破了一個大洞，讓我想要消失。

這次沒有人接起來。所以我掛掉電話。

我忽地從沙發上起身，甚至沒有看向美嘉。「我——我得走了。」在我急急忙忙準備離開時，差點撞倒桌上的茶壺。我顫巍巍地把手機塞進口袋裡，但一直塞不進去。

「茱莉，等一下——」美嘉抓住我的手臂不讓我走，但我掙脫開來。

我擠出一個笑容。「騙妳的啦！我開玩笑的，都是我編出來的，好嗎？」但顫抖的雙手和僵硬的語調都跟我說的話不符，美嘉並未一笑置之。在我準備離開時，她跟著我到走廊上。我看見她一臉擔心的表情，感覺很窘迫，只好說：「我沒有瘋，我發誓，我只是在開玩笑。」

「茱莉，我沒有覺得妳瘋了，先等一下——」

我手裡傳來一陣震動，隨之而來的怪聲讓我們嚇了一跳。我一時驚慌失措，讓手機從手中滑落，撞到我的鞋尖，滑到地毯上。

我盯著我的手機，看著**它**響個不停。這讓我很驚訝，因為我從未打開鈴聲，我一直設定靜音。我瞄了眼螢幕，上面顯示未知號碼。

我和美嘉面面相覷，她盯著我的手機，不知道我要不要接。我猶豫地慢慢撿起地上的手機。**電話仍響個不停。**我按下接聽鍵，把手機拿到耳邊，首先入耳的是我自己的心跳聲。

「喂？」我說。

或許因為剛才情緒太激動，腎上腺素分泌旺盛，我不記得我說了什麼或為什麼這麼做。我只記得我把手機遞給美嘉。「是……找妳的。」

美嘉眨了眨眼，交互看著我和我的手機，然後從我手裡接過手機，放到自己耳邊。她頓了一下才開口。

「喂？請問哪位？」

我站在原地，感覺心跳加快。我聽不見電話那頭說了什麼。

「山姆？你貴姓？」美嘉看向我，挑起眉來。「但怎麼可能。」

她安靜地聽著電話。

「我要怎麼相信你？」她對著電話說：「我不知道，這不可能是真的……」這樣的對話持續了幾分鐘左右。美嘉用另一隻手摀住另一邊耳朵，彷彿為了聽得更清楚，然後來回踱步。她緊張時習慣走來走去，特別是在講電話的時候。我跟著她走進廚房，隔了段距離。我不想讓她感到壓力。因為這通來自山姆的電話。

「我不知道能不能相信你……這是在開玩笑嗎？」美嘉問，接著又是一陣沉默。她皺了皺眉。「問什麼？」

只聽一邊的對話感覺很怪，就好像看書時跳過一頁，試圖拼湊整個場景。不知道山姆跟她說了什麼。

「什麼問題？」美嘉說，聲音透露出疑惑。「只有你知道的問題？我想想——」她看了我一會兒，然後移開視線。她小聲地對電話說：「好，如果你是山姆，那就告訴我……茱莉搬來那年，我第一次見到她的時候……我說了什麼要你絕對不能跟她說。」

美嘉頓了下，豎耳傾聽。電話那頭的答案肯定是對的，因為她睜大了眼睛。她驚訝地看了我一眼，然後問我：「他有跟妳說過嗎？」

我搖搖頭，感到一頭霧水。她是怎麼說我的？

美嘉轉過頭，回到電話上。「好，其他的問題？難一點？我想想……」她思索了一下。「好，我們七歲那年……爺爺快不行的時候，我和你偷偷溜進他的房間看他，記得嗎？爺爺讓我們在床邊玩，床頭櫃上放了四個東西。我們沒有亂碰，之後也沒有聊過這件事。但假如你是真的山姆，你應該能講出那些東西的名稱，因為我就可以。那四個東西分別是什麼？」

我閉上眼睛，在美嘉聽電話時，想像那個床頭櫃的樣子。她在山姆回答後，一個接一個重複道，彷彿記憶一點一點地復甦：**一根白色羽毛、一隻穿過一條線的紙鶴、一個畫著龍頭的瓷碗，裡面裝著香。**

「最後一個東西呢？」

我沒有聽到最後一個東西，因為美嘉沒有重複，反而沉默了半晌。當她轉過頭來看我時，眼眶泛淚，我便知道他說對了答案。

「**是山姆。**」她抽著氣說：「**真的是他。**」

我心裡湧出一股複雜的情緒，不是高興，而是**鬆了口氣**。我幾乎想打自己一掌，確保我不是在做夢，這一切都是真的；美嘉也在這裡，告訴我跟我通電話的人真的是山姆，告訴我我不是在幻想，這一切都是真的，一直都是真的。

美嘉和山姆在電話中聊了一會兒，接連問了他一連串問題，同時間又哭又笑。她時不時看向我，面帶微笑。她緊緊握住我的手，把頭枕在我的肩上，或許她是想讓我知道她相信我，或是想對我表達感謝。即使現在我跟山姆已經通電話好一陣子了，我還是不敢相信此情此景，我們三個人終於再次相聚。

通話結束時，我們掛上電話，我和美嘉彼此擁抱，兩人都哭了，一時之間說不出話來。

我**感覺**得出來她試著理解目前的狀況，進入這個不可思議的平行世界中，時間與我們的世界背道而馳，一個浩瀚無垠的空間，腳下的土地極其不穩。縱然我已經開始失去方向感，但有人跟我在一起的感覺讓我鬆了口氣。可以看到我看到的東西，告訴我這一切都不是在做夢。又或者是我們兩人一起做夢，我不知道。但這些都不重要了，因為我們兩人都不想從這場夢裡醒來。

＊

當晚我回到家時，我再次打給山姆聊今天發生的事。這次他立刻接起來，彷彿他也等我的電話，我向他道謝願意跟美嘉說話，讓我能跟別人分享這個秘密。

「我不確定是不是真的有用。」我說，緊緊抓著手機。「你以前怎麼沒說你可以打給我？」

「因為我不該打給妳。」

「什麼意思？」

「先前我還不想讓妳知道。因為如果我打給妳，妳沒接起來，我們之間的連結就會中斷。」

「你是說永遠？」

「對。」

我的背脊一陣發涼。「你怎麼知道？」

「這是我唯一清楚的事。」他說，沒有進一步解釋。

我吞了口口水，想著他說的話。「那很嚇人耶，山姆，如果你說的是真的，那你以後不要再主動打來了。只能我打給你，好嗎？」

「那樣最好。」他說。

一陣微風從打開的窗戶吹進來，使窗簾前後飄動。我走去關窗，窗外的樹枝像手指般晃來晃去，拍打著玻璃。

「對不起。」山姆突然說。

「幹嘛道歉？」

「我沒有早點接起來。我大概有點緊張吧，想到之後可能發生的事。」

「但什麼都沒發生呀。」我提醒他。「一切都很好，現在更棒了！因為美嘉知道了，她就能理解一切。你們甚至能再說話！你不開心嗎？」

接著是一陣沉默。

「山姆？」

「感覺有點複雜……」

在我問他什麼意思前，電話中傳來一些雜音。

「那是什麼聲音？」我問。

「聲音？我沒聽到啊。」山姆說，我頓時注意到他的聲音怪怪的。

「山姆，你的聲音聽起來好模糊，」彷彿話筒離他很遠似的。「你還好嗎？」

電話出現更多雜音。我站起來，偏了偏頭，調整電話的角度，尋找訊號較好的方位。

「一切都會沒事的，茱莉。」山姆說：「我保證，但我得掛了，好嗎？」

「等一下——你要去哪？」我問他，但他沒有回答，只是回了一句：「我們之後再聊，我愛妳。」

電話突然掛斷，我呆愣地站在窗邊，心想我是不是該打回去。但不知為何，我感覺一陣涼意從脊椎竄了上來，阻止我這麼做。我不該這麼做。於是我回到床上，把手機緊緊抱在胸前。我整晚都盯著空白的螢幕看，努力保持冷靜。

我是不是又搞砸了？

第十三章

我們之間的連結不對勁，出了很糟糕的問題。我不知道該怎麼辦，山姆也一籌莫展。這個狀況讓我想起暴風雨來臨時，上空劃過一道閃電，屋內所有電器紛紛失靈，什麼都沒辦法使用。我一直等待雲層散去，希望天氣放晴，但每當我看向窗外時，天空仍是一片青紫。我的心情很難不低落，因為這都是我自找的，不是嗎？都是我的錯，我讓山姆跟美嘉說話，從那時起，我們的通話就產生了變化。每次需要間隔更長的時間，而且也不能講太久。以前只要我需要他，我們可以連續講好幾個小時。現在我不得不隔幾天才能再打給他，而如果我們講超過大約十分鐘，電話就會傳出雜音，令我心驚膽跳。不能隨時打給他讓我感到很難受，即便我很想聽他的聲音也不行。當我覺得快撐不下去時，就必須提醒自己我還沒失去他——我還沒失去山姆。我知道我搞砸了我們的連結，但他仍在我身邊。而且只要我們好好安排打電話的時機，不要講太長，找訊號最強的地方講電話，一切都會沒問題。我們會設法解決問題，或許還有辦法彌補。

我把一切向美嘉全盤托出，讓她和山姆再次聯絡上彼此後，已經過了兩個星期，但並非所有好事都會有好的結果。我們上次通話的時候，山姆跟我說了一件我不願相信的事實。他說我們之間的通話可能只剩幾次了，最糟糕的是，山姆警告過我可能會發生這種事，我卻不肯聽勸。至少他還能跟美嘉說說話。在他們通完電話後，美嘉的眼神使這一切都變得值得。

一開始，我拼命希望有人可以告訴我，這幾個星期來發生的事都是真的，一切並非只是我在幻想。但當我讓山姆和美嘉重新連繫上後，收穫遠遠不止如此。美嘉看上去再度找回自己，我們現在更常聚在一起。我認為那通電話讓她釋懷，心理的傷口開始癒合。現在我們之間不再擁有秘密，感覺我們終於可以互相扶持。

至少我還沒向山姆道別，只要我不說，我們就能一直有連結，對不對？那不是他答應我的嗎？我還沒準備好放手，我討厭想像沒有他的生活，我希望能緊緊抓住他，讓他陪在我身邊越久越好。如果他離開了，我不知道我該怎麼辦。

我盯著自己的手機，一直在想這件事。我沒跟他通電話的時候，一整天都在做這種事——萬一他打給我，我就必須立刻接起來。如此一來，我們之間的連結才不會再次消失……

「妳在等電話嗎？」

我抬起頭，目光再次聚焦。奧利佛就坐在我前面，等我回答他。現在我們正在「日與月」咖啡廳裡，坐在靠後的座位。即使現在是白天，店裡的摩洛哥燈都亮了起來，宛如真正的火焰閃耀光輝。至少星期六早上，咖啡廳沒有很多人。最近我們兩個常常來這裡閒晃，他總是點印度拿鐵加奶泡。今天是我第一次點美式咖啡，而不是我常喝的那種。我實在喝不出來差別。

「妳看起來像在等電話的樣子。」奧利佛說：「**地球呼叫茱莉**，妳在嗎？」

我眨了眨眼，回過神來。「抱歉，我在想事情，你剛說什麼？」

奧利佛嘆了口氣。「畢業典禮。」

「對喔，然後呢？」

「妳真的沒在聽耶……」他嘆了口氣。「再過幾個禮拜就要畢業了，記得嗎？穿畢業服？維他命C的那首歌？一切都來得太快。」

「大概吧，我努力不要有壓力。」

「說真的，」他嘟囔道：「希望還有一個月的時間準備，妳想好了畢業後要做什麼嗎？」

我本以為我想好了。我以為一切都計畫好了，從我想居住的公寓到我想選各式各樣的寫作課。但自從我搞砸我們的連結後，我就很難專心上課，所以我的期末成績仍不明朗。不知道為什麼，里德學院還沒回覆我的申請信。最重要的是，我還沒完成我的寫作論文，所以或許我以後可能不會成為作家。似乎不管我多麼努力，準備多少東西，都不會有任何結果。

我盯著仍熱氣騰騰的咖啡。「還沒。」

「我以為妳決定好去那所學校了，」奧利佛說：「妳想讀里德學院，對不對？妳收到他們的通知了吧。」

他說得對，我應該收到通知了。他們為什麼一直不通知我。要是我把就學申請寄錯了地方？或是發生一些技術上的問題，信一直沒寄出去呢？但如果發生那種事，里德學院會通知我吧？我該打去招生部問問看嗎？我每天早上都會去檢查信箱，並重新整理電子郵件，但都沒有看到他們的信。告訴奧利佛這件事讓我覺得很難為情，我應該保持低調，如此一來，當我必須改變計畫時，就不用跟別人解釋原因。

為什麼大家都這麼想上大學？在現今的社會中，大學英語學位根本無法學以致用。為什麼要為了寫作讓自己背債，明明我自己也可以做到呀？一些厲害的作家也從來沒上過大學：

海明威、馬克．吐溫和馬雅．安傑洛——要舉例我可以說一大堆。當然他們的情形跟我不一樣，而且時代不同了。但還是有一些道理。當然啦，一旦我成功錄取大學，我的想法可能會有所改變。但我已經學會永遠要做最壞的打算。「其實我想過要待在這裡。」我輕描淡寫地說，喝了一口咖啡。

「這裡，妳是說去讀**中央華盛頓大學**？」奧利佛問，挑了挑眉。「但妳討厭這裡啊，我認識的人中，妳是最討厭這裡的人。妳一直說妳會是第一個離開這裡的人。我的意思是，雖然中央華盛頓大學不差啦，但說老實話，不會是大家的第一志願。妳要去是因為離家很近。」奧利佛環顧四周，把頭靠近桌面，低語道：「還是因為妳——」他吞了口口水。「拿到**候補**？」

「什麼——當然不是。」

他睜大了眼睛。「**被拒絕？**」

「不是，你這麼問很沒禮貌耶。」我不滿地說：「或許我改變心意了，我能選擇。我是說，你也要去中央華盛頓大學，對不對？」

「對，但我是本地人，那不一樣。這裡的小孩都去那裡上大學。」

「所以你要留在這裡，就**因為**這個原因？」

奧利佛聳了聳肩。「對啊，埃倫斯堡人都這樣，妳不會懂啦，妳來自——」他雙手在空中畫一個很長的圓弧。「——**西雅圖**。」他喝了一口拿鐵，然後放下杯子。「在我們看來妳就是從外星球來的。」

「我感覺我很融入呀。」

「那妳為什麼不離開？顯然妳根本受不了這裡，但我不怪妳。妳看起來就像隨時會離開的樣子，就算必須去餐廳打工之類的。我是說，妳甚至說服山姆——」他打住話。

我垂下視線，因為我不想讓他直視我的眼睛，發現他說得可能是對的。或許山姆也是我不想離開的其中一個原因。畢竟，那曾經是**我們**的計畫，一起搬到波特蘭，找一間公寓，盡量打工存錢。他會去某處彈吉他表演，我則找地方寫作。但他已經不在了，所以我必須一個人面對一切。

我盯著桌面。「我只是需要一點時間……」

「我明白了。」奧利佛說，手越過桌面握著我的手臂。「聽我說，至少我在這裡，或許我們可以選同樣的課，我需要有人借我抄作業。」

「你總是那麼會說話。」

他靠回椅背上，面帶微笑。「我很會跟人相處。」

我喝了一口咖啡，不想理他。

我們喝完各自的飲料，中午我得去打工。

我把我的椅子推進去。「你要跟我一起走嗎？」

奧利佛看了下他的手機。「好啊，但我跟人有約了。」

我看了他一眼。「噢？誰呀？」

他猶豫道：「阿傑。」

我給了他另一種眼神。

「妳那是什麼眼神？」

「沒什麼。」

「很好，」我對著空氣聞了聞。「所以你才擦古龍水嗎？」

「告訴妳，我一直都有擦。」奧利佛說，雙手抱胸。

「是沒錯，但我最近更常聞到了。」我說。

「妳不是打工要遲到了嗎？」

我一邊走，臉上忍不住笑意，一邊小聲說：「你今天穿的是新衣服嗎？」

「**快走啦。**」

我朝他眨了眨眼。「晚上我要聽所有經過。」

*

我一進書店便看到崔斯坦，他正站在梯子上，小心地把我之前沒看過的海報撕下來。我們已經很久沒有一起上班了，李先生這週末出城去渡假，所以他要我們兩個在他不在時一起顧店。

我看著那張海報。「那是誰？」

「《太空忍者》裡的灰熊將軍，第三部出現的角色。」崔斯坦說：「很經典。」

「他看起來有點像兔子。」

「變異的兔子。」他糾正我的說法。「因為一場實驗。」

「發生了意外？」

「對，妳有看？」

「我猜的。」

崔斯坦往下爬時差點從梯子上摔下來，隨後緊張地笑了笑，假裝沒事發生。他用手梳過頭髮，拍了拍衣服。

我把我的東西放到櫃檯上，收銀機旁放了一盤彩帶、集點卡、貼紙和姓名標籤。我轉向崔斯坦。「這些是讀書會要用的嗎？」

「不是，那些是《太空忍者》活動要用的。」他說，指著牆上其他海報。「我在做促銷，剛剛把這家書店作為區集合地。」

「那太棒了！一定會有很多人來。」

「目前只有八個人簽名啦，」他坦白道：「而且大部分都是我學校的朋友。」

「那也不錯呀，之後一定會有更多人啦。」

「我知道妳不愛科幻小說，但我們最近要舉辦《太空忍者IV》電影日，」他說：「妳想來的話可以來，我會寄訊息通知妳。」

「為什麼你沒有直接把我加入名單？」

崔斯坦臉色泛紅。「我會把連結寄給妳。」

我把頭髮紮起來，走到櫃檯後面，打開收銀機，有一盒我以前沒看過的書籤，我用手翻了翻。「崔斯坦，怎麼會有這些書籤？」

崔斯坦走過來，倚在櫃台上。「噢——我在學校的攝影室做的，上面有書店營業時間和地址，可以發給上門的客人。」他指著上面的插畫。「那是李先生——看到他的眼鏡了嗎？」

「李先生沒有戴眼鏡呀。」我說。

「我知道，我只是覺得他戴眼鏡會很酷。」

我們笑了起來，我把盒子放到一旁。「你真的讓這個地方煥然一新耶，崔斯坦。」

「謝謝，書也是這麼說的，李先生是這麼說的啦。」

我環顧書店，觀察他改造的每一個部分：海報、書籤以及擺在科幻區的收藏品，李先生特意清出一個書架擺放。崔斯坦甚至還重新設計書店網站，把他新申請的所有社交帳號建立連結。雖然我很不想承認，但我有點忌妒他的創意。他總是有決心堅持到底，或許我也該想出一些有創意的點子，用自己的想法灌輸在書店裡，幫李先生多一點。我邊思考這件事邊回去工作。

崔斯坦待在櫃台前，整理托盤裡的東西。我發現他偷瞄我好幾次，便知道他有事想跟我說。

過了一會兒，崔斯坦假裝咳嗽吸引我的注意力。「所以、呃，妳明天還會來嗎？」

我看向他。「明天怎麼了嗎？」

「電影節。」

我差點驚呼出聲。「噢——對，當然。」

「我幫妳拿了一個手環，會後派對需要的通行證。」崔斯坦說，搔了搔他的後腦杓。「那是私人聚會，大家一直傳訊跟我要，但我只有一個額外的手環，我想要給妳。」

我對他微笑。「你真貼心，但你不一定要給我，尤其是有那麼多人想去。」

「不——我是說，我的意思我想邀請妳跟我一起去。」

「噢……」

「妳願意來的話，對我意義重大。」崔斯坦說，手梳過他的頭髮。他的臉微微泛紅。「派對上有食物、音樂和一群人。雖然是比較隆重的宴會，但如果妳不想打扮也可以。我是會穿西裝啦，因為我媽已經幫我準備了，其他與會者也會穿，但妳可以穿妳想穿的衣服。」

會後派對？他之前沒跟我說這件事。我以為我去看他的電影，恭喜他後就可以回家了。現在又突然跟我說有食物、音樂和一堆隆重打扮的人聚在一起？崔斯坦描述的方式感覺比我想的還正式，幾乎像是約會之類的。或許是我想太多，但我現在根本不想投入另一段關係中。如果山姆知道了會怎麼想？我感覺到放在口袋裡的手機，想像他會有什麼感受。

「所以妳會來嗎？」崔斯坦又問了一遍。

我緊咬下唇，無法與他對視。這麼做讓我很難受，但或許現在時機不對。「對不起，崔斯坦，但我覺得我不能去了。」

他驚訝地眨了眨眼。「噢——噢，沒關係啦。我完全了解。」他說，勉強笑了笑。「我想下次吧。」

我站在那裡，看著他抓著托盤，一聲不吭地回到後面的房間。或許是我想太多，我對自己在最後失約感到很糟糕。但我和山姆之間連結已經開始崩毀，所以我不能再冒更多險。

*

感覺我跟山姆已經好久沒聊天了，除了想再聽聽他的聲音外，我實在很難專心或思考別的事情。回到家後，我把那張一直隨身攜帶的光碟放來聽，假裝他就在我的房間，練習彈吉他。這是我最近每天的例行公事，讓房間裡迴盪著他的音樂，營造出他還活著的假象。這樣會讓我感覺比較不孤單。光碟裡共有十四首歌，我已經不知道自己重複聽了多少遍。我最愛的歌是第三首，這首歌是他自己寫的，曲風是搖滾抒情，讓我想起妮克絲時代的佛利伍麥克樂團，而且可以聽見山姆跟著旋律哼唱的聲音。這首歌還沒有作詞，先前山姆我能不能幫他填詞。以前我們會假裝我們是最棒的創作搭檔，像是卡洛爾・金（Carole King）和傑利・高芬（Gerry Goffin）。有一次我問他創作一首歌會先有什麼，詞還是曲。山姆回答：「絕對是先有曲。」我不同意，但我覺得這就是為什麼我們這麼合得來。我們就像是一首歌的兩個部分，**他是曲，我就是詞**。

我躺在他房間的地板上，盯著天花板，四周散落著筆記本內頁。山姆盤腿坐在我身旁，吉他放在腿上。

「再彈一遍……」我說。

山姆刷著吉他，房間頓時充斥著旋律。

我閉上眼睛，仔細聆聽。

吉他停了下來。「妳在幹嘛？」

「噓——我在醞釀靈感。」我說，眼睛仍未張開。

「睡覺能醞釀靈感？」

「我沒有睡……我在思考！」

「懂了——」山姆繼續彈奏，我腦海裡浮現出一個畫面。一望無際的藍天，一對情侶手牽著手，櫻花從窗外飄落。我坐起來，把腦海中的畫面寫下來。

我看著山姆。「你要寫怎樣的故事？」

「什麼意思？我們在寫歌耶。」

「每首歌都訴說一個故事，山姆。」

他搔了搔頭。「我只覺得要有押韻。」

「歌不只要押韻。」我說：「歌應該要能傳達一些東西，我們想訴說怎樣的情緒？這是關於什麼的歌？」

山姆想了一下。「愛情？」

「那太籠統了，山姆。」

「但大多歌不都是這樣嗎？」

「好歌不是！」

山姆往後躺到地毯上，咕噥道：「妳不能自己想嗎？妳常寫東西，妳比較擅長！所以我才請妳幫忙啊。」

那天我收拾抽屜時，找到我的筆記本。裡面是幾個月前我寫下的幾段歌詞，當天晚上我再次替那首歌填了詞。

我和山姆很快就能再通電話，我想盡可能多寫一點，給他一個驚喜。尤其在我們聊過未完成的夢想和在世界上留下印跡後——或許就是這首歌。畢竟他為我做了那麼多，這是我回送他的禮物。當他接起電話時，我有點緊張。我跟山姆提起那首歌，他要我把歌詞念給他聽。我順便放了歌，跟著音樂聽，能讓他更有感覺……

「不要批評我的歌聲，好嗎？」

山姆笑了出來。「當然不會。」

當CD開始播放時，他的吉他聲流進整個房間，彈奏出輕柔的旋律。我盡可能地唱出歌詞給他聽。

「我看見你的臉，映在星空中……
我閉上眼睛，你就近在眼前，
你能感覺到我的手嗎？與你緊緊相連。
我把你留在我身邊，無論身在何方……
我仍記得，塵封在黃金裡，
我們跑過的那片原野，我絕不會放開你。
所以請不要忘記我，我們擁有的回憶，
彷彿流水和時間，
都刻在石頭上……」

我關掉音樂，坐回地板上。「我現在只寫了這些。**我知道**——我聲音沒有很好，你來唱會更好聽。」

「不會呀，**很好聽！**」山姆說：「不敢相信妳寫了這麼優美的詞，茱莉。」

「你是隨口說說的嗎？」我問：「你可以跟我說實話，我不會生氣。」

「比我寫的好多了。」他說。

「當然嘍，但我不是問這個。」

山姆笑了起來，然後說：「我是說真的，妳寫得很棒。妳的歌詞……非常，該怎麼說？富有意義，像是擁有深沉的隱喻。」

「有什麼需要改的嗎？我想聽你的意見。」

山姆想了一下。「可能少了點東西，或許可以加入前副歌。」

我拿來一張紙記筆記。

查查前副歌的意思。

「我只寫了一段。」我跟他說，又讀了一遍歌詞。「我會再改一下，但我覺得我們有了進展，山姆。」

「若是真的就好了。」他期望地說。

「**為什麼不能是真的？**」我輕聲說。

在他開口前又是熟悉的沉默。「茱莉……妳知道為什麼……」

我把手機移到另一隻耳朵，假裝沒聽到他的話，反倒想像我們的歌問世的那一天。「想想看，」我繼續說：「我們可以把歌寄到電台，或上傳到網路，就會有人聽我們的歌，山姆。我們只需要努力寫歌，就會有人放來聽。我們還可以放上你其他歌，我們只要——」

「茱莉。」山姆打斷我的話。「聽聽妳自己說的話……」

「什麼意思？」

「妳為什麼要幫我的歌填詞？」他問。他的語氣變了，彷彿有些氣惱。「妳為什麼要這麼做？」

我盯著筆記本，不知道該說什麼。「我不知道……我以為你想要我這麼做呀。上次你跟我說想要完成一些事，你想要留下一些東西，我以為……或許這首歌可以。我可以幫你填詞，我以前答應過你的。」

他嘆了口氣。「我說過了，茱莉……我不想談這件事，因為我永遠無法完成目標。」他說：「現在已經沒有意義了……」

「但有什麼大不了的？不過一首歌，而且我願意幫你。你寫了那麼多好聽的歌，我能幫你完成它們。我可以幫你把這些歌公諸於世，或許我們可以——」

「**茱莉，別說了！**」他再次打斷我，「**拜託**，不要這樣……」

「我做了什麼？」

山姆嘆了一口氣，放軟語氣。「聽著……妳願意幫我我很高興，真的。但妳得放下一切，好嗎？幫我做音樂給別人聽這件事——對我來說太遲了。我已經接受這個事實，所以不要浪費時間做這件事了，好嗎？拜託妳。」

「但我想做呀，我想幫你——」

「**妳不該這麼做**。妳應該好好過自己的生活，好嗎？妳必須停止一直想我的事——」

「我沒有**一直**在想你的事呀，」我回道。*他為什麼要這樣跟我說話？*「我有自己的夢想，還有要做的事，像是寫作，我也有在想自己的事。」

「那很好。」山姆說：「我很開心妳有，我很開心妳生活裡有其他事要做，很開心妳還有未來。」

我緊緊握著我的手機，不知道該說什麼。我從未想過我們的話題會變成這樣。我以為這麼做很好，以為這麼做會讓他開心。我偶爾想起我們會怎麼樣呢？有什麼問題嗎？為什麼我們不能像以前一樣聊天？**回到從前？**在我們失去一切前。我沒有直接向他提出疑問，我知道他最不想聽到我說這些話。

我們之間沉默了很久，我感覺我們的電話已經持續很長的時間，不確定還剩下多少。我想在電話出現雜音前，緩和一下氣氛，於是我話鋒一轉。「明天晚上就是電影節了，崔斯坦又一次邀請我，但我跟他說我不能去。」

「為什麼？」

「我不知道，他之前跟我說的時候……讓我覺得有點像約會。」我說。當山姆沒有接話時，我問他：「你覺得怎麼樣？」

接著是一陣沉默。

「我覺得妳應該去。」他說。

「為什麼？」

「聽起來很好玩，而且崔斯坦人還不錯。」

「但我不會去，山姆。我的意思是，你還在呀，我們還有連結。」

通常當我說一些感性的話時，我可以感覺他在電話那頭微笑，讓我覺得很溫暖。但此時他的聲音冷冷的在我耳邊響起。

「我和妳不能在一起，妳知道的。」

「我知道──」我說。

「妳的語氣聽起來不像知道。」

我無話可說。

「我開始擔心妳了。」山姆繼續說：「我擔心我們的通話會帶來什麼後果，妳應該好好過自己的生活，妳感覺都不像妳了。」

「山姆——**我很好**，我保證。」

「但妳甚至不願意去參加朋友的電影首映會，妳又要怎麼跟我告別？」

「我可能不想出去玩呀，」我說：「我隨時都能跟你說再見。」

「那妳現在說。」

他的聲音迴盪在我們之間，久久揮散不去。**他怎麼能對我說這種話？**我甚至不知道該怎麼回應，我討厭必須向他證明一些事，一股痛苦油然而生。「我說不出來……」

山姆早就料到地嘆了口氣。「那妳什麼時候能說？」

我們之間陷入漫長的沉默。

「我覺得妳明天應該去參加電影節。」山姆說：「這樣對我們兩人都好。」

「你是什麼意思？」我問，努力不要反應過度。「難道這不是我自己的選擇嗎？要是我就是不想去呢？」

「我不覺得有什麼大不了。」山姆說：「只是去幾個小時，妳為什麼這麼排斥？」

「我沒說我排斥呀。」

「那就證明給我看，去參加電影節。」

我的聲音變得尖銳。「**好**，我會去！而且我會玩得很開心。」

「好，希望妳玩得開心。」

「**我會！**」

掛上電話後，我馬上傳訊息跟崔斯坦說，告訴他我改變心意了。幾秒後他回覆我，字裡行間滿滿都是興奮，讓我比較不那麼內疚。但山姆怎麼可以要我這麼對他？對我們兩個人？我不明白他想要我證明什麼。我試著不要被這件事影響，因為這樣只會證明山姆是對的。他根本不用擔心我。

但願我們沒有草草結束通話，尤其是今晚。我收到由希的訊息，跟我說大家正在來我家的路上。今晚是我們為山姆準備特別紀念儀式的日子，我應該要帶大家去放天燈的地方。我想過要不要延期，但他們已經付出很多心力準備，我不能讓大家失望。我必須冷靜下來，不要被那通電話影響。我想著山姆先前說的話，或許我花太多時間在我們身上了，我得專注過自己的生活。

阿傑和奧利佛坐前面，我們途中先去接美嘉。這是第一次我們所有人一起出遊。我、由希和瑞秋擠在後座。阿傑帶了些零食傳到後座給我們吃。我必須承認，看到大家擠在車上，吃著 **Pocky** 餅乾棒，使我不覺莞爾。但我還是注意到有一個人不在。阿傑用他的手機導航，找到一條不同的路線，能減去一半的車程。

當我們到達目的地時，太陽已經下山，取而代之的是浩瀚無垠的夜幕，滿天星星點綴。我回想那晚山姆引導我的路線，帶著大家穿過樹林。我很驚訝我沒有忘記，尤其現在天色已晚。一路上美嘉都牽著我的手，當我看見大麥末梢像魚一般在田野上跳躍時，便叫大家停下腳步。

「我們到了。」

其他人瞬間倒抽一口氣，敬畏地凝視著前方光景。

「妳怎麼會知道這個地方？」瑞秋問。

「山姆帶我來過這裡一次。」我沒有提起是什麼時候。

我們往裡面走遠一點，尋找最適合放天燈的地點。阿傑打開他的後背包，大家一起幫忙拿出儀式要用的天燈。

「這東西要怎麼用？」瑞秋過來時，奧利佛問她，把紙糊的天燈遞給她。

「蠟燭的熱氣會讓這些燈上升。」由希邊解釋，邊幫我們點上茶燭。「等會兒只要放開燈就行了。」

我看著我的燈因為熱氣膨脹，從內部亮了起來，就好像雙手捧著一顆太陽。

「這些燈好**大**。」奧利佛笑了笑，抓著他的燈上下移動。

我看了看每個人，他們的臉都映照著天燈的光，面帶微笑，草葉不斷在我們腳邊擺動，天空星光閃爍，漫無邊際，大家都在欣賞這幅美麗的畫面。我從未想過我會這麼快回到這個地方，尤其跟我的朋友一起。

我轉向由希。「這有什麼涵義嗎？我是說為某個人放天燈。」

「這是為了讓他們能夠前進。」由希解釋道：「當我們放開天燈後——代表我們也釋放了他們。天燈會引導他們去往該去的地方。」

「但為什麼山姆非走不可？」我問她。其他人面面相覷，我意識到這個問題聽起來很詭異。「我是說……為什麼他們需要引導？」

「我認為他們只是需要聽到我們向他們表示沒關係，有時候放手很難，就算是他們也一樣。」由希說：「他們需要我們的祝福。」她轉過身，把天燈朝向天空。「記住，這些天燈同樣是乘載記憶的燈。如果妳有話希望對山姆說，現在就向天燈祈願。天燈會把這些訊息帶給他們。」

由希閉上眼睛，彷彿在冥想，在其他人的注視下對著天燈祈願。所有人都跟著照做。我和美嘉交換了個其他人看不懂的眼神。然後她閉上眼睛，對她的天燈低聲說了些話。我也照做了，即使我還沒失去山姆。反正只有現在，我想著如果有機會，當前我會對他說的話。

我把我的天燈拉到面前，低語道：「還不要走，山姆，留在我身邊久一點。」

第一個放開天燈的是由希。「**給山姆。**」她說，天燈從她手中緩緩上升，飄到空中。其他人也跟著一個接一個放開天燈，每個人都了句：「**給山姆。**」直到最後只剩下我。

我把天燈往外推。「**給山姆。**」我說，也跟著放開天燈。

但我的天燈沒有飄走，懸浮在空中，飄在我眼前，天燈的光顯得特別明亮。我用手掌稍微推了下天燈底部，天燈往上升了幾秒鐘，隨後又降下來浮在半空中。「我的天燈不飄走。」我說，其他人看了過來，好奇地看著。「你們看。」我忍不住微笑，對這個畫面感到好笑，因為我覺得山姆聽見我說的話。他聽見我對他許的願，他也想待在我身邊久一點。然後一陣風吹來，開始把天燈帶往田野上方，使天燈保持低垂，幾乎掃過草地。我走上前跟著天燈，試圖把手保持在——某個東西的下方。當天燈開始加速時，我也跟著加快腳步，然後我在不知不覺間雙手伸長，在田野中奔跑，追著天燈而去。我彷彿被某個東西佔據。**我需要更多時間，我還不能讓你走。**但當我跌跌撞撞地奔向遠去的光芒時，天燈慢慢升空，像是船帆被風吹拂似的。

「茉莉！」

其他人在後方叫著我的名字，我才意識到自己到底跑了多遠，但我停不下來。我想美嘉一定追了上來，因為她的聲音聽起來最近。我的腳步漸漸離她越來越遠，我想追上天燈的渴望太過強烈。最後只剩我在田野中奔跑，直到身後喊我的聲音越來越遠。我只聽見我自己粗重的呼吸聲，以及心臟怦怦地跳動。

又一陣風吹來，天燈被越吹越高，越過山稜線。不管我多努力奔跑，天燈仍持續升高。但最後我實在太累，喘不過氣來，我再也跑不動了。於是我停下腳步，站在原地，凝視上空，看著天燈跟著其他的同伴消失在天際線，直到我再也分不清那是天燈，還是成千上萬的星星。

天燈飄走了。**我失去了它，我不能也失去你。我不想重蹈覆轍。**

第十四章

過去

我閉上眼睛，一片黑暗襲來，我看見了他——山姆，就站在那裡。黑色的髮絲從前額柔順垂下。他穿著一件白襯衫，釦子扣到最上面，繫上蝴蝶領結。當飯店侍者在廚房端著銀盤忙進忙出時，山姆靠在廚房門旁，不斷深呼吸，調整衣領，努力保持冷靜。突然間我也在出現在畫面中，握住他的手，說道：「沒事啦，山姆，深呼吸。」

「也許我們該離開。」他說。

「別鬧了，很快就換你上場了。」

「但我不知道我能不能辦到。」

「你當然可以，你幹嘛那麼緊張？」

我們四周傳來銀器放在銀盤上的聲音，我們就站在將廚房區和賓客所在的宴客區隔開的布簾後方。山姆的朋友史賓塞在他大三那年邀請山姆在他表親的婚禮上表演。他們給了山姆希望演唱的歌單，他練習了整整一個星期。這是他第一次收費演出，我絕不會讓他臨陣脫逃。

「外面的人我一個都不認識。」他說。

「你認識史賓塞，還有我呀，**我就在這裡。**」

山姆再次調整他的蝴蝶結，於是我幫他把蝴蝶結調鬆一點，讓他可以輕鬆呼吸。他的額頭冒出些微汗珠，我幫他撥了撥頭髮。

「萬一沒人喜歡我的表演呢？」他一直左顧右盼。

「他們絕對會喜歡的，不然幹嘛請你來？你會表現得很好。」

「我們甚至沒有真的試音……」

「你練習了無數遍，你會表演得很棒。」

某個戴耳機的人在布幕後方朝我們比了一個大拇指的手勢。「該你上場了，孩子。」

我緊握住山姆的手。「祝你好運，我就在這裡。」

他一走出去，我便在布幕後往外窺看。水晶吊燈下方有一個硬木舞池，四周圍著鋪著蕾絲桌巾的餐桌，每桌都坐滿參加婚禮的客人。舞池跟一個舞台連在一起，樂團已經在上面準備了。山姆出現在舞台側，看起來很緊張。當他走到麥克風前，笨拙地調整麥克風架時，我屏住呼吸。

燈光暗了下來，只留下舞台上方的照明。所有人都安靜下來，把椅子轉向前方欣賞表演。隨即音樂響了起來……

整間宴客廳充斥著鋼琴聲，奏出一段熟悉的旋律。我一下就知道彈奏的是什麼歌——艾爾頓．強的《給你的歌》（Your Song）。山姆對這首歌很熟，他練了無數遍。選這首歌開場是不錯的選擇，很適合他的音域。

但當山姆一開口時，歌聲夾雜著輕微的顫抖。他的手緊緊抓著麥克風，彷彿要讓自己站穩似的，鋼琴聲則試著跟著他。

他的狀態不對勁，聲音不在節奏上。他彷彿慢了一、兩拍，觀眾也注意到這一點。人們開始交頭接耳，不知道發生了什麼事。這樣只會讓山姆更緊張。當顫抖讓他變得口吃，他開始落下歌詞，使我胸口繃緊。我實在是不忍心看下去了，但願我有方法可以幫他。要是我能在情況變得更糟前，吸引大家的注意力就好了。**不要光站在這裡，想想辦法呀，茱莉！**

於是我脫下高跟鞋，從布幕後出來。在宴客廳中央的一桌，史賓塞跟他哥哥坐在一起。我走過去，抓住他的手。

「欸，怎麼了？」

「跟我來。」

「嗄？」

我把史賓塞從椅子上拉起來，在大家轉頭看過來時，拉著他走到沒有人的舞池。

「呃，我們要幹嘛？！」

「**跳舞**！照我說的做！」

「我的天。」

當我把手放在史賓塞的肩上時，我的心跳加快。我們擺好姿勢，開始跳起類似華爾滋的舞步。我們完全不知道自己在做什麼，或看起來如何，但大家都在看我們。在我們開始跳舞時，我沒有跟山姆對到視線，我怕這樣會讓他更緊張。我反而舉起史賓塞的手臂，讓他帶著我隨著音樂節奏轉圈。

我們的舞步比我想像的還平順，音樂奏到一半時，史賓塞把手放在我的背上，讓我**下腰**，引來我們周遭幾桌客人的歡呼聲。不知道是因為鋼琴、山姆的聲音、腎上腺素，抑或是觀眾的目光，我們突然十分進入狀況。我們托舉、轉圈並且在舞池裡旋轉，越跳越得心應手。或許我們真的很會跳舞，又或者只是我個人的感覺，在別人眼中我們跳得很滑稽。但這不重要，因為我看向山姆，看見他首次露出笑容。當他走到舞台中央時，他的臉因為聚光燈亮了起來。他在麥克風線允許的範圍內，帶著剛剛樹立的信心，在重新找到節奏時，把手伸向我們。

鼓聲加入時，我從舞池回頭看他，接著是吉他聲，然後我感覺我們之間閃爍著火花。人們紛紛圍在舞池邊緣，最後走了進來，開始跳起舞來，互相摟著彼此。我和山姆再次視線相接。**因為我們做到了。**他的歌聲和我與史賓塞的舞改變了整個房間的氣氛。

當音樂聲逐漸減弱時，我感覺到歌也要結束了。我最後一次舉起雙手，繞著舞池轉圈，燈光聚焦在我身上，直到舞池突然消失，我直直摔進山姆的臂彎中，帶著我從棧板邊緣落入冰冷的水裡。

當我們浮出湖面時，四周環繞著氣泡，遠方的天空綻放著煙火。今天是國慶日前夕，高二那年的暑假。我和山姆偷偷計畫來這裡碰面。*如果媽知道了，絕對會殺了我。*

我在水裡瑟瑟發抖。「不敢相信我們做了這種事！」

山姆笑了笑，用手梳了下頭，把頭髮往後撥。他的皮膚在水裡閃閃發光。「是妳說想體驗衝動的！」

「我沒想過要這樣啊！」

遠方天空綻放更多煙火，照亮我們四周的樹梢。山姆翻身躺下來，開始用仰式游泳，露出他胸口平坦的線條，我下意識把手遮在眼前。

「萬一被人看到怎麼辦？」

「茱兒——這裡沒有別人，只有我和妳而已。」

「我從沒做過這種事。」

「裸泳？」

「不敢相信你竟然跟我打賭！」

「我沒想過妳會答應啊。」

「山姆！」

「放鬆——我們沒有完全裸體嘛。」

當山姆笑著繞我著打水時，煙火再次照亮夜空。

「你從哪想到這個點子的？」我問。

「我在電影裡看到的，」他說：「感覺既甜蜜又浪漫，我就有了靈感。」

「真老派。」

「至少這是個不錯的回憶，也能當茶餘飯後聊天的話題。」

「我們不能告訴別人！」

「好吧——那就是我們之間的祕密。」

山姆朝我游過來，我看著他的臉，時不時被天空的光芒照亮。他說對了一件事，我永遠不會忘記此時此刻他望著我的模樣。

「妳在生氣嗎？」他低語道。

「沒有，只是有點緊張。」我打了個冷顫，不是因為冷，而是跟他一起來這裡很興奮。

「我也有點緊張。」

山姆露出微笑，幫我把頭髮撥到耳後。然後用另一隻手溫柔地抬起我的下巴，吻上我的唇，聆聽煙火在我們四周綻放。

手電筒的光從樹林間射了出來，緊接著小徑的方向也傳來有人說話的聲音和腳步聲。

「有人來了！」我倒抽了口氣。

「什麼——」

我們潛到水下躲藏，我屏住呼吸，當我像是石頭般沉入水中時，氣泡蜂擁而至，在我周圍旋轉，然後我便出現在乾燥的水泥地上。

外面是白天，周圍摩天大樓聳立，小吃攤的香味和硫磺氣味充斥在空氣中。這是高三那年的暑假，我站在紐約市街頭，調整肩上的行李袋背帶時，山姆突然出現，推著一個行李箱，從我身邊跑過。

「沒時間了！**我們要走了！**」

「等一下啦！」

山姆一個小時又四十二分鐘後就要離開前往日本，下一班往機場的地鐵隨時會抵達，如果他錯過這班車，可能會錯過飛機。他整個暑假都會在大阪的爺爺奶奶家度過，所以我和他決定在他啟程前來個週末旅行。

山姆看了看他的手機導航。「這邊！」

「慢一點——」

我們蛇行地穿過車陣，在人潮中間穿梭，避開人孔蓋冒出的蒸氣，偶爾街頭叫賣的商人還會跟我推鎖手提包。當我們走下狹窄的樓梯並拐過轉角後，山姆氣喘吁吁地靠在一個金屬閘門上。

「你要刷都會卡——」我幫我們兩人刷了卡，匆匆穿過閘門，趕往下一個樓梯。一踏到月台感覺腳下轟隆作響時，我就知道我們剛好趕上。我往外看，看著列車燈在隧道中閃爍。

我們該說再見了。真希望我們可以再多玩幾天，真希望我能跟他一起去。

山姆吻了下我的臉頰。「我該走了。」

列車門在他身後開啟，車上乘客紛紛湧入月台。

我不知道該說什麼，我討厭道別，尤其是跟他。

「我一下飛機就傳訊息給妳，好嗎？」

「不要忘記喔！」

我把山姆的行李包拿給他，他又吻了我一次，踏進車廂裡。

「我很快就回來。」

「為什麼要去那麼久？」

「只有六個星期而已，而且我們每天都會講電話啊。」

「等等……」我抓住他的手臂。「帶我一起去。」

他對我微微一笑。「我們下個夏天可以一起去，等畢業的時候。」

「你保證？」

「放心，我們以後每個夏天都可以一起旅行，好嗎？就我們兩個。」

「好。」我說，然後想起一件事。「等一下——你的外套！」我脫下他的牛仔外套，在車門關起來前還給他，但山姆阻止我的動作。

「替我保管。」

我微微一笑，把外套緊緊抱在胸前。

「在我回來前，妳最好多寫一點，我等不及拜讀妳的大作了。」

「我根本還沒開始寫耶！」

「現在我不會讓妳分心了啊。」

「你才不會讓我分心——」我說。

但車廂門關了起來。

我和山姆透過窗戶凝視彼此，然後他朝玻璃哈氣寫字，我在字消失前看懂他寫了什麼。

S＋J

我笑著把一隻手放在窗戶上，山姆也覆上他的手。我們盡可能在開車前看著彼此。但願我們能永遠留在這一刻。

對講機傳來一個聲音，提醒月台的乘客待在黃線後方。我往後退了幾步，看著火車開始移動，山姆就在裡頭。我站在那裡，緊緊抓著外套，看著火車漸漸加速，形成一道往前衝的模糊線條。

然後一道光突然出現在我身後，像螢火蟲般的在地鐵裡盤旋，天花板突然往上升，一陣涼爽的風吹來。我轉過身發現腳下的月台已經消失，取而代之的是黃昏的天空和市集旋轉木馬的燈光。

我抬頭看向太空梭——一種讓人乘坐，在半空中像手動打蛋器般旋轉的遊樂設施時，礫石在我腳下嘎吱作響。

「這個呢……」我問，指向那個太空梭。「太可怕？」

我牽著詹姆斯的手——山姆年幼的弟弟。現在只有我們兩個人，他沒有回答，整個晚上都不搭理我。

「那你想吃東西嗎？我們可以買棉花糖。」

詹姆斯沒有說話，只是一股腦地盯著地面看。

我不知道他為什麼這麼安靜，我牽著他去到棉花糖攤前，希望讓他開心一點。他從未像今天這樣，我們一直處得很好，今晚帶他來這裡玩是我的主意。

攤子後方的男人不耐煩地點著招牌。

我拍了拍詹姆斯的手臂。「你想要什麼顏色？」

沒有回答。

「給我們藍色的吧。」我說。

當我們在市集裡閒逛，尋找山姆時，詹姆斯啃著他的棉花糖。山姆跟他的朋友去玩遊樂設施，我想我可以藉機和詹姆斯培養感情，但他拒絕跟我一起玩任何設施。當我們停下來看遊客玩瘋狂搖搖樂時，我終於問：「你在對我生氣嗎？」

他盯著瘋狂搖搖樂，不發一語。

我皺了皺眉，不知道該怎麼讓他開口。「不管你為什麼生氣，詹姆斯，我跟你道歉，你不跟我說話讓我很難過，你能至少告訴我，我哪裡做得不好嗎？」

此時詹姆斯第一次看向我。「妳要把山姆從我們身邊搶走。」

「什麼意思？」

他轉回去看著瘋狂搖搖樂。「我聽見山姆在說，他說他不想跟我們住在一起了，他說你們要離開這裡。」他轉頭看我。「這是真的嗎？」

我說不出話來。山姆跟我說過他幾個禮拜前因為畢業後要做什麼跟他爸媽吵了一架。他要跟我一起搬到波特蘭，不上大學，追尋他的音樂夢。他指的大概就是這件事。

「我絕對不會把山姆從你身邊搶走。」我說。

「所以你們不會離開嗎？」

我該怎麼回答這個問題？「我要去上大學，山姆可能會跟我一起去，但這不代表我們兩人會丟下你不管。」

在我想多說些什麼時，山姆出現了，拿著一隻填充玩偶。

「這是蜥蜴，很可愛，對不對？我丟球丟很久才贏到的，那遊戲肯定有作弊。」他把玩偶遞給我。「給妳的。」

「你真好。」

我轉向詹姆斯，蹲下來看他。「你喜歡蜥蜴，對不對？給你……」

詹姆斯看了看我，目光轉向蜥蜴玩偶，又看向山姆，然後回到我身上。「這是他給妳的。」他說，然後便走掉了。

「別跑太遠！」山姆喊道，他轉向我。「別擔心他，他最近一直這樣，我晚點會跟他談談，好嗎？」

「好吧……」

「妳應該開心點，我們在市集耶，妳想玩遊樂設施嗎？」

我環顧四周，每個遊樂設施都讓我感到很有壓力。「可能坐一下摩天輪吧。」我說，指向他身後。

整個鎮上都能看見摩天輪的燈光。它有一百英尺高，比其他設施和埃倫斯堡幾乎所有的建築還要高。

山姆轉過身，抬頭看向摩天輪。「噢、呃，妳確定妳不想玩其他的設施嗎？」

「摩天輪有什麼問題嗎？」

「沒有，只是有點高。」

「你怕高？」

「什麼？當然不是。」

「那走吧。」

當站在下方時，摩天輪似乎感覺更高了。我們把門票遞給某個工作人員，而後踏上一個無窗纜車。山姆深吸了幾口氣，當我們聽到機械裝置啟動並感覺摩天輪移動時，他突然緊張起來，山姆抓住我的手。

「你沒事吧？」我問。

「沒事……我很好……」他緊張地笑了笑。

隨著我們開始升空，地面慢慢消失在眼前。

山姆又深呼吸一次，我捏了捏他的手。

「其實以前我也怕高。」我說。

「真的？那妳怎麼克服的？」

當我們繞回來準備第二圈時，纜車左右搖晃，山姆在位置上坐立難安。

「你必須先閉上眼睛。」我說，跟著照做。「你閉了嗎？」

「閉了。」

「我也是。」

「好，然後呢？」

「然後想像自己在別的地方，」我說：「世界上任何一個可讓你忘記自己身在何方的角落，甚至不需要是真實存在的地方，可以是想像出來的地點。」

「像在做白日夢？」

「沒錯。」

摩天輪持續運轉，但閉上眼睛的感覺不一樣。

「你現在在哪裡呢？」我問。

山姆想了一會兒。「我在我們的新公寓……我和妳剛搬進去……窗外可以看到公園……我們在客廳裡放音樂……四處放著還沒整理的紙箱……」他捏了捏我的手。「妳在哪？」

「我也一樣。」我低語道。

我感覺到他在微笑。

「我不想張開眼睛。」山姆說。

但摩天輪快轉到底部了，我**感覺**得到。我緊閉著眼睛，希望能讓時間暫停或至少讓它慢下來。因為我也不想張開眼睛，我不想失去他。我想閉著眼睛，永遠活在我們的回憶中。我不想睜開雙眼，看見一個沒有山姆的世界。

但有時候就是會醒來，無論妳有多努力不要醒來。

第十五章

現在

每當有車開過去時，帶來的風都會讓百葉窗沙沙作響。我躺在客廳的沙發上，盯著窗外，沒有開電視。我已經躺在這裡不知道多久了，我的手機因為媽的訊息轟炸，一直震個不停，所以我乾脆把手機關機。現在是星期日傍晚，放天燈的隔天。大家一直想聯絡上我，但昨天發生的事讓我覺得很丟臉。我只想裹著毯子度過剩下的週末，這樣要求應該不會太過分吧。希望讓我一個人靜靜。媽留了一杯茶在茶几上給我，早已冷掉了，還有一些水果零食，和一根剛被我吹熄的蠟燭。香草精油的味道讓我頭很痛。

「有事就打給我。」她離家前跟我說：「冰箱裡有一些布里起司，想吃就去拿。」

我幾個小時前就把起司吃完了。我才剛睡起來，感覺已經睡不著了。窗外的天空泛著紫光，就像媽放在床頭的那顆紫水晶一樣。透過百葉窗，我看到天空變成青一塊紫一塊，外面傳來灑水器打在草坪上的聲音。大約六點時，外面傳來敲門聲。我沒想過今天會有客人，所以我不打算去應門。但敲門聲一直持續，我翻過身，不想起來。**不要煩我**。然後門鎖轉動，有人打開了門。

我從沙發扶手上抬起頭，看見美嘉出現在客廳。

她看著我，聲音輕柔地說：「嘿，妳還好嗎？」

我朝她眨了眨眼，不知道她是怎麼進來的。「妳什麼時候有我家的鑰匙？」

「妳媽來我家給我的，她要我找時間來看看妳，沒關係吧。」

「大概吧……」

我本來希望這幾天都不要面對她，我不想談論昨晚的我發生了什麼事。追著天燈而去，彷彿那就是山姆。**我們為什麼不能假裝這件事從未發生？替我省下麻煩。**

茶几上到處都散著包裝紙，掉到地毯上。「我沒想到會有過人來，抱歉有點亂。」

「沒關係啦。」美嘉說：「我應該先打電話的。」她看了看自己的手機，然後看向我。「電影節快開始了，妳怎麼還沒換衣服？」

「因為我沒有要去。」

「為什麼？」

「我沒心情。」我說，把毯子拉起來蓋住頭，希望她能明白我的意思。

「妳真的要這樣對崔斯坦嗎？」美嘉問，她就站在那裡，看我裝睡。「他可能在等妳，妳沒有看手機嗎？」

「沒什麼大不了的，他會理解的。」

「所以妳打算整個晚上都要躺在沙發上？」

我沒有回答。

「我真的覺得妳應該去，妳答應過的。」

「我沒有答應崔斯坦任何事。」

美嘉搖了搖頭。「我不是說崔斯坦……」她說：「是山姆。」

我們互看著對方。她說的是我和山姆上一次的通話。我們還沒有很多時間促膝長談。我看得出來美嘉昨晚在去大麥田的路上就想問我，但我們找不到時間獨處。因為我沒回答，美嘉繞到沙發前，坐在茶几上，面對我，把手放在我的手背上。

「茱莉——我來這裡不是為了看妳，好嗎？我是來確定妳去參加電影節。」

「妳為什麼這麼想要我去？」

「因為山姆說得對，這樣對妳不好。」

為什麼每個人都以為他們知道什麼對我好？那我的想法呢？

「我說了——我沒有心情。」我又說了一遍，拉起毯子，重新躺了下去。

美嘉跪在我身旁。「茱莉，我知道妳很難過，我也知道這對妳來說很難。但妳得證明給山姆看，他不在妳也可以過得很好。妳得去參加電影節，除非妳去，不然我不會離開。」

我看著她的眼睛，感覺她是認真的。她當然很認真，這件事關係到山姆。

「而不要忘了，我幫妳揍了人。」美嘉說：「不只一次，妳欠我一個人情。」

我發出呻吟，因為她說得對，我欠她一個人情。「**好啦**，我去。」

不一會兒，我回到房間，美嘉幫忙我做準備。感覺自己從衣櫃裡挑一件適合的洋裝很怪，所以美嘉幫我選了一件。幾年前我在阿姨的婚禮上穿的那件紅色素面洋裝。我盯著位於書桌鏡子裡的自己，她站在我身後，替我拉直頭髮。我們兩人不怎麼交談，我不是很明白為什麼我必須參加這個電影節以證明任何事，但我決定不要提出質疑。但我仍在氣美嘉逼我做這件事，看著她讓我想起一些回憶。

「妳還記得上次幫我梳頭髮的時候嗎？」我問。

「當然記得，為了那個爛舞會。」

「那舞會真的很爛。」

那是高一時的冬季正式舞會，那次我邀請山姆跟我一起去。主題是名人情侶檔，但沒人打扮，包括我們。一群喝得醉醺醺的高三生一直要求放混音的鄉村歌曲，所以我們早早就離開。唯一美好的回憶是在舞會開始前，美嘉帶著她的化妝包和電棒燙來我家，假裝她是我的神仙教母。那天晚上我們三個最後回到我家客廳，吃著披薩。或許那天晚上其實很好玩，因為我再次想起那段回憶。

但我知道今晚最後的結局不同，因為全都錯了。**山姆不在這裡。**而我要跟別人出去，我不明白為什麼美嘉要逼我，我瞪著鏡中的她。「為什麼只有我覺得這樣很怪？」我終於問。

「不只有妳。」她沒有看我說：「我也覺得很怪。」

「那為什麼妳要逼我去。」

美嘉用梳子梳著我的頭髮。「因為山姆要妳去。我們通常不會得到死去的人的請求。我覺得如果可以，尊重他的意願很重要。」

我從未這樣想過。或許是因為我不喜歡去想山姆已經死了。光聽到死這個字就讓我起雞皮疙瘩。不知道美嘉怎麼能這麼簡單說出口，我回想在她家客廳櫥櫃上山姆的照片。「是因為文化不同嗎？總是覺得要尊重死者。」

「可以這麼說。」她說：「而且也跟家族有關，因為他是我堂哥，如果能為他做最後一件事，為什麼不去做呢？」

「我想也是……」

「但我懂妳的意思。」她說著，放下梳子。「這請求很怪，尤其是對妳。但同時也是個很小的請求，我覺得他要求得不算多。」

我想了想。「我猜妳說得對。」

美嘉看著鏡中的我，把我的頭髮塞到耳後。「經過昨晚發生的事後，我覺得妳得為自己這麼做。」我垂下視線，沒辦法直視她的眼睛。「妳不能永遠抓著山姆不放，茱莉。」她輕聲說：「妳也要讓他放心的走。這樣對妳不好，而我不知道這樣是不是也會影響到他。」

美嘉幫我弄好頭髮後，我看了看手機。再十五分鐘就要七點了，如果我再不出門，可能會完全錯過崔斯坦的電影試映會，美嘉幫忙我換衣服，我們匆匆下樓。

「妳確定不要我陪妳去？」當我們在門口穿鞋時，美嘉問。她家跟舉辦電影節的大學在反方向，我知道她想確定我真的會去，但我不該讓她擔心。這次我不會再退縮了，我要遵守跟山姆的約定。畢竟這是我的決定。

「我可以啦。」我說：「妳不用等我。」

我讓美嘉先回家，這樣她就不會跟著我去到現場。確定把蠟燭吹熄後，我匆忙走出門外。在我鎖門時，我看見隔壁的鄰居丹，走過草坪朝我走來，揮著手裡的東西。

「一些信寄錯信箱了。」他說，把一疊信封遞給我。「我早前有去妳家敲門，但沒人開門。」

「噢——謝謝。」

他一離開，我便進屋把那疊信放在中島台上給媽看，但後來我想起一件事。我知道我應該晚點再看，但我實在太好奇了。我瀏覽著所有信封，心臟怦怦地直跳。

有了。就在那疊信的最下面，白色信封上用紅色墨水印著**里德學院**四個字。在等了好幾個月後，終於收到了。**他們的決定信。**我知道我要遲到了，但信就在我眼前，我必須知道他們的答覆。當我把信拆開時，我的雙手顫抖，讀了內容。

茱莉・克拉克　敬啟

非常感謝您申請就讀里德學院，經招生處仔細評估您的申請後，很遺憾地通知您，您將無法獲得進入——

我讀到一半，心便涼了半截。

這是封**拒絕信**。

我又讀了一遍，看看我是否看錯了。但沒有。**他們拒絕了我的申請。**就這樣？我等了好幾個月，結果就是這個？我不得不用手撐著桌沿，避免癱軟在地。難怪信這麼晚來，我早該猜到的。學校申請通過的人幾個星期前就收到信了，我怎麼會這麼笨？這麼長時間，我一直在為根本沒有發生的事做準備。那些文章都只是在浪費時間，還有我一直在寫的學術論文，我為什麼要這樣對自己？我這麼努力投入心血，卻換來一切分崩離析。我不知道該怎麼辦，我得跟某個人談談。我知道我不該這麼做，因為我們計畫好幾天後才能再通電話，但我還是拿出手機打給山姆。他花了好久才接起來，但他還是接了。

我什麼都還沒說，他就知道事情不對勁。「茱莉——發生什麼事了？」

「我被**拒絕**了！」

「什麼意思？什麼拒絕？」

「里德學院！我剛收到信了。」

「妳確定嗎？」

「當然啊！我就拿著信。」

山姆安靜了一會兒。「茱莉，我很遺憾……我不知道該說什麼。」

當我在房間裡踱步時，我的心跳加快。「我該怎麼辦？我真的以為我能申請過，山姆。我沒想過會被拒絕，我真的以為——」

「**深呼吸。**」山姆說：「沒事的，又不是世界末日。只是一所學校的拒絕信，別管里德學院了，這是他們的損失。」

「但我真的以為我能上……」

「我知道。」山姆說：「但一切都會沒事的，好嗎？妳不需要里德學院的證明妳的能力，不管妳讀哪所大學，都會有很高的成就，我知道。」

我把信緊緊捏在手裡，努力接受他說的話。「我感覺一切都沒有意義……我這麼努力又有什麼用。我甚至不知道以後要做什麼了，或許我不像自己以為的那麼好，或許我該放棄。」

「妳是我認識最有才華的人，茱莉，妳也是一個很棒的作家。如果里德學院看不出來，他們不配有妳這樣的學生。」山姆說：「妳剛——」

電話再次傳出雜音。

「山姆——你說什麼?」

接著是更多雜音。

「茱莉?」

「山姆!聽得見嗎?」

電話那頭只出現雜音。然後他的聲音簡短傳來。

「一切都會沒事……」

「**山姆!**」

我孤零零地一個人站在廚房裡,試圖冷靜下來。因為我沒時間驚慌,我已經遲到了,我仍然必須趕去電影節,得去好好玩樂一下,向大家證明我一個人也沒問題,包括山姆,證明我沒事,我沒有不對勁,一切都會沒事的,儘管我根本不知道是否真的沒問題。

第十六章

我強忍淚水離開家，不想哭花美嘉幫我化的妝，我不能帶著滿臉睫毛膏去參加電影節，使自己成為眾人焦點。還好我決定不穿高跟鞋，因為我必須用跑的才能及時趕到大學。

探光燈的光束在空中交叉，我朝光束的方向走，直到聽到人群的嘈雜聲，伴隨著現場音樂的聲音。我很快就找到了電影節現場，很難會錯過。空地中搭起十幾座白色帳篷，頂端以燈泡串將帳篷連在一起。門口掛著一條天鵝絨繩護欄，阻止人員進入。在入口處，一名身穿金色背心的男人要我出示邀請函。我把邀請函遞給他，在通過入口時，努力保持鎮定，進入四處燈火通明和全是燕尾服和小禮服的人海中。還好美嘉要我今晚盛裝打扮，我就像穿過電視螢幕進入頒獎典禮似的。

帳篷間鋪著紅毯，蓋住草皮。位於鋪著蕾絲桌布桌子後方的人員微笑地遞給我一張電影節節目表。我大致看了一下，主電影會在禮堂播映，但由學生製作的小電影則會在外面幾個較大的帳篷裡試片。我匆匆走過紅毯，左顧右盼，然後我找到了——第二十三帳。

根據節目表，崔斯坦的電影應該在二十分鐘前就上映了。但當我從穿過帳篷前方的布簾進去時，銀幕是暗的，每個人都坐在位子上聊天。當幾個身穿黑襯衫、戴耳機的人從我身邊經過，我也還沒看到崔斯坦時，我便想他們可能是遇到了技術問題。**謝天謝地。**我擦了擦前額的汗，尋找座位。前兩排幾乎坐滿了人，但其他位子都是空的。來看這部電影的人數似乎不多，我很高興能來支持他。觀眾大概有十五個人左右，節目表上顯示目前有另一部電影同時在禮堂播映，我猜現在大家都在那裡。

後面有幾排空位，但我不想讓大家覺得我是一個人來。在倒數第二排，有一位年長的紳士，穿著一件黑色皮夾克，頭髮灰白，獨自坐在中間的位子上。他戴著一副有色眼鏡，我在他附近找了一個座位，與他間隔一個空位。

五分鐘過去了，但電影還是沒有播放。觀眾越來越少，有幾個人起身離開，我轉向那個男人問：「不好意思，先生，他們有說電影什麼時候播放嗎？」

「他們說很快。」他說：「但那已經是半小時前了。」

「我知道了。」我皺了皺眉，又看了一下節目表。

「放心，這種事在這個業界很常見，行程總是會拖延，所以也可以說算是準時啦。」

「你在電影業工作嗎？」

男人笑了笑。「不，差遠了，我是為了音樂方面來的。」

「音樂劇？」

「紀錄片。」他提示我。「妳知道這部電影是關於狂吼的樹吧？那個搖滾樂團。」

「我知道他們是誰。」我說，口氣可能不太好。

他微微一笑。「我還以為妳可能走錯帳篷，從我的經驗看來，大部分妳這樣年紀的人都沒聽過他們。」

我聽不出來他是否在表現優越。「告訴你，我來可是專門為了看這部電影。」我說。

「真的嗎？」他搔了搔臉頰，看起來很驚訝。「那妳一定是真正的粉絲。」

「我當然是。」

「如果不介意我問的話，妳是從哪裡知道他們？」

「我男朋友。他介紹他們的歌給我聽，他知道他們所有的歌。」

「這樣啊？他人呢？」

「他——」我安靜下來，不知道該怎麼說。「沒辦法趕上。」

「噢，太可惜了。」

我想多說一點關於山姆的事，但因為燈光暗了下來來不及，大家都匆匆入座，面向前方。帳篷裡安靜下來，我在電影開始時屏住呼吸。

汽車引擎響了起來，銀幕上逐漸出現一輛車的擋風玻璃，往外看著老城街景的畫面。一隻手敲著汽車音響的錶盤，手的主人穿著一件牛仔外套，轉開車音響。當我認出吉他獨奏的那一刻時，便感覺我的手臂起了雞皮疙瘩。那是〈一美元〉（Dollar Bill）的前奏，收錄在山姆最愛的那張專輯裡，也就是我們冒雨守在門口要簽名的那張。當電影換到下一個場景時，另外一首歌再次讓我想起山姆，然後下一首也是。我知道我來這裡是為了看狂吼的樹樂團的紀錄片，但我沒想到會聽到過去三年來我們生活的點點滴滴。

但電影裡播放的歌有著些微的不同，似乎調慢了速度，做了一些變動，用電子設備重新進行編曲。像是我從未聽過的全新版本。電影畫面則是演唱會剪輯、樂團的家庭影片和成員們接受電視的採訪，快速地在銀幕上閃過，這些畫面被漣漪的水紋和閃爍的紅綠燈所覆蓋。幾乎像是同時播放兩部電影。在電影行進的過程中，燈光產生劇烈的變化，不斷增強，創造出薄紗般的夢幻效果，使我瞇起眼來。二十分鐘過去，我還是不知道這部電影在講什麼，電影裡的場景似乎是隨機變換，毫無秩序可言，只透過一首首歌曲聯繫起來。所有畫面拼湊在一起有一種催眠的感覺，我幾乎打起瞌睡。隨著音樂消失，銀幕也暗了下來，我等待下個畫面出現。但後來我聽見掌聲，才意識到電影已經結束了。

「電影還滿……**有趣**的。」當燈光亮起來時，坐在我身旁的男人說。他站起身，拉上外套拉鍊。「還好我有開車來看。」我不知道他是否是在諷刺。

我四處尋找崔斯坦的身影，有太多人站著並走來走去，於是我站起來。當我溜進走道找他時，撞到一個意想不到的人。

「李先生？你來了呀。」

「妳也是——」他拿著一杯紅酒，穿著一直以來的那件黃色麂皮外套，只是在胸前口袋插了一朵紫花，就像裝飾帳篷的花束一樣。

「我不知道你會來。」我說。

「我一直都很支持我的員工。」他點點頭，朝空氣舉杯。「畢竟我們是一家人。」

他的話讓我會心一笑。「沒錯，我們是一家人。」

「崔斯坦看到妳來會很開心，妳有跟他說到話嗎？」

「我現在在找他。」

「噢，他一直到處跑安排事情。」李先生解釋道：「他可能在前面的帳篷處理網路的問題吧。」

「那我去那裡看看吧。」我說：「你會參加會後派對嗎？」

李先生瞇起眼睛。「會後派對？崔斯坦沒跟我說過這件事。」

我抿了抿唇。或許我也不應該跟他提起這件事。「大概只邀請電影製作人和他們邀請的嘉賓吧。」我說。

「是嗎，那會有食物嗎？」

「應該有吧。」

李先生朝空氣聞了聞。「鴨胸……」他自言自語道：「我想我應該去一下這個……**會後派對**。」

「噢──進去需要票耶。」

李先生朝我頑皮地笑了笑。

我笑著低語道：「**等會再見嘍**。」

李先生去又去倒了一杯紅酒，我則繼續找崔斯坦。但沒有花太久時間，因為他先找到了我。

我睜大了眼睛。「崔斯坦……看看你！」

崔斯坦挺起胸膛，讓我好好地看他──他穿著一件量身定做的藍黑色西裝，搭配緞面翻領和白蕾絲襯衫。他把頭髮往後梳，我從未看過他這樣的打扮，身上還有古龍水的味道。

「你真帥！」

「天啊，別說了。」他說，臉色變得像他右手拿著的玫瑰花一樣紅。「我媽要我這樣穿的。」

「幫我告訴她，她的品味無可挑剔。」

崔斯坦微微一笑。「那妳覺得電影怎麼樣？」

「噢——我還在思考，你不是說是紀錄片嗎？」

「是啊。」

「但電影一直在放歌，都沒人講話。」

「對啊，這是**實驗**紀錄片。」他解釋道。

「我明白了，那樣的話，我滿喜歡的。」

「我好開心！我猜這種電影要多看幾遍才能了解其中精隨。」崔斯坦說：「實驗電影就是這樣。」他看了下手錶。「噢——我們該走了。」

「派對開始了？」

「不是，還有一部電影我想讓妳看看。」崔斯坦牽起我的手，帶著我走出帳篷。「妳絕對會喜歡。」

「《太空忍者》？」

「是就好了。」

「那玫瑰是幹嘛的？」

「噢——這是要給妳的。」他說，再次臉紅起來。「是我媽的主意，但如果妳不想要，不一定要收下。」

我微微一笑，接過玫瑰。

一名招待人員認出崔斯坦，讓我們去到最前面。我們在大禮堂裡的「預留席」就座，不禁讓我有點受寵若驚。

崔斯坦沒有跟我提過這部電影的事，所以當演員開口說外語時，讓我措手不及，提醒我的法語有多糟糕。故事從一輛送貨車開往麵包店的路上開始，途中一個顛簸，一根法國麵包飛出窗外，司機完全沒注意到。電影接下來講述了丟失的長棍麵包在巴黎街頭流浪的旅程。當其他法式長棍上架，被充滿愛心的家人買回家時，孤零零的長棍被車輾過、遭人撿起、再次掉落、遭到鳥啄、被人一腳踢開、纏在圍巾上，並被一輛檸檬綠的大黃蜂載著穿過城鎮，而後奇蹟般的掉在麵包店的台階前。但沒等麵包店的店長出門發現長棍前，天空便下起雨來，使那根長棍溶解成一團潮濕的麵包屑，流到街上，衝進下水道裡。

當銀幕暗下來時，崔斯坦把他的手帕遞給我，讓我擦眼淚。「不敢相信我竟然哭了！」雖然聽起來有點蠢，但我在那根長棍上看見自己的影子，除了平安返家外別無所求。這就是我一直抓著山姆不放的原因嗎？我希望我們能回到從前的日子。我環顧四周，發現禮堂裡的觀眾紛紛啜泣。我轉向崔斯坦問：「你為什麼要讓我看這部電影？」

「我在網路上讀過這部電影的簡介，然後就想到了妳。」他說：「妳喜歡嗎？」

「我是喜歡，但太讓人難過了。」

「沒錯。我知道妳會覺得難過，妳之前說過想看會讓人落淚的電影。」

「我什麼時候說過這種話？」

「我們剛認識的時候啊，」他說：「我問妳喜歡看哪種電影，妳說能讓妳哭的電影。妳說妳想試試看跟過去不一樣的哭法，妳忘了嗎？」

我想了一下，的確像是我會說的話。

「我想了很多，」崔斯坦說：「為什麼會有人刻意去體驗哭的感覺，我想我知道答案了。妳想要有所**感觸**，感受有意義的東西。妳想用全身心去感受，想要被感動，去關心某件事，或愛上某個人。而且妳想要的是**真實**的感受，要與眾不同，而且刺激。」崔斯坦盯著暗下來的銀幕。「我覺得這部電影能帶給妳那樣的感受，用自己的方式。這部電影會讓妳哭，為了那根麵包，妳會有一種前所未有的感受。這是原創劇本。會讓妳感覺……**活著**。」一名招待人員進場清理，為下一場次整理座位。崔斯坦再次看了下手錶。「我們走吧，還有別的東西我想讓妳看。」

在派對開始前，我們還看了另外兩部短片。其中一部是浪漫喜劇，另一部則是動作片。大約十點，我們跟著人潮前往樂團表演的主帳。在我們進去前，崔斯坦在我的手腕上綁了一個特別的手環。

一個香檳噴泉在銀色盤裝的開胃小菜旁冒泡，有大約上百人閒站著，彼此交談。我看見李先生設法溜了進來，他就站在香檳和烤鴨桌旁，對我微笑，我會意地朝他眨眼。

會場裡人有點多，但崔斯坦從未離開我身旁。我拿著他的玫瑰，跟著他在帳篷裡走著，向我介紹其他電影製作人、作家和來自華盛頓各地的大學生。

「有人想見見妳。」他說，把我拉到帳篷的另一側。

我瞇起眼睛。「到底誰想見我？」

一個打著佩斯利領帶的男人站在角落附近，手裡拿著一杯白酒。

「這位是吉爾福特教授。」崔斯坦介紹我們認識。「他是投我電影的董事會成員之一，他也在這裡教書。」

「很高興終於見到妳了，茱莉。」他伸出手來。

「我也是。」我客氣地說：「但你是怎麼知道我的？」

他笑了起來。「妳是克拉克教授的女兒吧?」她問:「她跟我說了很多關於妳的事，她說妳很有寫作才華。」

「她是最棒的!」崔斯坦插嘴道。

「還好啦。」我說，有點難為情。

「妳知道，謙虛是一個真正的作家會有的特徵。」吉爾福特教授說。

「噢，她是我認識最謙虛的人了。」崔斯坦說。

我推了他手臂一下。「**崔斯坦。**」

「崔斯坦說妳是高三生，妳想過自己以後要讀哪所大學嗎?」

我想起那封拒絕信，頓時希望自己可以不要談這個話題。「噢，我還沒決定。」我假裝輕鬆地說:「但中央華盛頓大學也在我的考慮範圍內。」我沒有跟他說那是我現在唯一的選擇。

「噢，是嗎?」

「**是嗎?**」崔斯坦複述道。

「學費便宜，而且我媽也在那裡教書。」我是真的這麼想。

「太好了。」吉爾福特教授笑著說:「所以妳有可能成為我的學生，我知道妳喜歡創意寫作，妳有想過寫電影或電視劇本嗎?」

「沒有耶，但聽起來還滿有趣的。」我說。

「我隔幾年會開一次編劇課，下一次剛好是這個秋天。」

「噢?」

「通常這門課是為了高年級學生保留的，」他笑著說:「但我以前也破例過。」

「我的天啊——那太棒了。」我說，幾乎抽了一口氣。「我以前從未想過有這種課，你還教什麼？」

崔斯坦讓我們兩人自己聊一會兒，我們聊他學生做的一些企劃聊得很起勁。顯然，經過他跟電視產業的人員牽線，他很多學生在暑假期間都會到電視攝影棚的作家室實習。我一直以為只有著名製片人的兒女才能得到這樣的機會，讓我對那所學校升起一股希望。或許我也能做到，或許我根本不用去上里德學院。聊到最後，吉爾福特教授邀請我下星期去跟他和我媽一起共進午餐，聊聊其他創意寫作的機會。我們交換完電子郵件後，我便去找崔斯坦，把所有事都告訴他。

「崔斯坦——我好高興你介紹我們認識！」我說，仍面帶微笑。

「對啊，他很棒吧？」崔斯坦說，遞給我一杯蘋果汁。「妳能在這裡上大學我很開心，我們還可以一起出去玩，如果妳不介意跟**高中生**一起混的話，或許我們可以一起做企劃。」

「這主意不錯耶，好啊！」

「我敢說妳絕對會是個很好的電影編劇。」他說。

「但願你說得對。」我說。

當晚接下來的時間很開心，我見到了其他跟崔斯坦一起製作紀錄片的朋友，我對馬克·藍尼根和狂吼的樹的認識讓他們驚訝不已。我們吃了淋上巧克力醬的草莓，還參加抽獎活動。崔斯坦抽到當地電影院的六張電影票，他的一個朋友則抽到一台時髦相機。每個人都羨慕地圍著他，輪流欣賞他的禮物。然後其中一個人小聲說著什麼。

「你們看到他了嗎？不敢相信他有來。」

他們來回轉著頭，但我不知道他們在講誰，然後崔斯坦小聲說：「他在電影結束後有朝我點頭示意，我想他知道我是導演。」

「什麼！你沒有去跟他說話？」

「我聽說他討厭別人上前攀談。」崔斯坦說。

我湊進他們竊竊私語的小圈圈。「你們在說誰呀？」

大家看向我，崔斯坦用下巴朝我右邊抬了抬。「那裡，戴眼鏡的那個人。」

我轉過身去看。「你說有色眼鏡嗎？」那個男人正是在崔斯坦電影播放時坐在我身旁的人。「噢，我剛才有跟他說話，他人滿好的。」

崔斯坦張大眼睛。「妳說跟他說話是什麼意思？」

「在看你的電影時，我就坐在他旁邊。」我說：「我們在電影開始前有聊天，不是什麼重要的話題啦，我幾乎沒怎麼理他。」

「茱莉……跟我說妳知道他是誰。」

「我當然不知道呀，崔斯坦。」

「那是馬可仕．葛拉漢（Marcus Graham）。」崔斯坦緊張地低語道：「他是狂吼的樹樂團的前經紀人，而且是馬克．藍尼根和康納兄弟的朋友。他們的成功有很大一部分是他的功勞，他很有名。」

「他要走了！」他的朋友喊道。

我轉身看見他的袖子消失在帳外，我怎麼會沒認出他是誰？難怪他很好奇我對這個樂團感興趣。當我目送他離開時，一股衝動油然而生。我得再跟他談談，這是我唯一的機會。

我丟下崔斯坦和他的朋友衝出帳外找他。帳篷的隔音功能好到讓人覺得不可思議。夜晚冰冷的空氣使我打了一個冷顫，耳朵跟著脹痛。

「等一下！」我在他身後大喊。

男人停下腳步，轉過身來，尋找聲音的源頭。這裡只有我們兩個人，他推了一下眼鏡。「有什麼事嗎？」他問。

我呆了幾秒才想到要說什麼。「對不起！先前沒有認出你。」

「沒事。」他笑了笑說：「妳也不會是最後一個。」

「我男朋友，他會很想見到你，他真的是你們的歌迷。」我說：「他叫山姆。」

「妳之前提過他，很可惜他來不了。」他說，準備轉身離開。

我往前站了一步。「他也有在做音樂。」我繼續說：「他會彈吉他，有自己寫歌，你們對他的激勵真的很大。」

「那很好，孩子。」

我手伸進包包裡。「我有一片他錄的CD。」我說：「如果你願意聽聽看，對他來說意義重大。」我找到光碟後，便拿出來遞給他。「有些歌還沒完成，但他真的寫得很好。」

男人舉起手來。「抱歉，但我有原則，不接受任何毛推自薦的音樂，這是業內規則。」

我往前走了一步，把光碟拿的更近一點。「拜託你，只要聽聽看就好了，這真的對他很重要。」

他擺了擺手。「我說了不行，抱歉。」

「拜託你——」

「祝妳玩得愉快。」他語氣堅決地說，便轉身離開。

我站在原地，手舉在半空中，冰冷的空氣使我瑟瑟發抖，我感覺整個身體顫抖起來。我不能放掉這個機會，我不能讓他離開，這都是為了山姆，但那個男人就要走掉了。

「他死了！」我喘著氣，話就這麼脫口而出。「他死了！」當我意識到自己在說什麼時，我無法控制自己。「所以他才不能來，所以他才不在這裡，因為他死了，幾星期前死了——」

我的眼眶逐漸濕潤，喉頭一陣哽咽。我很久沒有聽見自己說出這樣的話了，或許是因為我不再相信這個事實。

男人停下腳步，他轉過身看向我。一陣沉默後他說：「妳說他叫山姆？」

我靜靜地點頭，用雙手抹去眼淚，努力不要哭出來。

「他會彈吉他？」

「對。」我聲音嘶啞地說。

他朝我走來，伸出一隻手。「那好吧，我會聽聽看。」

「非常謝謝你。」

我把光碟交給他，但他無法從我手裡拿走，因為我緊抓著那片光碟不放。

他看著我。「怎麼了嗎？」

「我……我突然想到我只有這一張CD了。」我說：「我沒有很多他的東西。」

他放開手。「不然這樣吧，妳可以把音頻寄給我。」他提議道：「這樣我會看到，而且可以給妳回饋。」他掏出錢包，把他的名片遞給我。「保重。」

我看著他的身影消失在停車場裡，我沒有再回去會場。手裡緊緊抓著那張光碟，我甚至無法放開。一張沒什麼大不了的光碟，就像天燈一樣。我想放下一切，但我甚至無法放開一張光碟，我又該怎麼放下山姆呢？

我垂下視線，發現有個東西掉到了地上，是崔斯坦送我的玫瑰，我甚至沒注意到我把玫瑰弄掉了。

第十七章

在我擺碗盤時，整個房間充斥著鋼琴聲。我把桌布鋪平，放下成對的瓷碗，並點起一根蠟燭。紙箱並排的放在我腳邊，我一邊把一個箱子搬到中島台上，一邊繼續把東西拿出來：用麻繩綁住的銀器、咖啡杯和木勺。音樂在我不注意的時候換了一首，換成李閏珉的〈雨的印記〉（Kiss the Rain）。他的歌聲就像春雨般輕輕落在屋瓦上，當我拉開抽屜把手時，我感覺有人站在我身後。熟悉的觸感環上我的腰，溫暖的感覺使我愣了一下。而後他吻著我的頸背，我閉上眼睛……

「我們休息一下怎麼樣……」山姆低語道。

我們剛搬進新公寓裡，地板嘎吱作響，鐵管在天花板上蔓延。就跟我們想像中的畫面一模一樣。這間屋子沒有附家具，有點破舊，還需要裝修一下。但這地方充滿了潛力，就像我們一樣。

我撫上他的手。「山姆，我們才剛開始而已耶，還有很多要整理。」

山姆又吻了一次我的臉。「慢慢來沒什麼不好啊……」

音樂持續播放，窗外只看得見厚厚的雲層，彷彿我們就浮在半空中。

我轉過身看他——那雙黑眸比他的髮色還亮一點，細薄的唇微微上翹，帶著笑意。我忍不住用手摸著他的臉，為了記住每一個細節。我注意到我們皮膚的對比，他的小麥肌膚和我蒼白的手指，當我用手撫過他柔軟的髮絲時，他把我拉近，深深地吻著我，讓我腦海裡的世界只剩下我們。

當山姆離開我的唇時，牽起我的手。「妳覺得這個地方怎麼樣？」

我止不住笑意。「很完美。」

山姆環顧整個房間，他的眼裡靈光閃動。「我知道，只需要一點改裝而已。」

地上到處都是待整理的箱子，在構成廚房的狹小空間裡，茶壺旁的爐子靜靜地燒開水，薑和檸檬草的溫和氣味飄了出來。差不多再一個小時，我就可以煮點東西當晚餐。我們會去買些雜貨，因為外出用餐很貴，而且我們更喜歡家常菜。

鋼琴聲突然跳了一下，打斷我的思緒，然後我們的黑膠唱片機就中斷了。

山姆看向我，皺了皺眉。「我晚點再修……」

我笑了出來，他把我拉到公寓中當作客廳的空間。

「這裡就是客廳。」他說著，用手一揮，客廳頓時恢復色彩。「我們可以這裡放沙發，還有一張小茶几——牆上可以再掛一幅畫。」

我指向房間另一邊。「沙發不是應該放那邊嗎？」

山姆看過去，皺起眉頭。「放那更好，」他說：「我就知道妳比我會擺設。」

我看著他環繞整個房子，一邊想像我們的新家，一邊把一切盡收眼底。「我們可以在這裡放一張桌子，靠著牆，讓妳寫東西。我可以幫妳做一個書架，因為妳帶了很多書來，就放在這裡。然後我們還需要一些綠色植物——」

他的興奮也傳染到我，我不禁看見他所想像的一切。這間公寓就是我們的畫布，我們故事的開端，一個展開新篇章的機會。一旦我們打理好公寓後，就可以開始找工作。我們會開始存錢，我會專注在寫作上，在秋天時再次申請里德學院。

山姆牽著我的手，我們十指交扣。「妳喜歡這裡嗎？」

「比你想像的更喜歡。」我說，朝他微笑。我環顧整個房間。「我只希望一切都很完美，就像我們計畫的那樣。」

山姆吻了下我的臉。「茱兒，妳知道我們沒辦法計畫每個細節，總會有一些事是我們無法改變的。」他說：「有時候妳必須活在當下，感受生活中的驚喜。」

我沒有回答，只是思考他說的話。

「聽我說，」山姆說，眼睛閃閃發光。「我們今晚出去吃怎麼樣？找間有音樂的餐廳，不用很豪華，我們可以點一些零嘴分著吃。找那種有免費附餐麵包的店。」

「但我們還有很多東西沒整理耶。」我提醒他。

「別擔心，我們還有很多時間。」

很多時間……他的話縈繞在我腦海之際，窗外吹來一陣風，捲上我的肌膚。我瞄向門口上方的時鐘，剛才我沒注意到那裡有個時鐘。窗外仍然只能看到閃閃發光的雲層，現在我開始思考，太陽停在那裡多久了？

「怎麼了嗎？」山姆的聲音讓我回過神。

我眨了眨眼。「沒有，沒什麼。」

「那妳想出去吃嗎？」

我抿了抿唇，想了一下。「今天是我們搬到這裡的第一天，應該好好慶祝一下。」

「太好了。」

「只要我們先整理**一部分**。」我補充道。

「好。」山姆又吻了我的臉一下，然後從地上搬起一個箱子。「這個要放哪裡？」

「臥房，但那是易碎物品，小心一點。」

「小心是我的座右銘。」

我瞪了他一眼，看著他慢慢移動步伐，消失在走廊上。

他離開後，我再次環顧客廳，決定下一步從哪開始布置。角落放著一個小箱子，陽光透過窗戶灑在上頭。這個箱子並未像其他箱子一樣有做記號，一定是山姆忘了做標記。我把箱子搬到中島台上打開。裡面放著山姆的東西，隨意地扔在裡頭。我拿出幾件他的襯衫，摺好放在桌上，裡面還有其他東西：幾張CD、一些照片、一綑生日卡片和信件，以及某個東西，我一看到便渾身僵住。那是他給我的那半書擋，我盯著書擋看了半晌，還有其他被我放在桌上的東西。這些東西放在一起給我一種熟悉的感覺，就像一塊拼圖。當我視線重新掃過這些東西時，一塊塊拼圖拼在一起，整個畫面像是磚塊般朝我擊來。這不可能是真的，對不對？箱子裡應該還有其他東西，我不用看就知道裡面放了什麼，我慢慢地伸手進去拿。

山姆的牛仔外套。我盯著那件外套好一會兒。這件外套就放在我幾個星期前丟掉的箱子裡。

當我站在那裡，用手摸過所有東西時，黑膠唱片機突然恢復運轉，嚇了我一跳。放出來的音樂卻不是剛才那首歌，旋律讓我覺得陌生。當它發出刺耳的噪音，音量瞬間加大時，我趕緊過去拿起唱針。一把唱針從唱片上拿起來，我便感覺到身後的蠟燭熄了，整個房間安靜下來。窗外的陽光逐漸消失，公寓暗了下來。

我轉過身看見桌面已經收拾過了。當我環顧房間時，所以紙箱都不見了，包括放著山姆東西的那箱——公寓裡空蕩蕩的，東西都到哪去了？

「山姆？」

我喊了幾聲他都沒有回應，他還在這裡嗎？我走去臥房找他，走廊比我記憶中還長，似乎越走越往前延伸。不知道為什麼，走廊兩側都沒有門，只有盡頭有一扇門。門上貼滿貼紙，就像山姆他家的臥房門一樣。我摸著門把，深吸一口氣後轉開來。在我開門時，幾片樹葉滾進走廊，隨之而來的是一陣熟悉的微風。

在我踏進去時，高高的草葉壓在我的鞋底，我發現自己身處於那片田野中。我朝空氣聞了聞，聞到大麥的氣味。這個地方有些不對勁，天空陰沉沉的，我感覺腳下傳來奇怪的震動。一陣強風吹來，四周草葉紛紛彎了下來，幾乎要被折斷。整片田野沒有蟋蟀的叫聲，只有從地底深處傳來的轟隆聲。天上飄來更多的雲，我感覺一滴雨滴砸了下來。遠方，山稜線的上方出現一道閃電，暴風雨即將來臨，我不得不獨自面對。

山姆已經不在了，或許他一直都不存在。

＊

我曾經活在白日夢中，花好幾個小時在腦海中規劃未來，想像十年後的自己，大學畢業，住在都市的公寓裡，開始作家的生涯。我會想像以後的生活細節——我想擺在廚房裡的電器、出版的小說題目、我會去旅行的地方，還有跟我一起旅行的人。但後來收到了大學的拒絕信，失去對你而言意味著一切的人，最後發現自己又回到起點，無處可去。我試著不再做白日夢，它只會用山姆的影像來欺騙我，充斥著我們還是可以在一起的可能性，我們還有未來，直到現實像暴風雨般襲來，將一切美好的景象粉碎殆盡。

山姆不會再回來了，但我還是一直在等他。我不知道我們還剩下多少次通話的機會，但數量正在減少。我整個上午都在看我寫下來的電話紀錄，回想我們的對話，試著理出頭緒。自從我讓他和美嘉通話後，我就發現每通電話的時間變得比以往還短，也更快出現雜音。**在我完全失去你前，還剩下幾次的通話機會？**在其他問題還沒有答案前，很難去想這件事。**為什麼我們可以擁有第二次機會？**只為了向彼此告別？就好像我們重新連上頻率，卻要被迫分開。山姆說我們應該心存感謝，但我仍忍不住去想我們能再次連結肯定有其他原因。但已經沒多少時間了，或許我永遠也得不到答案。

每次跟他講完電話後，我都感覺我們通話的時間即將終結。即使我知道這一天遲早會來，我內心還是十分難受。**就好像我再次失去了他，他走了我該怎麼辦？**真希望世界能放慢腳步，希望有時間販賣機能讓我買更多時間，希望我能盡量延長最後通話的機會，這樣我們就可以一直有連結。我願意做任何事，只為讓他留在我身邊。

「一切都會沒事的。」上次通話時，山姆對我說：「我們還有時間，在我們互相告別前，我哪裡都不會去，好嗎？」

「但要是我永遠都沒準備好呢？」

「別說這種話，茱莉。妳還有大好的日子要過，有很多值得期待的事。妳會有很好的成就，我很清楚。」

「那你呢？」

「我也會很好，妳不用擔心。」

他的回答總是含糊不清，我學會不要逼他告訴我多一點，我知道他有自己的理由。

「答應我一件事。」在電話結束前，我說。

「什麼事？」

「不管發生什麼事，這不會是最後通話，我們總有一天還會再有連結。」

接著是一陣沉默。

「**答應我，山姆。**」我又問了一遍。

「對不起，茱兒，但我沒辦法答應妳，儘管我很想。」

我早預料他會這麼回答，但他的話仍然讓我感到內心空空的。

「所以你的意思是在我們告別後，就真的結束了?我再也不能跟你說話了?」

「別這樣想嘛，」山姆說：「這只是一個不同的開始，尤其是妳，而且妳會有很多不同的經歷。」

「那你呢?你要去哪?」

「老實說……我真的不知道。但我確定我會沒事的，至少我可向妳保證。所以不要擔心，好嗎?」恰好就在此時，電話開始出現雜音。「我想我們該掛電話了……」

我緊緊抓著手機。「你現在在哪?」

「我還是不能說，抱歉。」

「那你能至少告訴我你看到了什麼嗎？」

山姆半晌後才回答。

「田野，一望無際的田野。」

*

我們沿著州際公路往西雅圖行駛，雨水順著擋風玻璃緩緩流下。當車子穿過浮在華盛頓湖上的萊西．V．默羅紀念大橋時，四周的山景逐漸消失在身後，取而代之的是沿著蔚藍海域興建的水泥大廈。我沒有打算這麼快回來這裡，本來在想整個週末都要待在被窩裡，用筆電看電視。到海濱旅行是由希的主意，她想在我們畢業前再看一眼這個景色，之後她就要回去日本了。當由希一開始問我要不要跟她一起來時，我婉拒了她。最近我常常一個人待著。自從兩星期前參加了電影節後，我就不是很想參加社交活動。但由於瑞秋這週四感冒了，我只要想到由希一個人搭公車，在市區裡迷路，就感到有點內疚。於是我決定跟她一起去。當我昨天中午跟她說的時候，奧利佛自告奮用要開車載我們去。他甚至說服阿傑取消每週一次的環保社團會議，與我們同行。

我一直戴著耳機，望向車窗外。或許遠離埃倫斯堡一陣子正是我需要的。

這週六早晨車不多，所以我們提早抵達碼頭吃早餐。雨停後，我們四個人沿著海濱散步，不時停在紀念品攤前，找印有每個人名字的鑰匙圈。當其他人走進派克市場的拱廊街時，我在一路上的旅遊景點中喘口氣，找了張遠離人潮的長椅，享受獨處的時間。

一艘商船沿著港口航行，當我凝視水面時，船身激起細小的浪花拍打在岩石上。這個下午在西雅圖市中心碼頭的天氣很冷。我吸了一口帶有海鹹味的空氣，緩緩地呼出來。我好久沒有聞到海的味道了，離開這麼長的時間後再回到這裡感覺很怪，我都忘了光是盯著大海，就感覺多麼孤獨。

好希望山姆能跟我們一起來這裡，他不在，世界都變得安靜許多。離我們上次通話已經過了一個星期多。若是我能打給他一下子，聽聽他的聲音就好了。知道他仍在我身邊。也許這樣我就能更享受受這趟旅行，而不是每分每秒都在想他。我把手機放在腿上，時不時檢查手機。這麼做能提醒我，就算我們聽不見彼此的聲音，我們之間仍有連結。不知道我們之間的訊號在埃倫斯堡外是否也接收得到，我不確定冒著失去連結的風險開車來這裡是不是個好主意。但自從這些日子來，我們的電話必須間隔更長時間，我知道反正這個週末我沒辦法打給他。畢竟只有幾天，我至少應該試著玩開心一點，花時間跟其他人聚在一起。但做起來比我想像的要困難得多。

過了一會兒，有人走了過來。

「我能坐這嗎？」

我抬頭看到由希，她拿著一個放著兩杯咖啡的環保托盤。我拿起長椅上的外套，挪出位子給她坐。她坐在我旁邊，把托盤推過來。

咖啡使我的手變得暖和。「謝謝，但妳其實不用買給我喝。」

「但我至少能讓妳暖暖手。」由希說著，抬頭盯著水面。「因為我讓妳跟著我們大老遠來這裡。」她看向我。「妳看起來並不開心。」

我盯著我的手機，感到很愧疚，我敢說注意到這件事的不是只有她。「對不起，我心情不太好。」我說：「但我很開心跟你們出來玩，我只是在想事情。」

「妳在想什麼？」

我嘆了口氣。「老樣子……」我答道。

我們再次盯著水面看，幾隻海鷗在上空發出叫聲。一陣沉默後，由希問：「妳現在還會做惡夢嗎？」

我想起仍帶在身上的那顆水晶，完好無缺地塞在我包包的內袋裡。我現在出門都會帶著它。「我其實已經不會做惡夢了，應該是妳給我的那顆水晶的功勞。」

「很開心能幫上忙。」

我小口喝著咖啡，讓咖啡溫暖我的喉嚨。我不能告訴由希我真正的煩惱，我是怎麼一直幻想山姆還在的未來。雖然我知道我們無法通電話一輩子，但我似乎放不下我們之間的連結，就算早已出現裂痕。我一直回想電影節那晚，美嘉對我說的話。她說我一直抓著山姆不放。

「這樣對妳不好……而且我也不知道這樣對他來說好不好。」

我回想她說過的這句話，她這麼說到底是什麼意思？我一直緊緊抓著山姆不放會傷害他嗎？我讓他沒辦法安心離開了嗎？雖然我很愛他，我也不想強迫他留久一點。尤其如果他需要往前走，不管去往何方。這也是他的選擇啊。畢竟是他先接起我的電話。過了一會兒，我轉向由希。「記得之前妳分析我的夢嗎？關於山姆的夢。我該往反方向想以找到平衡之類的……」

由希點頭。「我記得。」

「我想過了。」我說，再次低頭盯著我的手機，緊緊握在手裡。「我覺得現在看來意思很明顯，這代表我不能再想他了。我必須放手，重新往前過生活。」我重重地嘆了口氣。「但願對我來說很輕鬆。」

由希移開視線，彷彿在思考我的話。半晌後，她說：「其實我不覺得妳能放開山姆，就算妳真的很想這麼做。」

「什麼意思？」

「我是想說，山姆現在仍然是妳生活的一部分，不是嗎？」她說：「或許他已經不在了，但在妳心裡永遠會有一部分的他存在。我知道妳跟山姆在一起的時間比妳希望的還短暫，但你們在一起的時光不會消失。放手不代表忘記，而是跟生活取得平衡，繼續往前走，不時回顧過去，記得曾經遇見的人。」

我再次看向水面，陷入思緒中。要是她明白這件事對我來說有多麼不一樣就好了。我是唯一一個會失去他兩次的人。

由希握著我的手。「我知道這對妳來說還是很難，但我很開心妳今天決定要來，很開心我們能有時間聚在一起。」

我露出微笑。「我也很開心。」

左邊有人吹了聲口哨，我們從椅子上抬起頭來。阿傑和奧利佛倚著木板路的欄杆，手裡拿著西班牙油條。最近他們兩個總是形影不離，感覺他們之間存在一些火花。

奧利佛朝我們揮了揮手。「我們買了油條！」

「快上來！」阿傑喊道：「有海獅。」

我和由希交換一個笑容。

「妳知道，我真的很喜歡看那兩個人在一起。」由希說。

「我也是。」

當天空終於放晴時，我們在海濱度過當天剩餘的時間。吃完午餐，並買了些蠟燭後，我們去水族館看海獅，因為海獅是奧利佛最愛的動物。阿傑提議大家買一樣的帽子紀念這次旅行，於是我們戴著帽子在銅像公園散步。因為時間太晚來不及坐渡輪，我們前往五十七號碼頭坐摩天輪。當我從兩百英呎的高空欣賞窗外風景時，我想到了山姆，我們在市集的回憶使我泛起陣陣暖意。

*

當天晚上其他人回家時，我決定留在西雅圖，陪爸度過週末剩下的時光。過去幾個星期來，我一直希望來看他。他從車上下來接我的時候，我感到眼眶濕潤。我都忘了自己有多想他，他不用多問，就知道怎麼使情況好轉。他甚至打電話給媽，問我能不能翹課，這樣我就可以多留一天陪他。我們整天都在做我喜歡的事——在我們以前居住的波塔奇灣的餐館吃煎餅，去拓荒者廣場喝手沖咖啡，然後去第十大道逛我最愛的書店。畢竟，遠離埃倫斯堡正是我現在需要的。我還是偶爾會想起山姆，但都是些美好的回憶，讓我鬆了口氣。即使他不在這裡，我仍然在每個地方看見他的影子。這是第一次，這個想法讓我感到安慰。

＊

我在星期一傍晚時抵達公車站，媽仍在大學教書，所以我必須等幾個小時她才能來接我。我把背包放到地上，檢查我的手機。現在我回到了埃倫斯堡，我和山姆之間應該會恢復連結。從我們上次講電話已經過去十天。這還是從他第一次接電話起，我最長一次沒聽見他的聲音。自從我們的連結出現裂痕後，我和山姆就一直保持提前幾天預定計畫的習慣，一次一通電話。下次打電話的時間剛好就是今天，我在筆記本上記下了日期。我本來打算回到房間再打給他，但過了這麼久，我已經等不及要聽到他的聲音了。

但我的手機上有一封新的訊息，寄信者的名字很熟悉。我先打開郵件，讀了下內容。

親愛的茱莉：

抱歉花了這麼長時間才回覆妳。我花了整個上午聽妳發給我的歌，我必須老實說，有幾首曲子很棒，山姆很有作曲的才華。他真的對處理旋律很有一套，這是一份很難得的天賦。我實話實說，他真的很特別。當然，我對他發生的事深表遺憾，是我們的一大損失。

無論如何，我把妳的郵件轉發給蓋瑞和樂團其他人（因為我知道你們兩個是他們的粉絲），希望妳不介意。如果有任何回饋我會告訴妳。他們會很高興知道你們來自同一個小鎮。

希望一切安好，保持聯繫。

保重。

馬可仕

我幾乎是屏住氣息把信重讀一遍，寄信人是狂吼的樹樂團的經紀人馬可仕．葛拉漢。我在崔斯坦電影首映會遇見的那個人。電影節過後我寫信給他時，從未想過會收到他的回覆。不敢相信他還記得我！更重要的是，他喜歡山姆的音樂！他說他很有才華！

我必須打給山姆，我要馬上告訴他這個好消息。

我打電話的時候，手激動地不斷發抖。我一如往常地在電話回鈴音時，屏住呼吸等待。雖然花了點時間，但他還是接了起來。

「我感覺像過了一輩子，」山姆說：「我好想妳。」

他的聲音讓我感到一陣暖意，宛如陽光灑進房間似的。

「我也想你。」我說：「你不會相信發生了什麼事。你記得馬可仕．葛拉漢嗎？狂吼的樹樂團的經紀人？」

「當然，他怎麼了？」

「幾個星期前，我在電影節遇到他，我把你的幾首歌寄給他，他剛回信給我了，我念給你聽……」

我把那封信念給他聽，在念到馬可仕說他喜歡那些歌，覺得山姆很有才華，並把他所有歌寄給樂團其他成員聽時，我的語氣興奮起來。「你能相信嗎，山姆？他說他把你的歌寄給蓋瑞耶！那他肯定也有寄給馬克。要是他們現在正在聽呢？我的天啊……要是他們在討論你的事呢！不知道他們最喜歡哪首歌……」

山姆靜靜地聽著我的話。

「你覺得怎麼樣？**說話呀！**」

「妳為什麼不跟我說妳把我的歌寄給他的事？」山姆問。

「因為我不確定他會不會回覆，」我說：「我不知道他會不會真的聽。」

「但我記得我跟妳說不要那麼做。」

我沉默了半晌，對他的回應感到驚訝。「又不是我主動去找他的，一切都是突然發生。你為什麼要生氣，山姆——是**狂吼的樹**耶。馬可仕．葛拉漢說你——」

「他說什麼都不重要。」山姆打斷我，「妳為什麼還要那麼做，茱莉？我們討論過的，我明明跟妳說過沒意義，妳卻還是抓著我的音樂和我的生活不放，妳為什麼就不能接受我——」

「你怎樣——**你死了嗎？**」

一陣沉默。我猛地吞了口口水，等著他回答。當我意識到他不打算回答後，我接著說下去，口氣不太好。「我接受了，我早就接受了。」

「我覺得妳沒有。」山姆說：「看起來妳似乎還在期待有一天我會回來，自從我們再次通話後，妳似乎就再也無法放開我，我只是擔心——」

「你根本不需要擔心，」我回道，突然感到很生氣。「容我提醒你，是你先接起我的電話。」

「或許我不該接。」

他的話讓我很震驚，我們兩人都安靜下來。我站在那裡，渾身動彈不得，手緊緊握著手機。不敢相信他竟然這麼說。我想反駁他，卻什麼也說不出口。

「**對不起**，我不是那個意思，不要——」山姆說。

他來不及說完，我便掛上電話。因為我不想聽他跟我道歉。我低頭盯著人行道，根本沒去想剛才發生的事。眼眶慢慢湧出淚水，但我不想哭。現在還不想。我想回家，我不想再在公車站等了。

我抓起地上的背包，但在我準備離開時，手裡的手機震了起來。然後開始響起鈴聲，即使我把手機設為靜音。上次發生這種情況時，是山姆打來的。但我們說好他不要再主動打來。**因為如果我沒接電話的話，我們之間的連結就會中斷**。

我看了下手機螢幕，上面顯示未知號碼，跟上次一樣，所以我接了起來。

「你想幹嘛？」我問。

電話那頭頓了一會兒，山姆才回答。他一開口，我便注意到他聲音裡蘊含的痛苦。「對不起，」他說：「但我需要妳的幫忙。」

「山姆，怎麼了？」

他吐出一口氣。「我不知道該怎麼解釋，」他說：「但這件事跟我的家人有關。我有一種不祥的預感，以前從來沒有過，妳最近有聽到他們的消息嗎？」

一股愧疚感油然而生，因為自從山姆死後，我還沒跟他的家人說過話。回答這個問題讓我很慚愧。「這陣子沒有，對不起。」

我們都沉默下來。

「妳可以幫我做一件事嗎？」山姆問。

「當然，你說。」

「幫我去看看我的家人，如果可以的話……或許可以問問看美嘉知不知道什麼。」

「你覺得他們出事了？」

「我不知道，但願不是。」

「我現在幫你問看看——」

我一掛上電話，便傳訊息給美嘉，問她是否發生什麼事了，她幾乎是馬上回我的訊息。

是詹姆斯，他沒去上學，我們在想他離家出走了。

大家都出去找他，找到他我會跟妳說。

我回電給山姆，跟他說明情況。

「他們知道他會去哪嗎？」山姆問。

「應該不知道。」我說：「美嘉沒跟我說。」

「該死，要是我在就好了，我敢說沒有人知道去哪找他。」

「你覺得他會去哪？我可以幫忙找。」

「可能的地方有好幾個……」

「那就每個地方都去看看。」

「我想想——」他的聲音緊張起來。

「沒事的，山姆，我們會找到他的。」

我把山姆想到的地方記在一張紙上，再次傳訊息給美嘉。她開她爸的車來接我，我們便一起去找詹姆斯。

我和美嘉根據尋找範圍將地點分成兩半。因為我負責小鎮北部，所以美嘉開車送我到電影院附近，一下車我便跑了起來。我找了漫畫店、露天餐館、甜甜圈販賣店和這些地方中間的地段。當我意識到他不在鎮上時，我跑到湖邊去看他在不在，但也沒有看到他的身影。於是我繼續找。往紀念墓園要走一段很長的路，但我必須去看看。墓園不是山姆提供的地點，我有種感覺詹姆斯可能會去那裡，坐在他的墓碑前。我一抵達墓園大門，跑上山丘，就失望地發現我猜錯了。

我再次看了下名單，山姆提供的最後幾個地方有點偏僻，是他以前住的舊街區附近。其中一個是座小公園，他們以前放學後常常在那裡騎腳踏車。不知道詹姆斯在那裡的機會有多大，但我還是離開墓園，前往那裡。

我花了點時間才弄清楚公園的位置，以前我從未來過城鎮的這個地方，不得不停下來詢問路人方向。當我終於找到隱藏在一條胡同盡頭的公園時，我看見長椅上掛著一件眼熟的綠色外套。我一看到詹姆斯獨自坐在鞦韆上，盯著地面時，便停下來喘口氣。

自從山姆死後，我就沒有跟他說過話。當我走近鞦韆時，我甚至不知道該怎麼開口。雖然我仍因為激烈跑步氣喘吁吁，但我蹲到他面前，放柔了聲音。「嘿，詹姆斯……」我說：「大家都在找你耶，你知道嗎？我們擔心死了。」

詹姆斯沒有看我，只是一股腦兒地盯著地面。

「他們會很開心聽到你沒受傷。」我繼續說：「你大老遠跑來這裡幹嘛？」

詹姆斯沒有說話，我突然想起先前在市集那晚他也不肯跟我說話。那一次是我們三個人最後一次一起出來玩吧？我想我沒見到詹姆斯的時間比我記得的還久。我再次放軟語氣。「我們一起回家好不好？」

「**不要。**」

「你爸媽真的很擔心——」我說。

「**我不想回家！**」他大吼。

「是不是發生什麼事了？你可以跟我說呀。」

我很確定他會這樣肯定跟山姆有關，但我不知道該怎麼引導話題。我沒辦法想像失去哥哥是什麼感覺，這種痛苦是我永遠也無法體會的。我試著牽起詹姆斯的手，但他把手抽回去。

「別管我。」他說，雙手握拳。「我不要回家，不要碰我！」

看到他這個樣子讓我很難過，真希望我能讓事情好轉。「你能至少跟我說為什麼要離家出走嗎？」我問。

詹姆斯沒有回答。

「是因為山姆嗎……」我低語道：「因為他不在了？」

「不是。」詹姆斯說，搖了搖頭。「因為他**討厭**我！」

「你怎麼會這麼想？山姆怎麼會討厭你。」

「不，他討厭我！他跟我說的！」

「山姆什麼時候跟你說的？」

詹姆斯把臉埋在手心裡，努力不要在我面前哭出來。「我之前去他房間弄壞了他的望遠鏡，他就說他**討厭**我。」

我把手放到他的肩上說：「詹姆斯，聽我說，有時候人們生氣時會說氣話，但他們不是真心的，山姆不討厭你——」

「但他不跟我說話！」他叫道：「他不理我！然後他就死了。」

聽見他這麼說讓我心痛，我抹了抹眼淚，牽起詹姆斯的手。「山姆很愛你，好嗎？兄弟常常吵架，說一些違心的話。如果山姆在的話，也會這麼說的。」

詹姆斯用袖子抹掉眼淚。「妳又不知道，關妳什麼事？妳根本不喜歡我！」

「我當然喜歡你——你怎麼能這麼說？」

「妳根本不在乎我們！妳只喜歡山姆！妳只有要找他才會來我們家。」

「不是這樣的。」我說：「我和你也是朋友呀，我關心你們所有人。」

「**騙人**！因為山姆死後，妳就不來了，妳也不跟我們說話！就好像妳**也**死了。」

我的心口傳來一陣痛楚，他說的話狠狠擊中了我。我幾乎忍不住淚水，我張開嘴，發現根本說不出話來。山姆死後，我應該要去看望他的家人，我從未想過詹姆斯會經歷怎樣的痛苦。「我——對不起，詹姆斯，我不該丟下你不管，我應該要……」我的聲音低了下去。因為我不知道該說什麼才能讓詹姆斯原諒我，或許我不去看望他們家人，就是因為我無法忍受看見山姆不在。因為我不想想起他已經不在的事實。但這不重要。我應該要去關心詹姆斯的，結果卻讓他過得更痛苦。我也丟下了他。

「**我不要回家。**」詹姆斯哭道。

我希望能讓他回心轉意，但他甚至不願意看我。但我不能怪他，要是我能做些什麼就好了。我得做點什麼，但我不確定該怎麼辦。這時我想起了山姆。如果他在的話，就會知道該怎麼安慰他。現在只有他的話詹姆斯會聽。我突然靈機一動。我們的連結正在衰弱，但我得有所行動才行。我不能讓詹姆斯一輩子都覺得山姆討厭他。

我稍稍走離鞦韆旁，掏出手機再次打給山姆。響第一聲時他就接起來。

「妳找到他了嗎？他還好嗎？」

「我現在跟他在一起，別擔心。」

山姆的聲音鬆了口氣。「他在哪？」

「公園，就跟你說的一樣。」

「還好他沒事，他為什麼要離家出走？」

「有點複雜，」我說：「但他覺得你討厭他。」

「我？他為什麼會這麼想？」

「詹姆斯說在你死前跟他說你討厭他。」我跟他說：「我試著解釋你不是真心的，但他不聽勸。我不知道該怎麼跟他說，但我會把他平安帶回家的。」

「謝謝妳，」山姆說：「幫我找到他。」

「沒事啦。」我說，回頭看了一眼鞦韆。「但我有件事要拜託你。」

「什麼事？」

「我希望你能跟詹姆斯說話。」我說。

「茱莉……」山姆說。

「你可以為了我這麼做嗎？拜託，他需要你。」

他沉默了下開口。「但我們的通話越來越衰弱……這樣真的可能會傷害我們的連結。」山姆警告我。「妳確定嗎？」

我深深吸了一口氣。「我確定。」

當我走近他時，詹姆斯的視線仍盯著地面。我在他旁邊蹲下，拿著我的手機。

「聽我說，詹姆斯，有個人我希望你跟他說話，好嗎？」

他看向我。「我爸媽？」

我搖搖頭。「你自己聽聽看呀？來……」

詹姆斯把手機放到耳邊。他一聽見山姆的聲音我便知道了，他的眼睛瞬間睜大，彷彿正在理解整個情況。過了一分鐘，詹姆斯開始用袖子擦著眼睛，我知道他意識到電話那頭真的是山姆。他們兩人突然重新有了聯繫。我悄悄後退給他們空間，讓他們在這個不可思議的短暫時刻相聚在一起。我稍微聽到一些他們的談話，他們談到要為了媽媽堅強，在山姆走後要照顧家裡，還有山姆有多麼愛他。

但由於我們的連結已產生裂痕，通話沒辦法持續太久。當詹姆斯把電話還給我時，我和山姆只剩下幾秒鐘可以講話。

「謝謝妳，」他說：「但我得掛電話了。」

「我明白。」我說。

電話頓時就像之前那樣斷了。

*

我和詹姆斯手牽著手一起離開公園。我發了訊息給山姆的媽媽，這是這陣子來第一次，我讓她知道我找到了詹姆斯，現在正在回去途中。山姆的家映入眼簾時，他媽媽就站在門口等我們。她一看見我們，臉上綻放出笑容，彷彿我們好幾年沒見了。當她摟住我時，我們緊緊地抱住彼此，我不清楚是誰先哭出來。山姆的媽媽牽著詹姆斯的另一隻手，我們便一起走進屋裡跟他爸爸會合。之後我幫忙排碗盤，我們四個人在過了這麼久，第一次坐下來一起吃晚餐。

第十八章

這幾天我常常一個人，可以仔細思考、消化並跟上其他人的腳步。自從上次跟山姆通完電話後，我發現我不再一直守著手機，反而花更多時間和朋友相處，再度專注於學校課業。我完成吉爾老師出的期末報告，確定可以畢業。我還找了時間完成我的學術論文，即使不需要那麼早交，但誰管有沒有人會看。我在為自己而寫的過程中，找到了平靜，回憶那些使我感覺跟山姆有連結的時光，特別是現在我們的連結出現裂痕。即便他離開了，我永遠都會記得那些屬於我們的回憶，我只希望有機會讓他看看我寫的東西。但我盡可能拋開這個念頭，我很感謝宇宙賜予我們這個暫時的蟲洞，讓我們可以在過去幾個月裡穿梭其間。

不敢相信還有幾天就要畢業了，我仍然對未來感到迷惘。由於我無從選擇，就好像我在這件事上沒有了發言權，一切不再由我而定。我不習慣這種感覺，我喜歡制定計畫，展望未來，看看前方有什麼在等著我。但每當我制定好計畫後，生活似乎都會偏離軌道。山姆總是要我隨性一點過日子，讓生活充滿驚喜。他從來沒有警告過我驚喜不總是好的，這是我自己不得不學習體會的東西。

我和山姆還剩下一次說話的機會，那將是我們最後的通話。我最後能跟他說話的時間，這次我必須向他告別。山姆說這是中斷我們之間連結的唯一方式，使我們能夠繼續前進。我們計畫在畢業當晚打電話，只能講幾分鐘。山姆說要在午夜前打給他，不然可能會失去機會。一部分的我希望盡可能保留這次通話的機會，但我得為了彼此堅強一點。

距離我們上次通電話已經過了幾個禮拜，離開他那麼久仍然讓我痛苦不已，彷彿每隔一天，他就離我更遠。但從我們的距離看來，至少有過一線光明。我和媽媽的關係再次變得緊密。過去幾個禮拜我們一直在一起，每天晚上都會共進晚餐，在客廳看電視、逛街，週末會去海灘玩——這些都是我們以前常做的事。她說她很想念跟我在一起的時光，我從未意識到我也一樣。

我和媽媽塞在車陣中，四周喇叭不耐煩地響著。我們正在去購物中心採買畢業禮服的路上，馬路兩旁豎立一棵棵長青樹。我們已經塞在公路上快一個小時了。車上小聲放著媽在聽的冥想Podcast，我則望向窗外的浮雲。

媽瞄了我一眼，就算今天早上沒有瑜珈課，她仍穿著她的瑜珈服。她說這樣能讓她專心開車。「妳看了中央華盛頓開的課了嗎？」她問：「課很快就滿了。」

「我稍微看了一下。」

「看樣子他們今年春天會開寫作課，妳一定很興奮。」

「超興奮的。」

「車上聊天不能敷衍，妳自己說的。」

我吁了口氣。「抱歉，但其他學校沒上實在開心不起來。」

「但妳只需要在這裡待兩年呀，」媽說，壓低音量。「然後妳就可以轉校，我很多學生都這樣，茱莉。」

「我想妳說的對。」我說：「只不過這不是我計畫的一部分，這些全都……」收到里德學院的拒絕通知信，不得不留在埃倫斯堡，還有失去山姆。

「計畫不一定會實現。」

「我學會了……」我說，把頭靠在窗戶上。「做事不要太認真，不然最終會感到失望。」

「那樣有點悲觀了。」媽說：「的確，人生往往比我們想的還複雜，但總有一天妳會明白的。」

我嘆了口氣。「但妳會想至少有件事能成功。」我說：「有時候我會希望飛到未來看看我的生活，這樣我就不用浪費時間計畫，才發現沒一件事做成。」

「生活不是這樣過的。」媽說，手抓著方向盤。「總是未雨綢繆，而非活在當下。我很多學生都有這種想法，妳也是……」她看向我。「妳太操之過急了，茱莉，不管是做決定，還是想完成一件事，都只為了將來。」

「這有什麼問題嗎？」

「人生會稍縱即逝。」她說，視線緊盯著前方的路。「最後妳會錯過一些小事，那些妳覺得不重要的時刻——但每一個時刻都很重要，讓妳專注於眼前的事物，就跟寫作一樣。」她補充道：「妳寫不是為了有結局，而是享受寫作的過程。妳寫一個故事，但不希望它結束，聽起來有沒有一點道理？」

「大概吧……」我想了想，**但萬一我不喜歡那個當下呢？**

當車子終於開進停車場時，媽把車熄火，往後靠在座椅上。她手指敲著方向盤。「妳還有什麼心事嗎？」沉默半晌後，她問：「妳隨時可以跟我說。」

我再次望向窗外，我已有好一段時間沒向她敞開心扉了，關於我真正的想法，或許是時候改變了。「是關於山姆……」我跟她說：「我還是在想他。我一直在想他沒辦法完成學業，跟我們一起畢業。我是說，我怎麼能只顧自己上大學和以後的生活，他卻在半途離席？我知道這樣不好，但我仍一直希望他還在。」

媽把身體轉向我，一手梳著我的頭髮。「我也一樣。」她溫柔地說：「但願我知道要說什麼才能讓妳好過一些，或至少教妳怎麼度過這段時間，茱莉。但事實是，每個人經歷悲傷的方式都不一樣，大家都是用不同的方式走出來。妳可以擁有希望，甚至想像他就在妳身邊，因為存在我們腦海中的畫面就跟其他事情一樣真實。」她點了點她的額頭。「不要讓別人左右妳的想法……」

我看著她，微微點了點頭，思索她的話是什麼意思。有一瞬間，我差點就要問她是不是知道電話的事，但我沒有。「我知道我得盡早跟他告別，」我說：「但我覺得我放不下。」

媽安靜地點點頭，在我們下車前，她抹去我眼角的淚水，輕聲說：「那就不要放下，妳應該讓他陪在妳身邊，以另一種形式活著。」

＊

接下來的一週內，我一直在思考媽的話。我盡量不要太杞人憂天，試著享受作為高三生的最後時光。週六奧利佛帶我和阿傑去參加一個湖畔派對，隔天早晨我們三個一起去爬山。美嘉原本在埃默里大學的候補名單上，後來被錄取，這個暑假結束後就要搬到亞特蘭大。即使我很為她高興，但還是不想和她分開那麼遠。但她說感恩節和耶誕假期都會回來，我答應她等我存夠錢就會去找她玩。至少奧利佛會跟我一起上中央華盛頓大學，前幾天我們一起看了課程介紹，找可以一起修的課。或許去那裡讀書沒那麼糟糕，特別是如果我能選到編劇課的話。我給吉爾福特教授寫了封郵件，他要我開課第一天就去報到，所以我一直在祈禱。而且媽說的對，只要我成績夠好，我還是可以在兩年後轉學，甚至可以再次申請里德學院。我必須保持謹慎樂觀。

*

畢業典禮當晚，藍色和白色的氣球綁在足球場四周的鐵絲網上，畢業生的親友正大排長龍，等著進到禮堂入座。爸媽夾雜在人群間，跟李先生還有崔斯坦一起。學校樂隊穿著制服，演奏一堆聽不出來的歌，聲音大到難以聽見其他聲音。在他們奏完我覺得應該是國歌的音樂後，畢業典禮便以合唱團表演拉開序幕，其中包括由希優美的獨唱。我從椅子上站起來，在歌曲結束後大喊她的名字，為她喝采。接著幾個人上台演講，而後音樂變了，輪到我們畢業生出場了。奧利佛本來應該跟山姆一起走，所以校方安排他站在我和美嘉中間。我們三人手挽著手，朝舞台走去，每個人的畢業服下方都穿著一件山姆的衣服以示紀念。奧利佛穿著那件格紋襯衫，美嘉穿了他的一件毛衣，我則穿著他的電台司令T恤。或許只是我胡思亂想，但我覺得人群對我們的歡呼最大聲。

在上台接受拍照洗禮前，我只有幾分鐘可以換衣服。崔斯坦獻給我一束黃玫瑰，媽則讓我跟四周的每個人合影，包括歷史課跟我同班的大衛，我跟他說的話不超過五個字。由希介紹我給她爸媽認識，他們邀請我、瑞秋和阿傑下個暑假去日本到他們家玩。「同學會！」瑞秋叫道，臉上滿是笑容。當音樂結束時，太陽也開始下山，我看了看時間。**我得走了。**等人潮稍微消散後，我去找其他人說再見。

我和山姆最後一次通話就在今天晚上。我得趕快回家，躲回房間裡，好好向他告別。我知道他會問我今晚怎麼樣，我只希望他能在這裡跟我們一起慶祝……

「畢業舞會怎麼辦？」奧利佛問我：「妳不能錯過——會很好玩耶。」

「我有事要做。」我說。

「妳確定嗎？」美嘉問。我給了她一個眼神，她便理解地點點頭。「那我們之後再見，傳訊息給我，好嗎？」

「我會的。」我說，抱了他們一下。

我手裡緊緊抓著手機，轉身就要離開，卻被某個足球隊的高個子撞了一下。撞的力道太大，使我的手機從我手中掉出去，摔到水泥地上，螢幕整個破裂。我甚至沒聽到他們小聲跟我道歉，感覺四周一片漆黑……

一股涼意貫穿我全身，我怕到動彈不得。我伸手去拿我的手機，心臟怦怦地直跳。但手機打不開，不管我怎麼試，就是沒辦法開機。螢幕一片漆黑且碎裂，我不知道該怎麼辦。我只是愣在那裡，試著理解我到底做了什麼。

美嘉肯定注意到我的不對勁，因為她來到我身旁。

「怎麼了？」她問。

「我的手機——被我摔壞了——美嘉，我摔壞它了。」我一直重複說道，她試圖讓我冷靜下來，告訴我沒事的，但根本不是沒事。手機按鍵沒有用，螢幕依然是黑的。

我轉向她。「我要借妳的手機——」我拿過她的手機，撥打山姆的電話，但打不通。我又試了幾次，還是一樣。

奧利佛過來。「發生什麼事了？」他問。

「茉莉的手機摔壞了。」美嘉沉重地說。

「啊，真糟糕，不過明天絕對可以修好啦——」

「不行，我今晚就要用，借我你的手機——」

他還沒回答，我便從他手中拿過手機。電話還是一樣一直打不通。

「她要打給誰？」在我來回踱步時，奧利佛問。我拼命地撥著他的電話，拿高他的手機，希望可以找到不同的訊號聯繫上山姆。我看起來肯定陷入瘋狂，因為四周人潮開始聚集，紛紛圍過來。為什麼電話打不通？

我想起山姆說過的話，他的聲音在我腦海中迴響。

只有我們的手機有連結。

當媽過來時，我把手機塞回奧利佛手裡。她問我發生什麼事了，但我沒時間回答。我抓起她的手機，再次撥打山姆的電話，即使我知道這樣沒有用。什麼都沒有用。但我不知道還能怎麼辦，我們要通話只能透過我的手機，卻因為我笨手笨腳，把螢幕摔裂，害手機壞掉。我沒有注意自己正往哪走，我得想個辦法解決，我得彌補過錯。

山姆期待我今晚打給他，我不能讓他一直等我。**萬一他以為我忘記他怎麼辦？萬一他以為我出事了呢？**腎上腺素的分泌使我腦袋嗡嗡作響，讓我難以呼吸。我得去找他，我得去找山姆，我不能錯過最後一次打電話給他的機會。我不要再次失去他，不能以這樣的方式結束。

我轉向媽。「我要用妳的車——」我什麼都沒解釋，便從她手中接過鑰匙。「叫爸載妳回家！」

我鑽進車裡，發動引擎，不知道要往哪裡去。我開車穿過城鎮，在街上繞圈，看向路旁店櫥窗裡和我們常去的咖啡廳，尋找山姆的身影——**但他不在**。我停好車，跑進「日與月」，不管陌生人投來的目光，查看以前我們常坐的位子。

「山姆？山姆！」我喊著他的名字。

但他不在這裡，他當然不在。

然後我想起是山姆來找我，我回到車上，下意識再次往十號公路開去，他出車禍那晚的地點。我搖下車窗，往外看他是否走在路邊要去找我。但山姆也不在這裡，一股寒意再次襲來，我瞄了眼時鐘，發現已經十一點十分了。**我快沒時間了。**如果山姆不在路旁走路，那他會在哪？他會去哪裡？

我又想起其他的事情。我們有一次通電話時，我問了他看見什麼。

田野。一望無際的田野。

對呀！我立刻把車掉頭，從下一個出口下去，朝他帶我去的那片田野開。我走阿傑發現的那條捷徑，很快抵達小路。我一下車，便陷入一片漆黑中。我的心猛地跳動，摸黑穿過那條小路，往田野跑。樹枝像是纖瘦的手在我頭頂交錯。有一瞬間，我想過回到車上，但我持續往前。山姆就在前方某處等我，我不能讓他失望。

你在哪，山姆？為什麼我找不到你？

我的口袋裡有東西在晃動，感覺很溫暖，我手伸進去摸索。是**月光石**，由希送給我要我隨身攜帶的水晶。它在發光！我把水晶拿在手上，藉由水晶的光照亮前方的路，擊退黑暗。我**感覺**得到水晶的能量傳遍我全身，發散到空氣中。我把水晶舉到半空中，看見月亮低垂，給我更多光芒。現在我的視野清晰了不少，此時的田野無比清晰。然後天空開始下起雪來。**在五月中旬？**我環顧四周，不知道發生什麼事了。當雪花落到我的頭髮和肩上時，我才發現不是下雪，而是花瓣。**天空下起了櫻花花瓣？**

這肯定代表他就在附近。

我知道你在這裡，山姆。我感覺得到你，因為你無所不在。你就在那家咖啡廳、在那座湖畔，在這片田野的某處等待，這些日子來，我一直在想為什麼我們可以擁有第二次機會。但或許我們一直連結在一起，就算你不在了。因為我永遠不會失去你，現在你是我的一部分，每個我看到的地方都有你的影子，就像花瓣從天而降。

我來到田野，艱難地穿過大麥，呼喊他的名字，尋找他的蹤影。我好像看見了他的後腦杓，朝他直直奔去，卻什麼也沒有。我好像聞到了他的氣味——松樹香味的古龍水，但我聞不出方向。我一直跑著，在田野間四處穿梭，直到雙腿顫抖。我跑到渾身沒力，下一秒便癱倒在草地上，上氣不接下氣。

我不再覺得山姆在這裡，開始懷疑他是否真的存在。我到底是怎麼了？我為什麼要來這裡？我再次看了下時間，凌晨十二點三十五分，早已過了午夜。我的心沉了下去，已經太晚了。我又一次失去了他，漫天花瓣也早已消失。

在山姆為我做了那麼多後，我卻沒能信守承諾。他要我打最後一次電話跟他告別，而我讓他失望了。萬一他一輩子都在等我呢？萬一他需要我跟他告別才能前進呢？我拿出壞掉的手機，試圖開機。還是沒反應。我很沮喪，對自己很失望，怕我做了不可挽回的事。我舉起電話假裝跟他講話，如果連結還沒消失，或許有機會……

「山姆——」我開口：「我聽不到你的聲音……但或許你還是可以聽得到我。**對不起！**我沒能及時打給你，對不起我再次搞砸一切，請不要再等我了，好嗎？**你可以離開**。你不需要等我，現在你可以繼續往前走！」我的聲音嘶啞，「我會非常想你，但我想對你說最後一件事……」我深呼吸了一下，強忍住淚水。「有件事你說錯了，你的確在世界上留下了印跡，山姆，你在**我**身上留下影子，你改變了我的生活，我永遠不會忘記你，好嗎？我們都是彼此的一部分，你聽見我的話了嗎？**山姆——**」我再也說不下去了。

為什麼我不能用別的手機打給你？為什麼只能是我的手機？

我又聽到他的聲音，迴盪在我腦海裡。

只有我們的手機有連結。

我思考他說的話，關於我們的連結，存在我們兩人之間。**只有我們的手機**。我不停地在腦中重複這句話，直到突然如醍醐灌頂。我的心漏跳了一拍，對了，為什麼我之前沒想到呢？

我一冒出這個念頭，便起身離開田野，匆匆回到車上。回程途中在我腦裡一片模糊，很快我便把車停在山姆家門前的車道上，往他家跑去。信箱下方的鑰匙還在，我打開門匆忙進屋。還好今晚沒人在家，他的家人這週末去他爺爺奶奶家住了，所以當我衝進他房間翻箱倒櫃時，才不需要放輕音量。我翻了十幾個紙箱，拆開垃圾袋，終於被我找到了。那天晚上他們在山姆的車禍現場找到的他的遺物。

裡面放著他的皮夾、證件、鑰匙圈和手機——我正在找的東西。我拿出他的手機，把我們的SIM卡調換，然後開機。螢幕發出的光短暫刺激著我的眼睛。現在是一點四十三分，手機的電量只剩下打電話的量，我便撥了他的號碼。

只有我們的手機有連結。或許這句話代表他的手機也可以，我深吸一口氣，屏住呼吸。電話傳出的回鈴音讓我身體抖了一下，我在他的床上坐下，努力保持鎮定。回鈴音持續響著，直到一個聲音傳了出來。

「茱莉——」

「**山姆！**」我抽了一口氣，全身驟然放鬆，差點大叫出聲。「我沒想到你真的會接！」

「我時間不多了。」他說。

「沒關係。」我幾乎喊出聲，努力不要哭出來。「我只想讓你知道我沒忘了你。」

「妳怎麼這麼久才打來？」他問。

「我手機摔壞了，對不起——」

「還好妳沒事，我都開始擔心了。」

「我現在來了。」我跟他說：「我好高興聽見你的聲音，還以為我要失去你了。」

「我也很開心聽到妳的聲音，還好妳打電話來了，就算遲到也沒關係。但現在我們該告別了，好嗎？我很快就要走了——」

我的胸口感到一股痛楚，但我不能讓山姆知道，我得為了他堅強，我吞下心中的痛苦。

「好，山姆。」

「我愛妳，茱莉，希望妳明白。」

「我也愛你。」

電話開始出現一些雜音，我必須說快一點。

「謝謝你，山姆，為我做了那麼多，因為我需要你而接起電話，一直陪在我身邊。」

電話那頭一陣沉默。

「你還在嗎？」

「我在，別擔心。」他向我保證。「但現在我要妳跟我說再見，好嗎？我得聽妳說出那兩個字。」

我猛地吞了口口水，聲音嘶啞且支離破碎。「再見，山姆。」

「再見，茱莉。」

緊接著，他說：「我要妳最後為我做一件事。」

「什麼事？」我問。

「在妳掛上電話後……我會再打過來，我要妳這次不要接起電話，妳能答應我嗎？」

他需要我永遠斬斷我們之間的連結，他要我往前走。

「好……」我輕聲說，就算這讓我內心痛苦不已。

「謝謝，我現在要掛了，好嗎？」

「好。」

「我很開心最後還可以跟妳說話，」山姆說：「就算只有一會兒。」

「我也是。」我告訴他——但電話已經掛斷了。

當我安靜坐在他床上，等著他打過來時，身體一陣麻木。然後電話響了，螢幕顯示為未知來電，但我知道是他。我緊緊地握著手機，很想接起電話，想再聽一次他的聲音，但我不能這樣對他，我答應過他了。所以我讓電話一直響，直到鈴聲停止為止，螢幕暗了下來，房裡再次剩下我一人。我的心支離破碎，沉了下去。我放下手機，蜷縮在山姆的床上，放聲哭泣。

我們的連結就這麼斷了，我再也沒辦法跟山姆說話。我應該起身回家，卻似乎動彈不得，所以我在黑暗中躺了一會兒。我在他的床上，獨自一人待在空蕩蕩的房子裡，希望情況有所不同，然後發生了一件事。

房裡傳來一個聲音，然後是刺眼的光芒。我從床上撐起身看發生了什麼事。是**山姆的手機**。我抓起手機打開來看。

無數個通知密密麻麻的出現在螢幕上，我稍微瀏覽了下，發現全是我錯過的訊息和電話，來自美嘉、媽媽還有其他在這幾個月來連絡不到我的人。現在在我跟山姆最後一次通話後，這些通知全都有如洪水般向我湧來。彷彿這個手機重新與世界連結，一切再次轉動。

然後有一封新的語音訊息，日期是今晚，卻顯示為未知號碼。

我很快地接聽。

山姆的聲音透過手機流了出來。「嘿——我不知道自己該不該這麼做……或不知道有沒有用。我應該在電話裡對妳說的，不過時間不夠用。或者其實是我怕妳把我想得很糟糕……如果妳知道我一開始接起電話的原因——」他頓了下，「在我們掛電話前，妳說的話讓我覺得內疚。妳說我那天晚上接起電話是因為妳需要我，我猜有部分妳說得沒錯，但那不是我接電話的原因。」這次他停頓的稍久。「事實是……我接起電話是因為——因為**我**需要妳。我需要再聽一次妳的聲音，茱莉。因為我想確定妳沒忘記我。妳看，我帶妳去那麼多地方——像是那片田野，去看星星，這樣妳就會永遠記得我。每當妳抬頭看向天空時，妳就會想起我，因為我還不想放手，我從來不想跟妳說再見，茱兒，也不希望妳跟我說再見。所以我才盡可能地留下來，所以不要責怪自己。是我讓妳無法過自己的生活，或許這樣有點自私，但我太害怕妳會忘了我。後來我意識到這樣會害妳更難往前走，希望妳能原諒我。」

山姆再次頓了下。「記得在田野的時候，我問妳如果什麼都可以……妳想要什麼嗎？我跟妳一樣，也想擁有那些事，茱兒。**我**想陪在妳身邊，想跟你們一起畢業，想搬離埃倫斯堡，跟妳一起住，一起變老，但我**做不到**。」他又頓了一下。「但**妳**還可以。妳還可以擁有那些東西，茱莉。因為妳值得擁有，妳也值得再去愛無數次，因為妳是那麼善良又漂亮，誰不會愛上妳呢？妳是我生命中遇過最美好的事物，當我思考我的人生時，妳就在其中，妳是我的全世界，茱莉。或許有一天，我只能成為妳生命中的一個小小的碎片，我希望妳能保有那塊碎片。」

電話再次出現雜音。

「我比妳知道的還愛妳，茱莉，我永遠不會忘記我們在一起的時光，所以請不要忘了我，好嗎？試著偶爾想起我，就算只有一下子也好，妳不會知道那對我而言意義重大。」接著是一陣漫長的停頓，伴隨著雜音。「我該走了，謝謝妳……最後沒有接起電話，再見了，茱莉。」

語音結束了。

我又聽了一次訊息，回家的路上聽，睡前又聽了好幾遍。隔天當美嘉來我家找我時，我放給她聽。當天晚上我又聽了一遍，隔天再聽一遍。在我很思念山姆的日子，希望聽見他的聲音時，便會放來聽。我聽著他的語音訊息，直到能一字不漏地背下來，我再也不需要重複播放。

尾聲

但我依舊想著他。剛上大學的第一個禮拜，當我走在盛開的櫻花樹下時，我想起他；每次我去開在市區的「日與月」買咖啡時，我想起他；當我跟美嘉通電話並講好幾個鐘頭時，我想起他；在奧利佛幫我安排的尷尬相親結束後，我想起他；在我跟某個英語課同學還算愉快的初次約會後，我想起他；當我完成我們的故事，並送去參加寫作比賽時，我想起他；當我的作品獲得佳作並刊登在網路上時，我想起他；當我在星期日去他家，跟詹姆斯和他其他家人共進晚餐時，我想起他：當我最後一天待在埃倫斯堡，準備搬去我們夢想同居的城市時，我想起他；而每當我閉上眼睛，看見我們再一次並肩躺在那片田野裡時，我仍會想起他。

高寶書版集團
gobooks.com.tw

TN 297
我要對另一個世界的你說再見
You've Reached Sam

作　　者　達斯汀・邵（Dustin Thao）
譯　　者　陳思華
主　　編　楊雅筑
封面設計　林政嘉
封面插畫　阿　鎬
內頁排版　賴姵均
企　　劃　鍾惠鈞

發 行 人　朱凱蕾
出　　版　英屬維京群島商高寶國際有限公司台灣分公司
　　　　　Global Group Holdings, Ltd.
地　　址　台北市內湖區洲子街88號3樓
網　　址　gobooks.com.tw
電　　話　(02) 27992788
電　　郵　readers@gobooks.com.tw（讀者服務部）
傳　　真　出版部　(02) 27990909　行銷部 (02) 27993088
郵政劃撥　19394552
戶　　名　英屬維京群島商高寶國際有限公司台灣分公司
發　　行　希代多媒體書版股份有限公司/Printed in Taiwan
初　　版　2022年10月

國家圖書館出版品預行編目(CIP)資料

我要對另一個世界的你說再見/達斯汀.邵(Dustin Thao)著；陳思華譯. -- 初版. -- 台北市：英屬維京群島商高寶國際有限公司台灣分公司, 2022.10
面；　公分. -- (文學新象；TN 297)

譯自：You've reached Sam

ISBN 978-986-506-535-5(平裝)

874.57　　111014830

GOBOOKS & SITAK GROUP©